한국 현대소설과 생태학

한국 현대소설과 생태학

이승준

작가

　생태학과 관련된 논문을 모아 논문집을 낸다. 녹색문학이라고 해야 좋을
지 생태문학이라 해야 좋을지 혹은 환경소설이라고 해야 좋을지 여전히 선뜻
답이 나오지 않아, 그냥 『한국 현대소설과 생태학』이라고 하였다. 녹색소설이
라는 말을 쓰고 싶지만, 이 논문집에 실린 작품들의 상당수는 그 자체로 녹색
소설이라고 규정하기는 좀 어렵다. 본문에서 강조하였지만 녹색소설이나 생
태소설 혹은 환경소설이라고 이름 붙일 수 있는 소설도 있지만, 그렇지 않은
소설에서도 생태학적 의미를 발견할 수 있다. 생태학적 의미는 작품을 어떻게
해석하느냐에 따라 달라질 수 있다고 생각하기 때문이다.

　우리 문학이 생태학에 관심을 보인 것은 그리 오래되지 않았다. 생태학과
관련하여, 창작에 있어서나 연구에 있어서 우리나라에서는 시에 대한 관심이
소설에 대한 관심에 비해 월등히 두드러진 경향을 보여 왔다. 사실상 자연친
화적인 우리 시의 오랜 전통은 환경친화적이다. 하지만 최근에는 소설 연구에
서도 생태학에 많은 관심이 생겨나고 있다. 소설을 연구하는 한 사람으로 반
가운 일이다. 생태위기의 문제는 실천의 문제이지만 그 이전에 의식의 변환을
요구한다는 점에서, 이에 대해 문학이 담당할 몫이 크다고 생각해 왔다. 이는
인류 생존과 관계가 깊지만, 가치 있는 삶이 무엇인가를 문제 삼더라도 중요

한 의미를 시사한다.

어느 학술발표에서 "생태담론이 문학 연구방법론이 될 수 있는가"라는 문제에 대해서 심각하게 의문을 제기하는 소장학자를 만난 적이 있다. 타당한 의문이다. 또 어떤 분은 이것은 일종의 윤리 비평이 될 '수밖에' 없다고 한다. 여기에는 다분히 문학적이지 못하다는 생각이 담겨 있다. 역시 타당한 지적이라고 생각한다. 요는 지나치게 계몽적이라는 생각이다. 하지만 문학에 있어서 혹은 문학연구에 있어서 계몽적인 것이 반드시 나쁜 것인가? 아마도 그것이 문학을 희생시킬 가능성이 있기 때문에 이러한 생각을 갖게 되었을 것이다.

생태학과 관련된 문학연구가 계몽적이라면, 그것은 정치적인 계몽성과 같은가? 그렇지는 않은 듯하다. 이것은 보편적인 문제라고 생각된다. 그래서 생태적인 문제에 접근하는 다양한 시각과 태도가 존재한다. 심층생태학이나 사회생태학 혹은 에코페미니즘 등이 있고, 또 마르크시즘이나 정신분석학적인 접근도 가능할 것이다. 불교나 노장사상과 같은 동양사상과 친연성이 있지만, 기독교나 회교와도 같은 종교와도 반드시 배반되는 것은 아니다. 문학적 접근도 마찬가지이다. 문학을 희생하지 않으면서 그 보편적 가치를 향해 가는 것이 바로 생태담론을 문학연구로 이끄는 길일 것이다.

1부는 나의 녹색문학 담론에 대한 서론격인 논문이다. 생태학에 대한 문학연구를 하는 데 있어 나름대로 좌표를 만들어보고자 하였다. 2부는 황순원

6

소설에 대한 생태학적 의미를 밝힌 논문들이다. 황순원은, 물론 그 자체로도 훌륭한 작가임에 틀림이 없지만, 소설에 있어서 생태학적인 문제를 제기할 때도 가장 중요한 작가 중 한 사람이라고 생각한다. 3부는 이청준과 홍성원의 단편소설에서 생태학적 의미를 찾아 본 논문이다. 이청준의 경우 그의 소설에 나타나는 새, 나무, 어머니, 귀향, 땅과 같은 이미지들에, 홍성원의 경우 그의 소설에 나타나는 야성의 이미지들에 초점을 맞추었다. 4부는 일종의 주제론인데, 한국 현대소설에서 나무가 어떤 의미를 지니는지를 탐구해 보았다.

제법 오랜 동안 등산을 했다. 산은, 특히 큰 산은 어떤 알 수 없는 정신적 평안을 준다. 어떤 분은 그것을 훌륭한 예술을 감상하는 것에 비유하기도 한다. 분명 훌륭한 예술은 그러한 요소를 가지고 있을 것이다. 그것이 예술의 한 속성인지도 모른다. 하지만 나는, 그것은 하나의 비유일 뿐이라고 생각한다. 산이 주는 감흥은 그 이상(以上)이기 때문이다. 예상컨대 더 큰 산과 같은 대자연, 가령 사막이라든지, 거대한 협곡이라든지 그러한 대자연을 대한다면, 아니면 달에서 푸른 지구를 바라보게 된다면 그보다 더 큰 감흥이 있으리라 생각한다. 이른바 심층생태학에서 말하는 '생태의식의 계발'과 같은 경험이다.

산이 내게 주는 가르침의 지극히 작은 일부라도 이 책에 담겨 있다면, 그것이 이 책을 내는 보람일 것이다.

저자 씀

7

III부

IV부

한국 현대소설에 나타나는 '나무' 연구

— 황순원, 이청준, 이문구, 이윤기의 소설을 중심으로

I 부

한국 현대소설의 생태학적 쟁점 연구

1. 서론

20세기 후반부터 부각되기 시작한 환경문제는 21세기에 들어서면서 인류의 가장 중요한 쟁점으로 떠오르고 있다. 오랫동안 환경문제는 공해나 오염의 차원에서 다루어졌지만, 이제 그것은 생태계의 위기 문제로 전회되었다. 그것은 지구상의 모든 생물이 상호 연관관계 속에 존재하며 무생물조차도 이 관계망에 깊이 참여한다는 자각을 의미한다. 이제 인간 역시 다른 모든 생물과 마찬가지로 생태계의 한 고리에 지나지 않기 때문에, 생태계 안에서 인간도 독립된 존재가 아니다. 따라서 생태계의 위기는 곧 인류 생존의 위기를 뜻한다.

본래 자연과학의 일부로 취급되어 왔던 생태학은 이제 인문사회과학계에서도 폭넓은 연구가 진행되고 있으며, 우리 문학계에서도 이 문제에 대한 활발하고 진지한 논의가 이루어지고 있다. 우리나라에서 환경문제에 대한 문학 논의는 90년대 이후에 시작되어 오늘날까지 활발히 진행되고 있다. 환경문제에 대한 문학 논의는 계간지 《창작과비평》과 《외국문학》이 1990년 겨울호에서 각각 생태학 특집을 내면서 시작된다.[1] 이 두 문예 잡지의 생태학 특집은 아직 본격적인 수준은 아니지만 생태학에 대한 문학적 관심을 촉발했다는 데 의의가 있다. 이후 많은 논자들에 의해 다양하고도 심도 있는 논의가 진행되어 왔는데, 내체로 소설에 대한 논의보다 시에 대한 논의가 더 활발하다고 할 수 있다.[2] 하지만 2000년 이후 소설에 대한 논의도 꾸준히 증가하고 있어, 이미 다섯 편의 박사논문과 십여 편의 석사논문이 발표되기도 하였다.[3]

본 논문의 연구 목적은 한국 현대소설에 대한 생태학적 논의들에 나타나는 주요 쟁점들을 검토하고 이에 대한 보다 나은 연구의 방향을 모색하는 데 있다. 그러기 위해서 우선 지금까지 다루어진 한국 현대소설에 대한 생태학적 연구를 정리하고, 여기에서 제기되는 몇 가지 쟁점들

---

1) 『창작과비평』에 실린 백낙청, 김세균, 김종철, 이미경, 김록호의 대담 「생태계의 위기와 민족민주주의 운동의 사상」(『창작과비평』, 1990. 겨울.)은 한국의 환경문제를 총체적으로 다루고 있는 글이다. 여기서 우리나라의 당시 환경문제 전반에 대한 폭넓은 논의가 진행되었는데, 사실상 이 글이 문학과 직접적인 관계가 있는 것은 아니다. 『외국문학』(1990. 겨울.)에서는 「생태학·미래학·문학」이라는 제목 아래, 김정흠, 이동승, 이반 일리치, 카알 미첨, 김성곤 등의 글을 싣고 있다. 이동승의 「독일의 생태시」가 독일의 생태 사화집 『직선의 폭풍우 속에서』를 소개하고, 김성곤의 「문학생태학을 위하여」는 미국의 생태소설을 소개하고 있다.

2) 필자는, 상대적으로 소설에 비해 시에 대한 논의가 활발한 데에는 다음과 같은 이유가 있지 않나 생각한다. 첫째, 전통적으로 우리 서정시는 자연 친화적인 특성이 강하다는 점에서 친환경적이며 생태 지향적이다. 둘째 독일 생태시의 장르적 영향이 있다고 생각된다. 셋째 김지하의 생명에 대한 논의가 이를 고무한 결과이다.

을 검토 해소하고자 한다. 이와 더불어 앞으로 진행될 한국 현대소설에 대한 생태학적 연구의 방향을 가늠해 보겠다. 여기서 집중적으로 논의

3) 석박사학위논문은 다음과 같다.

조윤아, 「박경리 〈토지〉의 생명사상적 변모에 관한 연구」, 박사학위논문, 서울여대 대학원, 1999.

곽경숙, 「한국 현대소설의 생태학적 연구」, 박사학위 논문, 전남대 대학원, 2001.

김종성, 「한국현대소설의 생태학적 연구: 조세희 김원일 한승원을 중심으로」, 박사학위 논문, 고려대학교 일반대학원, 2004.

구자희, 「한국 현대 생태소설 연구」, 박사학위논문, 경원대 대학원, 2004.

이은실, 「한국 현대 생태소설 연구」, 박사학위논문, 동덕여대 대학원, 2004.

석사학위논문은 다음과 같다.

김남석, 「한국 환경문학연구」, 수원대 대학원, 석사학위논문, 1993.

이소영, 「황순원 소설에 나타난 생태의식 연구」, 고려대학교 일반대학원, 석사학위논 문, 1998.

김정숙, 「한국 현대소설의 생태비평적 연구」, 석사학위논문, 충남대 대학원, 1999.

김선태, 「황순원 소설 연구: 모성애와 범 생명사랑을 중심으로」, 동국대 교육대학원, 석사학위논문, 1999.

조윤아, 「박경리 〈토지〉의 생명사상적 변모에 관한 연구」, 서울여대 대학원, 박사학 위논문, 1999.

허유미, 「한승원 소설의 생태학적 세계관 연구」, 배재대 대학원, 석사학위논문, 2000.

김종성, 「김원일 환경소설 연구」, 경희대 대학원, 석사학위논문, 2001.

이상희, 「김동리 소설 연구: 생태주의적 관점에서」, 성신여대 교육대학원, 석사학위 논문, 2002.

변혜정, 「오영수 소설의 생태의식 연구」, 서강대 대학원, 석사학위논문, 2002.

하승길, 「박완서 문학에 나타난 생명주의 연구」, 고려대학교 교육대학원, 석사학위논 문, 2003.

곽노송, 「황순원의 동물소재 소설과 생태의식」, 고려대학교 교육대학원, 석사학위논 문, 2004.

정형철, 「조세희의 「난장이가 쏘아올린 작은 공」 연구: 생태주의적 상상력을 중심으로」, 고려대학교 교육대학원, 석사학위논문, 2004.

김미성, 「박완서 문학에 나타난 생명주의 및 비판의식 연구」, 아주대 교육대학원, 석사학위논문, 2004.

될 쟁점은, 첫째 명칭과 그 개념의 문제이며, 둘째 연구 대상 작품의 범위를 확정하는 문제, 셋째 연구 방법 및 연구 방향의 문제이다.

2. 연구 현황 개관

한국 현대소설에 대한 최초의 생태학적 문제 제기는 이광호의 「녹색소설의 가능성」[4]에서 이루어진다. 여기서 이광호는 정도상의 「겨울꽃」과 최성각의 「약사여래는 오지 않는다」를 분석하면서 녹색소설의 가능성에 대해서 검토하고 있다. 그는 "환경문제는 단순한 생활의 문제만도 아니며, 정치경제적 억압과 착취의 문제만도 아니며, 그 모두를 포함한 '우리 세계' 전체의 문제"[5]라고 말한다. 1980년대 말부터 이미 본격적으로 환경문제를 다룬 소설들이 등장하고 있는 상황에서,[6] 이광호의 이러한 주장은 이에 대한 반성적 시각을 제공하고 있다는 데 의의가 있지만, 후속의 논의를 이끌어내지는 못하였다.

한국 현대소설의 생태학적 문제를 본격적으로 제기한 사람은 이남호이다. 그는 『녹색환경소설집─도요새에 관한 명상』의 해설 「문학은 녹색이다」에서 녹색소설의 가치에 대해 문제적 견해를 제시한다.[7] 그는 "자연과 인간이 하나이며, 자연의 고유한 가치와 숨은 질서를 존중하는 마음이 문학하는 마음의 바탕이기 때문에 문학은 본질적으로 녹색"이라고 말한다. 이는 문학과 생태 의식을 본질적으로 하나로 봄으로써 근본적으로 훌륭한 문학 작품은 녹색의 가치를 지닌다는 것을 의

---

4) 이광호, 「녹색소설의 가능성」, 『위반의 시학』, 문학과지성사, 1993.
5) 위의 글, 197쪽.

6) 우리 소설사에서 환경문제를 정면으로 다룬 최초의 소설로는 정을병의 중편소설 「병든 지구」(『한국문학』, 1974. 1.)를 꼽을 수 있다. 여러 논자들이 생태담론의 차원에서 다룬 바 있는 이문구의 「일락서산」(『현대문학』, 1972. 5.)이 이미 발표되기는 했고, 이 소설이 오늘 날 환경문제를 생각할 때 매우 중요한 의미를 지니는 것은 사실이지만, 이는 환경문제를 본 격적으로 다루고 있다고 말하기는 어렵다. 아직까지 연구자들로부터 관심의 대상이 되지 못했지만, 「병든 지구」는 환경문제를 다룬 소설로서 선구적일 뿐 아니라 깊이 있는 사고를 보여준다. 이러한 점에서 주목할 또 다른 작품이 황순원의 『신들의 주사위』이다. 이는, 1978년 『문학과지성』 봄호에 연재를 시작하여, 1982년 5월 『문학사상』에서 종결된 작품으 로, 70년대 이후 우리 사회의 총체적인 문제를 다루면서 동시에 환경문제에 심도있게 접근 하고 있기 때문이다. 1970년대 중반 이후 발표된 김용성의 「사해 위에서」(『한국문학』, 1976. 10.), 조세희의 「기계도시」(『대한신문』, 1977. 6. 20.) 등의 소설에서 환경문제는 다른 사회 역사적 문제의 일부로서 다루어진다. 1970년대 말부터 환경문제를 새롭게 본격적으 로 다루고자 하는 시도가 이루어진다. 이러한 작품으로 김원일의 「도요새에 관한 명상」 (『한국문학』, 68호, 1979.)과 우한용의 「불바람」,(『불바람』, 청한, 1989.) 한정희의 「불타는 폐선」(『동아일보』, 1989. 1. 1.) 등이 있다. 1990년대 초에 이르면 환경문제를 본격적으로 다룬 장편소설들도 등장하는데, 환경문제를 다룬 최초의 장편소설이라고 할 수 있는 이정 창의 『불꽃 바다』(실천문학. 1990.)를 비롯하여, 이남희의 『바다로부터의 긴 이별』(풀빛, 1991.), 박혜강의 『검은 노을』(실천문학, 1991.) 김원일, 『그 곳에 이르는 먼 길』(『작가세 계』, 1992. 여름.) 등이 그것이다.

이후 다양한 측면에서 활발한 창작이 이루어지는데, 한승원, 최성각, 이윤기, 김영래, 우 한용, 김종성 등에 의해 환경소설을 표방하거나 그렇지 않더라도 분명한 의도를 가지고 계 몽적 차원에서 환경문제를 다룬 작품들도 대거 등장한다. 이러한 소설로는 다음과 같은 작 품들을 꼽을 수 있다.

한승원, 『연꽃바다』, 세계사, 1997.

이윤기, 『나무가 기도하는 집』, 세계사, 1999.

우한용, 『생명의 노래』, 푸른사상, 2001.

김종성, 「죽탄」, 『소설문학』, 1987. 11.

    , 「꿈틀거리는 산」, 『문학사상』, 1990. 5.

    , 「말없는 놀이꾼들」, 『민족과 문학』, 1993. 봄.

    , 「수국이 있는 풍경」, 『현대문학』, 1995. 1.

    , 『연리지가 있는 풍경』, 문이당, 2005.

최성각, 「동강은 황새여울을 안고 흐른다」, 『세계의 문학』, 1999 봄.

    , 「강을 위한 미사」, 『작가』, 1999 여름.

    , 『사막의 우물 파는 인부』, 도요새, 2000.

김영래, 『숲의 왕』, 문학동네, 2000.

    , 『씨앗』, 민음사, 2003.

미한다.[8] 이남호의 이러한 주장은, 그 자체로 독특한 견해이기도 하지만, 이후 한국 현대소설의 생태학적 논의의 바탕을 제공한다는 데에도 의미가 있다.

김동환은 「생태학적 위기와 소설의 대응력」[9]을 통해 소설의 생태학적 의미의 당위성을 민족문학의 차원에서 역설한다. 여기서 주목할 점은 위의 다섯 작품과 더불어 특히 이문구의 『관촌수필』에 관심을 기울인다는 것이다. 그는 「일락서산」에 등장하는 왕소나무에 주목하면서, 『관촌수필』을 "우리의 내면 깊숙이 잠재해 있는 고향 의식을 통해, 그것을 그려냄으로써 생태계 문제에 접근할 수 있는 한 통로를 제공"하고 있다고 말한다.[10] 여러 권의 저서를 통해 문학의 생태학적 의미를 탐구했던 김욱동은 『문학생태학을 위하여』에서 서구의 문학생태학을 소개하고 문학과 생태학에 관한 다양한 문제들을 검토하면서 조세희, 김원일, 한승원의 소설에 나타나는 생태학적 의미를 논의한다.[11]

한편 신덕룡은 「소설에 반영된 생명의 문제」에서 이문구의 「일락서산」, 김용성의 「사해(死海) 위에서」, 김원일의 「따뜻한 돌」, 정찬의 「산다화」, 남정현의 「핵반응」, 정도상의 「겨울 꽃」, 문순태의 「낯선 귀향」, 이혜경의 「불의 전차」, 이남희의 「슈퍼마켓에서 길을 잃다」, 한승원의

---

7) 이남호, 「문학은 녹색이다」, 『녹색환경소설집─도요새에 관한 명상』, 문예산책, 1995. 이남호는 「녹색문학을 위하여」(『포에티카』, 4, 민음사, 1997. 12.)를 통해 자신의 견해를 더욱 구체적이고 체계적으로 전개하기도 했다.

8) 이 소설집에는 김원일의 「도요새에 관한 명상」, 조세희의 「기계도시」, 최성각의 「약사여래는 오지 않는다」, 우한용의 「불바람」, 한정희의 「불타는 폐선」이 실려 있다. 이 소설들이 이후 한국 현대소설의 생태학적 논의에서 반드시 거론된다는 점에서, 이 책은 매우 중요한 의미를 지닌다.

9) 김동환, 「생태학적 위기와 소설의 대응력」, 『실천문학』, 1996, 가을.

10) 이로써 이후 「일락서산」은 생태학적 논의에서 매우 중요한 작품으로 다루어지게 된다.

11) 김욱동, 「녹색소설과 생태학적 상상력」, 『문학 생태학을 위하여』, 민음사, 1998.

「황소개구리」, 김이태의 「식성」, 한수산의 「침묵」, 정찬의 「깊은 강」, 한강의 「아내의 열매」 등을 다루면서 논의의 범위를 크게 확대한다.[12] 김종성은 그 동안 대체로 심층생태학적 입장에서 이루어졌던 논의의 방향을 바꾸어 사회생태학적 입장에서 소설을 분석한다. 그는 1960~1990년대에 이르는 환경생태소설을 한국 사회의 변화에 따라 정리하고,[13] 이를 바탕으로 박사논문 「한국현대소설의 생태학적 연구: 조세희, 김원일, 한승원을 중심으로」를 발표하기도 했다.

이남호, 김동환, 김욱동, 신덕룡, 김종성 등의 논의를 거치면서 한국소설의 생태학적 논의는 다양한 양상을 띠게 된다. 대체적으로 개관에 그치던 연구들에서 환경문제를 정면으로 다룬 소설들에 대한 구체적인

---

12) 신덕룡, 「소설에 반영된 생명의 문제」, 『환경위기와 생태학적 상상력』, 실천문학사, 1999. 2.

13) 김종성, 「1960~1990년대 한국 현대소설에 있어서의 환경생태 문제」, 『새교육연구』, 65, 한국 국어교육학회, 2002. 1.

14) 유순영, 「생태소설의 두 가지 양상: 이남희와 박윤규의 작품을 중심으로」, 『논문집』, 8, 광주대학교민족문화예술연구소, 1999. 1.

정문권, 「생태학적 상상력의 구현─한승원의 '연꽃바다'를 중심으로」, 『인문논총』, 14, 배제대학 인문과학연구소, 1999.

전흥남, 「환경위기와 소설의 대응력에 대한 일 고찰: 김원일의 「도요새를 위한 명상」을 중심으로」, 『한국언어문학』, 43, 한국언어문학회, 1999. 12.

임영천, 「도요새를 위한 명상 연구: 통일시대를 대비한 한국의 생태소설」, 『한민족문화연구』, 8, 한민족문화학회, 2001. 6.

전혜자, 「이남희의 생태 담론 ─『바다로부터의 긴 이별』을 중심으로」. 『현대문학이론연구』, 18, 현대문학이론학회, 2002. 12.

차봉준, 「에코토피아를 향한 동양적 생태학의 가능성: 조세희의 〈난장이가 쏘아올린 작은 공〉」, 『숭실어문』, 19, 숭실어문학회, 2003. 6.

김종성, 「원폭피해자들의 삶과 소외의식 형상화」, 『새국어교육』 65, 한국국어교육학회, 2003.

오창은, 「사실주의적 생태소설과 '졸'의 언어: 조헌용의 『파도는 잠들지 않는다』」, 비평과전망, 새움, 2004. 상반기.

분석을 시도한 글들이 다수 등장한다.[14] 또한 이효석, 이태준, 김동리, 황순원, 오영수, 이청준, 홍성원 등의 소설과[15] 개화기 작품에까지 연구의 범위를 확대하기도 한다.[16] 비록 소수지만 모더니즘 소설에서 생태

15) 김인호, 「오영수 소설에 나타난 생태학적 상상력」, 『논문집』, 동국대학교 국어국문학과, 1998. 2.

곽경숙, 「김동리 소설에 나타난 생태학적 상상력」, 『한국문학이론과 비평』, 4, 1999.

곽경숙, 「한국 현대소설과 생태학적 상상력」, 『현대문학이론연구』, 18, 현대문학이론학회, 2002. 12.

김해옥, 「생태 인문학의 가능성과 이효석의 〈산〉을 통해 본 생태학적 상상력 —불타의 중생관(衆生觀)을 중심으로」, 『한국언어문화』, 22, 한국언어문화학회, 2002. 12.

이승준, 「황순원 소설의 생태학적 의미—단편소설을 중심으로」, 『문학과환경』, 2, 문학과환경학회, 2003. 6.

홍기정, 「김동인 소설에 나타나는 도시와 자연의 이분법적 구도에 대한 연구」, 『문학과환경』, 2, 문학과환경학회, 2003. 6.

이승준, 「황순원 소설의 생태학적 의미2—장편소설을 중심으로」, 『문학과환경』, 3, 문학과환경학회, 2004. 10.

김해옥, 「이효석 서정 소설과 생태적 상상력—작품 〈들〉을 중심으로」, 『현대소설연구』, 23, 한국현대소설학회, 2004. 9.

곽경숙, 「1930년대 소설에 나타난 자연 인식」, 『현대문학이론연구』, 23, 현대문학이론학회, 2004. 12.

김미영, 「1930년대 후반기 소설에 나타나는 생태학적 상상력」, 『비교문학』, 35, 한국비교문학회, 2005. 2.

이승준, 「인간과 자연의 화해—이청준 소설의 생태학적 의미」, 『현대소설연구』, 25. 현대소설학회, 2005. 3.

홍기정, 「이효석 소설에 나타난 자연적 삶의 현실적 의미」, 『문학과환경』, 4, 문학과환경학회, 2005. 10.

이승준, 「자연과 야성의 의미—홍성원 중단편소설의 생태학적 의미」, 『우리어문연구』, 25, 우리어문학회, 2005. 12.

홍기정, 「이태준 소설에 나타난 자연지향—〈까마귀〉, 〈사냥〉, 〈무연〉을 중심으로」, 『현대소설연구』, 28, 한국현대소설학회, 2005. 12.

정연희, 「생태학적 관점에서 본 이태준 문학의 의미와 가치」, 『현대소설연구』, 31, 한국현대소설학회, 2006. 9.

학적 의미를 찾는 논문도 발표되고,[17] 에코페미니즘이나[18] 생태학적 문하교육의 차원에서 접근한 연구도[19] 있다.[20]

3. 한국 현대소설의 생태학적 쟁점

1) 명칭과 그 개념의 문제

우선 명칭과 그 개념의 문제를 제기할 수 있다. 이는 사실상 소설에만 국한된 것은 아니다. 환경문제를 다룬 문학 작품에 대해서는 다양한 명칭이 공존한다. 생태문학(김동환, 김용민, 임도한, 전혜자, 구자희, 이은실, 홍성암, 임영천), 생태주의문학(장정렬), 문학생태학(김욱동), 환경생태문학(김종성), 생태환경문학(김종회), 환경문학(한점돌, 홍성암), 생명문학(김지하, 신덕룡, 남송우, 송희복), 녹색문학(이광호, 이남

---

16) 곽경숙, 「개화기 소설에 나타난 자연인식」, 『한국언어문학』, 55, 한국언어문학회, 2005. 10.

홍기정, 「금수회의록의 사상적 배경」, 『우리어문연구』, 25, 우리어문학회, 2005. 12.

17) 김인호, 「소설의 언어에 내재한 생태학적 지평」, 『현대소설연구』, 13, 한국현대소설학회, 2000. 12.

김인호, 「모더니즘 소설의 생태학적 가능성―이상, 최인훈, 이인성의 소설을 중심으로」, 『현대소설연구』, 29, 한국현대소설학회, 2006. 3.

18) 송명희, 「〈도요새를 위한 명상〉과 에코페미니즘」, 『비평문학』, 12, 한국비평문학회, 1998. 7.

김미영, 「공선옥 소설에 나타난 생태학적 상상력 고찰」, 『현대문학이론연구』, 24. 현대문학이론학회, 2005. 4.

19) 김미영, 「소설교육의 한 가능성―생태소설을 중심으로」, 『어문연구』, 33, 한국어문교육연구회, 2005. 봄.

호, 김욱동) 등이 바로 그것이다.

이남호는 '녹색문학'이라는 명칭을 선호한다.[21] 그는 "환경문제를

---

20) 이밖에 소설에 대한 연구로는 다음과 같은 글이 있다.

　　정호웅, 「녹색 사상과 생태학적 상상력」, 문학사상, 278, 문학사상사, 1995. 12.

　　김종회, 「생명사랑 인간사랑의 문학을 위하여: 생태환경 소설의 현 수준과 과제」, 『한
　　　　국문화연구』, 1, 경희대학교 민속학 연구소, 1998. 2.

　　고명철, 「우리들의 일그러진 생태환경, 그 서사화의 현주소—1990년대 생태소설을
　　　　중심으로」, 『쓰다의 정치학』, 새움, 2001.

　　조남현, 「한국소설과 환경 생태학」, 『문학동네』, 2001. 여름.

　　김선학, 「21세기 한국문학과 생태주의: 한국 현대소설과 생태학」, 『한국문학평론』,
　　　　21, 국학자료원, 2002. 봄.

　　김동윤, 「최근 장편소설의 생태주의 사유방식」, 『리토피아』, 5, 리토피아, 2002. 봄.

　　한점돌, 「한국 현대 환경소설의 발전 과정 연구」, 『국어교육』, 108, 한국국어교육연구
　　　　회, 2002. 6.

　　임헌영, 「문학에서의 환경문제—생태계 문제와 한국현대소설」, 『시민문학』, 2002 여름.

　　홍성암, 「환경소설의 양상과 그 지향점」, 『한민족문화연구』, 17, 한민족문화학회,
　　　　2002. 12.

　　한승옥, 「이광수 「원효대사」의 기문학적 특질 연구: 생태학적 특성을 중심으로」, 『국
　　　　제어문』, 28, 국제어문학회, 2003. 9.

　　한승옥, 「기문학론의 생태학적 조명」, 『숭실어문』, 19, 숭실어문학회, 2003. 6.

　　전혜자, 「한국현대문학과 생태의식」, 『한국현대문학연구』, 15, 한국현대문학회, 2004. 6.

　　이경호, 「생태환경소설의 현황과 가능성」, 『문학수첩』, 2004. 가을.

　　곽경숙, 「소설과 생태학적 상상력」, 『녹색평론』, 80, 2005. 1 · 2.

　　김남석, 「그린 러쉬(green rush)가 끝난 다음」, 『문학과환경』, 4, 문학과환경학회,
　　　　2005. 10.

　　이승준, 「한국 현대소설에 나타나는 '나무' 연구」, 『문학과환경』, 4, 문학과환경학회,
　　　　2005. 10.

　　홍성암, 「한국 생태문학 연구」, 『한민족문화연구』, 17, 한민족문화학회, 2005. 12.

　　신철하, 「인문학과 생태학」, 『비평과 형식』, 시간의 물레, 2005.

　　김해옥, 『생태문학론』, 새미, 2005.

　　강규한, 「폐기물의 형상화에서 '생명의 이야기'까지 :소설의 기존 전제에 대한 도전」,
　　　　『문학사상』, 2007. 11.

적극적으로 다루는 소위 〈환경문학〉만이 녹색인 것은 아니다. 환경문학은 녹색문학의 일부분일 뿐"[22]이라고 말한다. 그는 환경문학과 변별되는 녹색문학이라는 명칭을 사용함으로써 문학에 있어서의 생태학적 논의가 보다 포괄적인 범주에서 접근되어야 한다고 주장하고 있는 셈이다. 이는 문학의 가치가 본질적으로 녹색의 가치와 같다는 그의 주장과 맥락을 같이 한다. 마찬가지로 녹색문학이라는 명칭을 쓰고 있는 김욱동은, 이남호의 주장에 대해 "문학을 너무 낙관적으로 보는 견해"[23]라고 비판하며, 녹색문학을 연성 녹색문학과 강성 녹색문학으로 나눈다. 그에 의하면, "연성 녹색문학이란 생태의식을 묵시적으로 전달하고, 강성 녹색문학이란 그것을 직접적으로 드러내 놓고 명시적으로 전달하려는 문학"[24]을 의미하는데, 그는 전자가 후자에 '한수 위' 라고 말한다.

김동환은 "생태계의 전반의 문제를 주제의식으로 설정하는 소설을 우리는 '생태소설' 정도로 부르는 것이 타당하"[25]고 한다. 그는 '민족문학' 의 연장선상에서 생태소설에 의미를 부여하는데, 이는 환경소설이나 녹색소설 등의 명칭에 비해서 생태소설의 당위성을 좀더 강조한 것이다. 독문학자로서 환경문제에 대한 문학 논의에 중요한 의견을 제시하고 있는 김용민 역시 '생태문학' 이라는 용어를 쓸 것을 주장하는데, 그에 의하면 생태문학이란 "생태학적 인식을 바탕으로 생태 문제

---

21) 녹색문학이라는 용어를 가장 먼저 사용한 사람은 이광호이다.(이광호, 위의 글.)

22) 이남호, 「머리말」, 『녹색을 위한 문학』, 민음사, 1998, 7쪽.

23) 김욱동, 앞의 책, 27쪽.

24) 김욱동, 『생태학적 상상력』, 나무심는사람, 2003, 25쪽.

25) 김동환, 앞의 글, 231쪽.

26) 김용민, 「문학과 생태학」, 『생태문학』, 책세상, 2003, 97쪽.

를 성찰하고 비판하며, 나아가 새로운 생태 사회를 꿈꾸는 문학"²⁶⁾이다. 하지만 그는 "생태학적 인식을 너무 엄격한 기준에서 보지 말고 폭넓은 개념으로 이해하는 것이 중요하다"는 유보 조항을 둠으로써 의미의 유연성을 확보하고 있다.

김종성은 본격적으로 환경문제를 다룬 작품에 한해서만 환경생태문학의 범주에 넣을 것을 주장한다. 그는 '근대 산업사회의 환경문제를 다루는 문학'이라는 데 초점을 맞추어 볼 때 생태문학보다 '환경생태문학'이 더 타당하다고 주장한다. 생태계의 기본 원리를 주로 다루는 생태학이 산업근대화 과정에서 발생하는 환경문제를 만족시키지 못하고 있는데 비해 환경 저해 요인이 생태계에 미치는 영향과 그로 인한 환경 변화를 다루는 환경생태학은 직간접적으로 생태계 파괴의 원인과 결과를 다루고 있다는 것이다. 이는 사회생태학의 입장에 밀착해 있는 그의 연구방법과 밀접한 관계가 있다고 할 수 있다.

필자는 현재 사용되는 이러한 다양한 명칭들을 통일하기는 어려운 일이라 생각한다. 또한 굳이 그것들을 하나로 통일할 필요가 있는가에 대해서도 의문이 든다. 이 명칭들이 갖는 함의들은 각각 다르기 때문에, 이 중 어떤 것을 취하고 나머지는 모두 버릴 것이 아니고 상황에 따라 적절한 명칭을 사용하는 것이 바람하다. 환경소설이나 환경생태소설은 환경 파괴의 현실에 대해 적극적으로 개입하는 문학으로, 생태문학은 생태학적 입장에서 문학을 이해하는 방식으로, 녹색문학은 이를 바탕으로 하되 보다 포괄적인 의미를 지니는 차원에서 쓸 수 있다. 그리고 소설에서도 생명의 문제는 매우 중요하게 제기되지만 실제로 생명소설이라는 용어를 사용하는 경우는 없으므로 굳이 이러한 새로운 명칭을 사용할 필요는 없으리라고 본다. 시의 경우 생태학을 기반으로 하되 특히 생명성을 강조하는 문학을 지칭하는 용어로 이해하고 생명시라는 명칭을 사용할 수 있을 듯하다.[27]

그런데 제기할 또 다른 문제는 이러한 명칭들이 단지 명명의 문제에만 그치지 않는다는 데 있다. 여기에는 각 논자들의 문학에 대한 생태학적 입장들이 강하게 개재해 있다. 이는 명칭에 한정된다기보다 근본적으로 문학과 생태학을 바라보는 관점을 집약적으로 드러낸다고 할 수 있다. 그것은 결국 연구 대상의 범위를 확정하거나 연구 방법 혹은 연구 방향을 모색하는 데에도 큰 영향을 미친다는 점에서 또 다른 중요한 의미를 지닌다.

2) 연구 대상 작품의 범위 문제

소설에 대한 생태학적 연구는 입장에 따라 넓은 범위를 망라하는데, 그것은 대체로 이남호와 김종성의 주장 사이의 어느 지점에 놓인다고 생각할 수 있다. 앞서 살펴본 바와 같이 이남호는 문학과 생태학의 본질을 하나로 봄으로써 문학에 있어서 녹색의 의미를 최대한 확대하고 있다. 이에 반해 김종성은 "자연친화적이고 생명을 이야기하고 있다 해서 모두 환경생태문학인 것은 아니다. 더군다나 산업 근대화 시기 이전에 발표된 작품들을 생태학적 상상력이란 이름으로 환경생태문학의

---

27) 생명시는 이미 일반적인 용어가 되고 있다. 김지하를 중심으로 제기된 생명시 논의들이 하나의 소장르를 형성하고 있기 때문이라고 생각할 수 있다. 생명문학이라는 용어를 쓰면서 문학에서 생명의 의미를 강조하고 있는 신덕룡의 경우도 생명시라는 용어를 사용하지만 생명소설이라는 명칭을 사용하지는 않는다.

28) 김종성, 「한국현대소설의 생태학적 연구: 조세희 김원일 한승원을 중심으로」, 박사학위 논문, 고려대학교 일반대학원, 2004, 3쪽.

범주에 포함시켜 논의하게 됨에 따라, 많은 문제점을 드러내고 있"[28]다고 하며, 이러한 논의의 범위가 지나치게 확대되는 것을 경계한다.

이남호의 주장은 김용민이 지적하는 바와 같이 "문학 고유의 특성을 살리면서 생태계 문제를 해결할 가능성을 찾으려 한다는 점"에서 의의가 있다. 하지만 동시에 "생태학적 관점의 특수성과 역사성이 사라지고 일반적인 개념이 되어버린다"[29]는 비판을 면하기는 어렵다. 그럼에도 불구하고 환경문제를 정면으로 다룬 소설만을 연구 대상으로 삼을 것인가에 대해서는 의문을 제기하지 않을 수 없다.

이러한 문제를 보다 상세히 따져 보기 위해 생태학적 문학 연구의 대상이 되고 있는 소설을 아래와 같이 여덟 가지로 나누어 보았다. 오른쪽 작품은 그 전형적인 작품이라고 생각되는 소설을 예로 들었다. 이는 과학적 분류라고 할 수 없는 것으로, 순전히 논의를 위한 편의적 분류이다.

1) 본격적으로 환경문제를 제기한 작품: 김원일의 「도요새에 관한 명상」
2) 환경문제에 대한 인식이 바탕에 깔려있는 작품: 최성각의 「약사여래는 오지 않는다」
3) 환경문제를 부분적이지만 심도 있게 제기한 작품: 황순원의 『신들의 주사위』
4) 산업화로 인한 자연의 파괴: 이문구의 「일락서산」
5) 생명 존중 사상이 드러나는 작품: 한수산의 「침묵」

---

29) 김용민, 앞의 책, 87쪽.

6) 여성과 생태의 문제를 다룬 작품: 공선옥의 『수수밭으로 오세요』

7) 현대사회의 허위 욕망을 다룬 작품: 이남희의 「슈퍼마켓에서 길을 잃다」

8) 자연에 대한 생태학적 감수성: 이효석의 「산」

1) 김원일의 「도요새에 관한 명상」은 가장 전형적인 환경소설 혹은 환경생태소설이라고 할 수 있으며, 2) 최성각의 「약사여래는 오지 않는다」는 환경문제가 간접적으로 드러난다는 점에서 굳이 말하자면 환경소설이나 환경생태소설 혹은 생태소설이라고 해서 무리가 없다. 하지만 3)에서 8)까지의 소설의 경우 환경생태소설, 생태소설, 녹색소설 등의 이름표를 달아도 좋은가 혹은 달 수 있는가에 대해 의문이 든다.

3) 황순원의 『신들의 주사위』는 환경문제를 중심 주제로 삼고 있는 것은 아니기 때문에 환경생태소설이라고 말하기는 어렵다. 하지만 이 소설에서 염색 공장의 공해 문제나 살충제, 인공비료 사용 등으로 인한 농토의 오염 문제 등을 심각하게 제기하고 있다는 점에서 생태학적으로 중요한 의미를 지니는 소설이라고 말할 수는 있다. 이문구의 「일락서산」은 이미 여러 논자들에 의해서 생태학적 논의의 대상이 되었던 작품이다. 특히 이 소설에 등장하는 '왕소나무'는 산업화로 인해 파괴된 자연(혹은 고향)에 대한 상징적 의미를 지니는 것으로 중요한 생태학적 의미를 지닌다. 그럼에도 불구하고 전체적으로 볼 때, 이 소설을 환경생태소설이나 생태소설의 범주에 넣을 수 있는가에 대해서는 의문이 든다. 한수산의 「침묵」이나 공선옥의 『수수밭으로 오세요』, 이남희의 「슈퍼마켓에서 길을 잃다」의 경우도 마찬가지이다. 이들은 모두 환경문제를 정면으로 다루지는 않지만 각각 산업화와 더불어 발생하는 다

양한 생태학적인 문제들에 대한 나름의 답을 제시하고 있다고 해석할 수 있다. 즉 이들은 각각 생명 경시 현상에 대한 비판, 자연에 대한 비유로서의 모성성, 현대 사회의 허위욕망 등을 잘 드러내고 있다. 이효석의 「산」은 산업화 이전의 소설이지만 자연에 대한 감수성을 일깨운다는 점에서 생태학적으로 접근하기에 충분하다.

이렇게 볼 때 환경소설이나 환경생태소설 혹은 생태소설의 범주를 만들고 그것에 들어맞는가 그렇지 않은가를 따지는 것은 별로 의미가 없어 보인다. 따라서 한국 현대소설에 대한 생태학적 연구는 작품을 귀속적으로 다룸으로써 연구의 범위를 스스로 지나치게 좁게 한정하는 것은 바람직하지 않다. 이러한 태도는 도리어 소재에 작품을 대응하는 지극히 단순화된 문학 연구가 될 가능성도 없지 않다. 앞의 예들에서 보는 바와 같이 비록 환경문제를 구체적으로 다루고 있지 않은 작품에서도 얼마든지 생태학적 의미를 발견할 수 있다. 이런 점에서 생태학적 문학 연구는 열린 담론을 지향한다고 말할 수 있다. 생태학적 연구는 다양한 작품들을 포괄하면서 보다 다각적인 방향에서 연구가 가능하다.

3) 연구 방법 및 연구 방향

생태학적 문학 연구가 열린 담론을 지향해야 하며, 그래서 다양한 작품들을 포괄하면서 보다 다각적인 방향에서 연구가 가능하다면, 결국 이에 대한 문제는 작품을 바라보는 관점이나 설명하는 방법에 있다.

이렇게 볼 때 생태학적 문학 연구는 해석의 차원에서 이루어져야 한다. 이때 작품이 다루고 있는 소재보다는 그에 내재해 있는 의미에 초점을 맞추어야 한다. 작품의 의미(meaning)는 이해(understanding)를 넘어선다. 그것은 본래부터 텍스트에 내장되어 있다기보다 텍스트가 독자와 만나면서 형성된다. 여기서 해석의 가능성이 열린다. 따라서 생태학적 문학 연구는 텍스트의 생태학적 의미를 발견하고 새로운 의미를 부여하는 방향으로 진행되어야 할 것이다. 물론 의미의 발견과 의미의 부여는 반드시 설득력 있는 설명을 통해서만 가능하다.[30] 생태학적 관점에서 접근한 적절한 해석을 통해서, 이미 다양한 측면에서 연구되었던 작품에도 새로운 의미를 부여할 수 있을 것이다.

이때 사회과학적 의미를 강조하는 사회생태학이나 인간과 자연에 대한 내면적 자각을 요구하는 심층생태학은 물론 에코페미니즘 등의 다양한 입장들을 동시에 고려할 수 있다. 이러한 입장들에 대해서는 무엇이 보다 근본적인가를 따져볼 수는 있지만, 그것들이 서로 상충되는 것으로 파악할 필요는 없다. 그것들은 도리어 상호 보완적이라고 생각할 수 있다. 오늘날 환경문제는 정치적인 운동의 차원에서부터 개개인의 생태 의식에 대한 자각에 이르기까지 실로 다양한 차원에서 다루어질 필요가 있다. 그것은 국경을 넘는 전세계적인 문제이며, 사회 전반

---

30) 폴 리쾨르는 해석을 설명과 이해의 변증법이라고 말한다. 그것은 텍스트의 이해(혹은 추측, understanding)에 대한 설명을 통해 새로운 이해(comprehension)에 도달하는 과정이다. 설명과 이해는 하나의 해석학적 호(arc) 안에 있는 서로 다른 두 단계이다. 이러한 해석의 과정에는 확인의 논리가 포함된다. 칼 포퍼가 제기한 반증가능성(falsifiability)의 범주와 유사한 무효화(invalidation)의 절차가 그 대표적 예이다. 여기서 반증의 역할은 경쟁하는 해석간의 갈등에 의해 수행된다. 하나의 해석은 개연성을 가져야할 뿐 아니라 다른 해석보다 더 많은 개연성을 가져야 한다. 확인의 논리는 우리가 독단주의와 회의주의의 두 극단 사이를 오락가락하는 것을 허용한다. 그래서 그는 하나의 텍스트가 얼마든지 다양한 방식으로 해석될 수 있지만 모든 해석이 동등하다는 것은 참이 아니라고 말한다.(폴 리쾨르, 「설명과 이해」, 『해석이론』, 김윤서 · 조현범 역, 수정판, 서광사, 1998, 123-148 참조.)

의 문제이며 동시에 개개인의 삶과 맞닿아 있는 문제이기도 하기 때문이다. 따라서 그것은 대체로 다음과 같은 연구 방향을 모색할 수 있을 듯하다.[31)]

첫째, 산업화로 인한 우리의 삶의 황폐화와 자연 파괴의 실상을 구체적이며 실제적인 차원에서 다루는 연구이다. 이러한 연구는 실제로 이미 가장 많이 이루어진 연구여서 상당한 성과가 이루어 졌지만, 그럼에도 불구하고 문제는 있다. 이는 대체로 사회생태학과 관련이 깊다고 하겠으나 단지 머레이 북친에 한정할 것은 아니다. 산업화에 대해 표면적인 이해를 넘어 문학사회학적 측면에서 보다 깊이 있는 연구가 요구된다고 하겠다. 환경문제와 관련된 각종 사건들이나 환경문제를 야기하는 정치사회적 구조 등이 어떻게 소설에서 구체화되었는가 혹은 소설

---

31) 사회생태학자인 머레이 북친은 심층생태학을 인간혐오주의라고 맹비난을 퍼부어 왔다. 그 발단은 부분적으로 〈어스 퍼스트〉의 대표였던 데이브 포먼이 인간을 '자연의 암세포'라고 한 발언에서 비롯된다. 하지만 이러한 발언은 심층생태학자들도 공감할 수 없는 것이었다. 워릭 폭스가 말하듯이 심층생태학은 결코 인간(humanity) 그 자체를 부정하는 것도, 더욱이 인간불신주의나 인간혐오주의도 아니다.(송명규,「심층생태학과 사회생태학의 논쟁에 대한 비판적 고찰」,『도시행정학보론』, 16집, 3호, 한국도시행정학회, 2003. 12, 50~52쪽.) 네스의 생물평등주의는, 인간이 다른 생물만큼 못하다는 것이 아니라 다른 생물도 인간과 같이 고귀한 생명을 지닌 존재라는 것을 강조하는 심층생태학의 규범이라고, 필자는 생각한다. 말하자면 그것은 "인간이 지렁이만큼 못하다는 것이 아니라 지렁이도 인간과 같이 고귀한 생명을 지녔다"는 의미로 이해해야 한다. 북친은 『휴머니즘의 옹호』(「생태 신비주의와 천사신드롬」, 구승회 역, 민음사, 2002.)를 통해 심층생태학에 대해 신비주의의 차원에서 포괄적으로 비판하기도 한다. 북친의 이러한 비판은 심층생태학이 지나치게 신비주의로 경도될 가능성도 있다는 점에서 일면 타당하다. 하지만 여기서 비판의 대상으로 삼고 있는 것도 대체로 '어스 퍼스트'이다. 그는 대체로 심층생태학에 대해서 그것이 시사하는 의미보다도 사회운동의 차원에서 접근하고 있는 것으로 보인다. 필자의 견해로는, 두 이론은 충분히 상호 보완적인 것으로 받아들일 수 있다.

의 바탕을 이루고 있는가를 치밀하게 분석하는 연구가 필요하다. 이러한 문제는 포괄적인 의미로는 문명에 대한 비판과 만날 수 있을 것이다. 여기서 문명이란 자연을 정복이나 착취의 대상으로 생각하는 서구의 인간중심적 사고에서 비롯된 폭력적 문명을 의미한다. 정정호가 말하듯이 "녹색의 상상력이란 근대 문명을 근본적으로 다시 읽고/새로 쓰는 저항과 개입과 대안 제시의 사유방식"[32]이라고 할 수 있다.

둘째, 생태 의식을 고양하는 측면에서 접근하는 연구이다. 이는 아느네스에 의해 제창된 심층생태학에 접근하는 태도라고 생각할 수 있다. 심층생태학은 두 가지 기본적 규범을 제시하고 있는데, 그 하나는 생물 평등주의이고, 다른 하나는 자아실현의 규범이다.[33] 이러한 연구는 동양 사상을 통해 생태학적 의미를 발견하는 연구와도 통한다. 만물평등 사상을 근본으로 하는 불교나 인간을 자연의 일부로 보는 노장 사상은 물론이려니와 김지하에 의해 주장되고 있는 해월의 향아설위(向我設位), 밥 한 그릇의 사상, 삼경사상(三敬思想) 등은 심층생태학과 매우 유사하면서 보다 깊은 의미를 지니고 있다고 할 수 있다.[34] 지금까지의 연구에서

---

32) 정정호, 「문학교육의 녹화사업모색」, 『문학과 환경』, 창간호, 문학과 환경학회, 2002, 29쪽.

33) 생물평등주의는 인간을 포함한 모든 생명체는 동등한 생존의 권리를 의미하고, 자아 실현의 규범은 인간이 물질 소유와 육체적 쾌락의 추구를 위한 이기적 자아로부터 탈피하여 자연과 합일하는 영적 성숙을 지향해야 한다는 것이다.(아느 네스, 「외피론자 대 근본론자」, 『생태학의 담론』, 솔, 1999.)

34) 향아설위란 벽을 바라보고 도를 닦는 향벽설위(向壁設位)가 아니라 나를 지향한다는 점에서 '사람, 나, 우리 속에 살아있는 신, 우리 속에 있는 우주 생명'에 대한 확신이다. 밥한 그릇의 사상이란 밥 한 그릇 한에 우주의 모든 노동이 집약되어 있다는 것을 의미한다. 삼경사상(三敬思想)은 한울님을 공경하며, 인간(이웃)과 사물을 한울님처럼 공경한다는 것이다.(김지하, 「개벽과 생명운동」, 『생명』, 솔, 1992.)

전자에 대한 입장은 다각적인 차원에서 다루어져 왔다고 할 수 있지만, 후자의 입장에 의한 연구는 미미하며 그 수준에 있어서도 아직 깊이를 획득하지는 못한 것 같다. 더욱이 김지하의 천도교에 대한 재발견은 시뿐만 아니라 소설에서도 해석의 기재가 될 수 있음에도 불구하고, 아직까지 소설에 대해서 이러한 연구가 시도된 바는 없다. 이러한 측면에서 본다면 장일순의 생명사상이나 최창조의 풍수사상 등에도 관심을 기울일 만하다.

셋째, 소설의 환경교육에 관한 연구이다. 이러한 연구는 아직 거의 전무한 상태이다. 문학은 인식의 예술이라는 점에서 환경교육을 보다 효과적으로 수행할 수 있는 장점이 있다. 특히 구체적 상황을 제시하는 장르라는 점에서 보다 효과적인 환경교육의 매체가 될 수 있다. 소설을 통해서 환경문제와 생태계의 위기의 구체적 상황을 간접 체험함으로써, 학습자에게 자연과 인간 사이의 관계를 재정립할 기회를 제공할 수 있을 것이다. 이는 감동의 차원에서 접근하기 때문에, 의식의 생태학적 전환이 가능하게 할 수 있다. 소설에 의한 환경교육은 환경문제에 대한 구체적인 실천의 문제에서부터 생태적 감수성을 키우는 데에 이르기까지 담당할 몫이 크다고 하겠다. 따라서 생태학적 문학 교육에 대한 폭넓고 깊이 있는 연구는 당위적으로 요청된다. 현행 중고등학교의 문학 교육의 현장에서 생태학은 배제되어 있는데, 앞으로 새로 제작되는 교과서에서는 반드시 다루어져야 항목이라고 생각된다. 무엇보다 학습자에게 작품을 읽히는 것이 중요하기 때문에 작품 선정에 대한 논의도 이루어져야 할 것이다. 이를 위해 우선 생태학적으로 중요하다고 판단되는 소설의 목록을 작성하고, 그것을 기준으로 여타의 작품들이 어떠한 의미를 지니는가를 따져보는 것이 필요하다. 물론 그러한 작품들을 어떻게 효과적으로 교육할 것인가 하는 연구도 필요하다 하겠다.

넷째 한국 현대소설에 나타나는 생태학의 문제를 정신분석학적 입장에서 진단하고 해석하는 연구도 요구된다. 이에 대한 연구는 아직 드물며 그 토대조차 마련되어 있지 못하다. 이에 대한 이론적 바탕으로는 마르쿠제[35]와 가타리[36]에 가 쓴 글이 번역되어 있을 뿐이다. 하지만 여러 면에서 반드시 이루어져야할 연구라고 생각된다. 생태계의 위기란 인간의 과도한 욕망에서 근본적인 원인을 찾을 수 있다. 자연 상태에서 인간은 생존을 위한 기본적인 욕망을 누려 왔다. 하지만 문명의 문턱을 넘어서면서 인간은 필요 이상의 욕망을 해소하고자 자원을 낭비하고 소비를 부추겨 왔다. 자연의 착취와 파괴의 근원에 바로 그러한 '그 이상'의 욕망이 자리 한다. 이러한 욕망은 자본주의의 메커니즘 속에서 빠른 속도로 확대 재생산 됨으로써 오늘날 생태계의 위기에 이르렀다고 할 수 있다. 이는 소로우가 말하는 '자발적 가난'[37]과도 통하는 문제이다. 스스로 '그 이상'의 욕망을 절제하고 스스로 소박한 생활을 택함으로써, 인류는 자연과 조화를 이루면서 행복을 구가할 수 있을 것이다.

끝으로 한 가지 더 제기할 것은 여성주의 등 타자의 관점에서 인간의 자연 파괴를 다루는 연구가 요구된다는 점이다. 실제로 에코페미니즘에 대해서는 많은 이론서에서 소개되고 있지만 실제적인 연구는 지극히 적은 형편이다. 인간에 대한 타자이며 문명에 대한 타자라는 점에

---

35) 마르쿠제, 「정신분석학적 생태학」, 『생태학의 담론』, 솔, 1999.

36) 펠릭스 가타리, 『세 가지 생태학』, 동문선, 2003.

37) 헨리 데이비드 소로우, 『월든』, 강승영 역, 이레, 1993, 24쪽. (강승영은 이에 대해 '자발적 빈곤' 이라고 번역하고 있다.)

서, 자연은 남성에 대한 타자인 여성과 일치한다. 양자는 역사 속에서 언제나 착취당해 왔고, 지금도 착취당하고 있으며 그 정도는 심화되어 왔다. 따라서 여성의 해방은 자연의 회복과 맥락을 같이 한다. 하지만 이러한 관점이 단지 여성과 자연을 다룬 소설에 한정할 필요는 없다. 여성 문제는 동시에 남성의 문제이기도 하며 궁극적으로 인간의 문제이기 때문이다. 또한 이러한 논의는 어린이나 농민과 같은 소수자에 대한 관심과 유사한 맥락에서 이해할 수도 있다. 이런 점에서 본다면 생태학적 문학 연구는 자연과 인간이 공존하는 길을 모색하는 작업이며 동시에 인간이 모두 행복할 수 있는 길을 찾는 작업이라고 할 수 있을 듯하다.

4. 결론

한국 현대소설에 대한 생태학적 연구는 짧은 기간 동안 이루어진 것을 감안하면 양적인 면에서나 질적인 면에서나 풍부하고 다양하게 진행되어 왔다. 그럼에도 불구하고 여전히 소설에 대한 생태학적 연구는 시작에 불과하다.

김우창은 "자연에 대한 깊은 외경심이 없는 곳에서 많은 환경 대책은 곧 작동하지 않는 기계가 될 것"[38]이라고 한다. 대책보다 중요한 것은 자연에 대한 사고의 전환이다. 자연과 인간 사이의 관계를 재정립하지 않고서는 생태계의 위기는 해결될 수 없다. 궁극적으로는 세계관의

---

38) 김우창, 「깊은 마음의 생태학」, 『정치와 삶의 세계』, 삼인, 2000, 373쪽.

코페르니쿠스적 전회를 요구하는 것이다. 이와 같이 생태계의 위기는 단지 물리적 환경의 문제라기보다 사회 각 개인의 인간과 자연에 대한 인식의 전환을 기반으로 한다는 점에서, 이에 대해 문학이 담당해야 할 몫은 적지 않다. 특히 구체적인 사고를 다루고 있는 소설이야말로 생태학적인 의미에서 중요한 장르라고 말할 수 있다.

이런 점에서 한국 현대소설에 대한 생태학적 연구는 당위적 요청이다. 한국 현대소설에 대한 생태학적 연구는 작품을 귀속적으로 다룸으로써 연구의 범위를 스스로 지나치게 좁게 한정하는 것은 바람직하지 않다. 김원일, 이정창, 이남희, 박혜강, 최성각, 김영래, 우한용, 김종성 등의 소설처럼 환경생태소설을 표방한 작품들에 대한 조밀한 연구도 필요하지만, 보다 중요한 연구는 다양한 작품들에서 생태학적 의미를 발견하고 새로운 의미를 부여하는 것이나. 이렇게 볼 때 생태학적 문학 연구는 해석의 차원에서 이루어져야 한다. 생태학적 관점에서 접근한 적절한 해석을 통해서, 이미 다양한 측면에서 연구되었던 작품에도 새로운 의미를 부여할 수 있을 것이다.

이남호는 본질적으로 문학은 녹색의 가치를 지닌다고 말했지만, 이를 뒤집으면 녹색소설은 없다고 말할 수 있을 듯도 하다. 물론 환경생태소설을 표방한 작품들을 포함해서 환경문제를 정면으로 다룬 소설들에 대해 환경소설, 환경생태소설 혹은 생태소설의 이름을 붙일 수 있다. 하지만 사실상 이러한 소설들은 소수에 지나지 않는다. 한국 현대소설 전체를 펼쳐두고 그 소설들에서 생태학적 가치나 의미를 따져보는 연구가 가능하다. 개별 작품 뿐 아니라 작품들의 상호 연관 관계 속에서의 탐구도 가능할 것이다. 이것은 결국 넓게 보면 한국 현대소설사 전체를 생태학적 입장에서 재구성하는 것을 의미한다. 많은 소설들이 생태학적 가치와 의미를 품고 원석과 같이 존재한다. 그것들은 생태학적으로 해석되기를 기다리는 셈이다.

■참고문헌

『외국문학』. 1990. 겨울.

김동환. 「생태학적 위기와 소설의 대응력」. 《실천문학》. 1996, 가을.

김영래. 『숲의 왕』. 문학동네, 2000.

김영래. 『씨앗』. 민음사, 2003.

김용민. 『생태문학』. 책세상, 2003.

김용성. 「사해 위에서」. 『한국문학』. 1976. 10.

김우창. 「깊은 마음의 생태학」. 『정치와 삶의 세계』. 삼인, 2000.

김욱동. 『문학 생태학을 위하여』. 민음사, 1998.

김욱동. 『생태학적 상상력』. 나무심는사람, 2003.

김원일. 「도요새에 관한 명상」. 『한국문학』. 68. 1979.

김원일. 「그 곳에 이르는 먼 길」. 《작가세계》. 1992. 여름.

김원일 외. 『녹색환경소설집―도요새에 관한 명상』. 문예산책, 1995.

김종성. 「한국현대소설의 생태학적 연구: 조세희 김원일 한승원을 중심으로」. 박사학위 논문, 고려대학교 일반대학원, 2004.

김종성. 『연리지가 있는 풍경』. 문이당, 2005.

김지하. 「개벽과 생명운동」. 『생명』. 솔, 1992.

박혜강. 『검은 노을』. 실천문학, 1991.

백낙청 외. 「대담―생태계의 위기와 민족민주주의 운동의 사상」. 《창작과비평》. 1990. 겨울.

송명규. 「심층생태학과 사회생태학의 논쟁에 대한 비판적 고찰」. 『도시행정학보론』. 16집. 3호. 한국도시행정학회, 2003. 12.

신덕룡. 「소설에 반영된 생명의 문제」. 『환경위기와 생태학적 상상력』. 실천문학사, 1999. 2.

우한용. 『생명의 노래』. 푸른사상, 2001.

이광호. 「녹색소설의 가능성」. 『위반의 시학』. 문학과지성사, 1993.

이남호. 「문학은 녹색이다」. 『녹색환경소설집—도요새에 관한 명상』. 무예산책, 1995.

이남호. 「녹색문학을 위하여」. 『포에티카』. 4. 민음사, 1997. 12.

이남희. 『바다로부터의 긴 이별』. 풀빛, 1991.

이문구. 「일락서산」. 『현대문학』. 1972. 5.

이윤기. 『나무가 기도하는 집』. 세계사, 1999.

이정창. 『불꽃 바다』. 실천문학. 1990.

정을병. 「병든 지구」. 『한국문학』. 1974. 1.

조세희. 「기계도시」. 『대한신문』. 1977. 6. 20.

최성각. 「동강은 황새여울을 안고 흐른다」. 『세계의 문학』. 1999. 봄.

최성각. 「강을 위한 미사」. 『작가』. 1999. 여름.

최성각. 『사막의 우물 파는 인부』. 도요새, 2000.

한승원. 『연꽃바다』. 세계사, 1997.

황순원. 『신들의 주사위』. 문학과지성시, 1982.

아느 네스. 「외피론자 대 근본론자」. 『생태학의 담론』. 솔, 1999.

마르쿠제. 「정신분석학적 생태학」. 『생태학의 담론』. 솔, 1999.

펠릭스 가타리. 『세 가지 생태학』. 동문선, 2003.

헨리 데이비드 소로우. 『월든』. 강승영 역. 이레, 1993.

폴 리쾨르. 『해석이론』. 김윤서 · 조현범 역. 수정판. 서광사, 1998.

머레이 북친. 『휴머니즘의 옹호』. 구승회 역. 민음사, 2002.

II부

황순원 소설의 생태학적 의미 I

— 단편소설을 중심으로

1. 서론

20세기말에서부터 제기되기 시작한 환경 문제는 21세기에 들어서면서 인류의 가장 중요한 화두로 떠오르고 있다. 그 심각성이 노출되면서 환경 문제는 인류의 위기로 인식되기에 이르렀고, 이에 대한 해결책을 모색하기 위해 모든 학문 분야에서 활발한 논의가 이루어지고 있다. 우리 문학계에서도 이 문제에 대한 활발하고 진지한 논의가 이루어지고 있음은 물론이다. 환경문제가 단지 물리적 환경의 문제로만 끝나는 것이 아니라 정신의 황폐화를 동반한다는 점에서 그리고 그 해결이 사회 각 개인의 인식의 전환을 기반으로 한다는 점에서 이에 대한 문학의 몫은 적지 않다.

이남호는 "자연과 인간이 하나이며, 자연의 고유한 가치와 숨은 질서를 존중하는 마음이 문학하는 마음의 바탕이기 때문에 문학은 본질적으로 녹색이"[39]라고 말한다. 그에 의하면 녹색문학은 "환경문제를 피상적으로 고발하는 것이 아니라 문학의 녹색 본질을 구현하는 것"[40]이다. 또한 정정호는 "녹색의 상상력이란 근대문명을 근본적으로 다시 읽고/새로 쓰는 저항과 개입과 대안 제시의 사유방식"[41]이라고 한다. 그렇다면 환경 문제를 적극적으로 피력하거나 표방한 것이 아니라도 궁극적으로 녹색의 본질과 맞닿아 있다면 그것은 녹색문학으로서 연구의 가치가 충분한 것이며 또한 과거의 작품들로부터 녹색의 가치를 창출하는 것 역시 녹색문학 연구의 중요한 과제라고 할 수 있다.

황순원은 1937년 『창작』에 「거리의 부사」를 발표한 이래로 양적인 측면에서나 질적인 측면에서나 상당한 문학적 성과를 이룬 소설가이다. 양선규의 적절한 지적대로, 황순원의 소설의 특징은 "간결하고 서정적인 문체, 토속적 소재의 능란한 처리, 민족적 체취에서 일탈하지 않는 일관된 성격창조, 사회상에 대한 치밀한 비판적 세태묘사, 원초적 심리에 대한 탁월한 통찰, 옛 이야기의 현대적 구연을 통한 설화적 지식의 전수"[42] 등으로 규정될 수 있다. 그의 소설사적 의의는 궁극적으

39) 이남호, 「문학은 녹색이다」, 『녹색을 위한 문학』, 민음사, 1998, 80쪽.
40) 위의 글, 81쪽.
41) 정정호, 「문학교육의 녹화사업모색」, 『문학과 환경』, 창간호, 문학과 환경학회, 2002, 29쪽.
42) 양선규, 「황순원 소설의 심리학적 구조」, 『한국 현대소설의 무의식』, 국학자료원, 1998, 11쪽.
43) 위의 글, 254쪽.

로 '심리소설이라는 측면'과 '작가의식의 대사회적 응전력'[43]이라는 측면으로 모아질 수 있는 것이다. 후자의 영역은 여전히 논란의 여지를 남겨두고 있다고 할 수 있는 반면[44] 전자의 영역은 황순원 소설의 의미를 보다 선명히 드러낸다고 할 수 있다.

인간의 심리를 예리하게 파헤친 황순원 소설에는 동물들이 등장하는 작품들이 상당 수 있는데 그 작품들에서 동물들은 매우 중요한 역할을 하며,[45] 또한 이러한 심리소설 중 많은 수가 '반문명적 세계관'의 소

---

44) 황순원 소설의 역사성 문제에 대한 논의는 긍정적 견해와 부정적 견해가 팽팽히 맞서고 있는 것으로 보인다. 전자를 대표하는 글로는 김병익의 「순수문학과 그 역사성」(『황순원 연구』, 황순원 전집12, 문학과지성사, 1985.)과 양선규의 위의 글을 꼽을 수 있으며, 후자를 대표하는 글로는 이보영의 「황순원의 세계」(『황순원 연구』, 황순원 전집 12, 문학과지성사, 1985.)와 천이두의 「한국적 이니시에의 심념」(『한국단편문학대계』, 5, 삼성출판사, 1975.) 그리고 조남현의 「황순원의 초기 단편 연구」(『한국현대소설사연구』, 민음사, 1984.)를 꼽을 수 있다. 또한 최근 서재원이 『김동리와 황순원의 낭만성과 역사성』(월인, 2005.)에서 심도 있게 다루기도 하였다.

45) 앞의 글, 165~166쪽.
양선규는 '動物은 古來로 인간이 자신의 心性을 투사시켜 그 투사 대상이 인식되는 일반적 관념에 의거하여 자신들을 유형화시켜 왔던 탓으로 이야기의 발생과 함께 그 자신의 이야기 내에서 위치를 세워온 사물적 요소이다. 그러므로 동물담은 원초적인 이야기 형식과 큰 관련을 맺고 있는 것이다. 황순원 소설이 동물담적 요소를 많이 내포하고 있다는 것은 그런 의미에서, 보다 원형적인 모티프를 많이 함유하고 있다는 유추를 가능하게 한다'고 하였다. 하지만 동물을 의인화한 우화들이 대부분 겉으로는 동물의 성격을 내세우지만 사람들 사이의 문제를 속뜻으로 삼는 것(조동일, 『한국문학통사』, 3, 지식산업사, 1989, 98쪽.)이라는 점에서 황순원의 소설과는 친연성이 별로 없는 듯하다. 황순원 소설에 등장하는 동물들은 인간의 눈에 비친 대상으로만 존재하며 특별한 경우 그것 자체가 하나의 인물처럼 등장하기도 한다. 후자의 예로는 「목넘이 마을의 개」를 들 수 있다. 소설에서 동물이 이러한 역할을 하는 것은 매우 드문 예로, 이것은 이 소성이 지니는 중요한 특징 중의 하나라고 생각된다.

46) 위의 글, 198쪽.

산으로서 '원시적 감성'을 다루고 있다.[46] 이남호에 의하면 "존재 혹은 건강한 생명력에 대한 외경심은 그의 모든 작품의 바탕이 되어있"[47]다. 이런 점에서 볼 때 황순원 소설은 녹색문학의 차원에서 연구될 충분한 가치가 있다고 생각된다. 본 논문은 위의 논의를 바탕으로 녹색문학으로서 가치가 있다고 여겨지는 황순원의 단편 소설을 중점적으로 분석함으로써 그의 소설이 지니는 생태학적 의미를 밝혀보고자 한다.

2. 생명의 소중함에 대한 인식

녹색문학의 입장에서 볼 때 황순원 소설은 생명의 소중함에 대한 인식으로부터 출발한다. 그는 많은 작품에서 생명의 소중함에 대해 다루었다.

「청산가리」는 우선 병아리에 대한 섬세한 묘사 그 자체로 생명의 소중함을 잘 보여주는 소설이다. 이 소설은, 닭이 알을 품어 알을 까는 과정, 병아리의 귀여운 모습, 병아리가 닭 꼴을 갖추는 과정 그리고 그에 대한 주인공의 애정 어린 태도 등을 눈에 보이듯이 생생하게 그린다. 하지만 이 소설에서 문제가 되는 것은, 병아리와 고양이 사이에서 갈등하는 주인공의 복합적 심리이다. 주인공은 병아리를 한 마리씩 물어 죽이는 고양이를 물리치기 위해서 청산가리를 구해 오기로 결심하지만, 결국 고양이의 죽음을 볼 수 없어 이를 포기하고 만다. 결국 이 소설은, 병아리에 대한 애틋한 사랑에도 불구하고 병아리를 해치는 고양이를

---

47) 이남호, 「물 한 모금의 의미」, 『문학의 위족』, 민음사, 1990, 338쪽.

쉽게 죽이지 못하는 주인공을 통해, 생명은 모두 똑같이 소중하다는 점을 드러내고 있다.

「골목 안 아이」에서도 이와 유사한 심리가 드러난다. 이 소설에서 아이는 골목 쓰레기통에서 더러운 얼룩 고양이 새끼 한 마리를 주어 소중하게 기른다. 아이는, 고양이의 먹이가 부족해 개구리를 잡다 먹일 결심을 하지만, 그날 밤 수많은 개구리들로부터 물어뜯기는 꿈을 꾸고는 고양이를 앞집 아이에게 줘 버린다. 이 소설은 「청산가리」에서와 같이 아이의 심리를 통해서 고양이 뿐 아니라 개구리의 생명도 소중하다는 점을 보여주고 있다. 하지만 여기서는 앞 집 아이의 할아버지가 약에 쓰겠다고 고양이를 잡았다는 이야기를 듣고, 고양이의 죽음에 대해 안타까워하는 아이의 심정을 통해 인간의 비정함을 드러내기도 한다.

한편 「송아지」에서는, '돌이' 라는 소년과 송아지 사이의 애성 어린 관계를 통해 생명의 소중함을 애틋하게 그리기도 한다. 돌이는 아침마다 정성스레 송아지를 마당비로 쓸어주기도 하며, 코뚜레를 뚫는데 아파하는 송아지를 보며 안타까워하기도 하고 또한 송아지와 달리기 경주를 하기도 한다. 전쟁이 나서 국군이 송아지를 끌고 가려 할 때 돌이는 총부리를 들이 대며 위협을 해도 송아지의 목을 놓지 않아 빼앗기지 않는다. 돌이와 송아지 사이에는 사람과 사람 이상의 순수한 사랑이 내재해 있다. 이 소설은 특히 아직 덜 언 강을 건너다가 송아지와 함께 죽음을 맞이하는 소년의 모습을 통해 사람과 동물 사이의 사랑을 극명하게 보여준다.

생명의 소중함을 다룬 황순원 소설에서, 생명은 대체로 작고 연약한 동물로 드러나며, 등장하는 인물들은 그것들을 연민의 시선으로 바라본다. 예외가 없는 것은 아니지만 이때 인물들은 대개 어린 소년이거나 할아버지이다. 이들은 모두 사회적 약자이며 소박한 정신의 소유자라는 면에서 작고 연약한 동물들과 친연성을 지닌다. 이런 점에서 황순원 소설에서 드러나는 생명에 대한 소중함은 작고 연약한 것에 대한 연민이라고 규정할 수 있다. 그런데 이러한 주제는 생명의 소멸과 생성이라는 구조 속에서 보다 선명하고 심화된 의미를 드러낸다. 이러한 소설을 대표하는 작품은 「목넘이 마을의 개」이다.

「목넘이 마을의 개」에서 서북간도의 유민을 따라오다가 목넘이 마을에 버려진 것으로 추정되는 신둥이는 거주할 곳이 없어 마을을 떠돈다. 그는 먹을 것을 찾아 방앗간을 기웃거리기도 하고 마을 개들의 밥그릇을 핥기도 한다. 그러다가 급기야 미친개로 몰려 마을에서 쫓겨나기에 이른다. 마을에서 쫓겨난 신둥이는 서산 너머 험한 산 속에 보금자리를 만들고 가까스로 다섯 마리의 새끼를 낳아 기른다. 산에 나무를 하려 갔다가 이를 발견한 간난이 할아버지는 그 새끼들을 데려다 키우게 되고, 결국 마을 사람들은 온통 신둥이의 자손을 키우게 된다. 후에 신둥이가 사냥꾼의 총에 맞아 죽었다는 사실이 소문으로 전해진다.

이 소설은 목넘이 마을을 처량하게 떠도는 신둥이의 모습을 절제된 문체로 치밀하게 그림으로써 작고 연약한 것에 대한 연민을 보다 선명하게 보여준다는 점에서 생명의 소중함을 잘 드러내 준다. 이 소설에는 신둥이에 대해 두 가지의 대립적 태도를 지닌 인물들이 등장한다. 그 하나는 신둥이를 이유 없이 미친개로 몰아 잡아먹으려는 사람들이고 다른 하나는 신둥이를 불쌍히 여기고 그에게 연민의 시선을 보내는 사람들이다. 동장 형제로 대표되는 전자가 압도적으로 많은 반면 후자는 단지 간난이 할아버지와 그 식구들뿐이다. 그나마 간난이 할아버지네 식구들은 처음에는 후자 쪽에 가깝지만 나중에는 점점 전자 쪽에 가까워진다. 간난이 할아버지조차도 절대적으로 신둥이 편을 드는 것은 아니다. 하지만 여기서 비록 오직 한 명 뿐이지만 간난이 할아버지가 소설이 말미에 후자 쪽으로 급격히 돌아선다는 점이 매우 중요하다.

동네 사람들이 방앗간의 터진 두 면을 둘러 샀다. 그리고 방앗간의 터진 두 면을 둘러쌌다. 과연 어둠 속에 움직이는 것이 있었다. 그리고 그게 어둠 속에서도 흰 짐승이라는 걸 알 수 있었다. 분명히 그놈의 신둥이개다. 동네사람들은 한 걸음 한 걸음 죄어들었다. 점점 뒤로 움직여 쫓기는 짐승의 어느 한 부분에 불이 켜졌다. 저게 산 개의 눈이다. 동네 사람들은 몽둥이 잡은 손에 힘을 주었다. 이 속에서 간난이 할아버지도 몽둥이 잡은 손에 힘을 주었다. 한 걸음 더 죄어들었다. 눈앞의 새파란 불이 삐져나갈 틈을 엿보듯이 휙 한바퀴 돌았나. 별나게 새파란 불이었다. 문득 간난이 할아버지는 이런 새파란 불이란 눈앞에 있는 신둥이 개 한 마리의 몸에서 나오는 것이 아니라 여럿의 몸에서 나오는 불이 합쳐진 것이라는 생각이 들었다. 말하자면 지금 신둥이개의 뱃속에 든 새끼의 불까지 합쳐진 것이라는. 그러자 간난이 할아버지의 가슴 속을 지나가는 게 있었다. 짐승도 새끼 밴 것을 차마?

이때에 누구의 입에선가, 때려라! 하는 고함소리가 나왔다. 다음 순간 간난이 할아버지의 양 옆의 사람들이 욱 개를 향해 달려들며 몽둥이를 내리쳤다. 그와 동시에 간난이 할아버지는 푸른 불꽃이 자기 종아리 곁을 새어나가는 것을 느꼈다.[48]

---

48) 황순원, 「목넘이 마을의 개」, 『황순원 전집』, 2, 재판, 창우사, 1965, 160쪽.

매우 긴박감이 넘치는 문체로 쓰여진 위의 인용문은 신둥이의 절박한 상황과 간난이 할아버지의 신둥이에 대한 연민의 심정을 단적으로 보여주는 대목이라고 할 수 있다. 마을 사람들에게 조금의 틈도 없이 포위된 신둥이는 포획되어 죽을 운명 앞에 있다. 하지만 그 순간 신둥이의 눈에서 빛나는 파란 광채를 보고 간난이 할아버지는 그것이 단순히 신둥이의 목숨에 대한 미련만이 아니라, 그의 뱃속에 있는 새끼들에 대한 사랑의 표현이며 동시에 목숨을 유지하게 위한 그 새끼들의 절규라는 것을 직감한다. 할아버지는 신둥이의 눈빛을 보는 순간 "짐승도 새끼 밴 것을 차마?"라는 생각을 하게 되고 거의 무의식적으로 다리를 벌림으로써 신둥이가 빠져나갈 공간을 내주게 되는 것이다.

흥미로운 사실은 이때 간난이 할아버지의 행위가 의식적이라기보다는 무의식적이라는 데 있다. 여기서 인간의 내면에 존재하는 근원적인 사랑의 힘이 확인된다. 그것은 차마 하지 못하는 측은지심이며 연민의 마음이다. 비록 집을 잃고 떠도는 개일지라도 자기 새끼에 대한 사랑은 존중되어야 한다는 생각, 이것이야말로 인간에 대한 사랑을 넘어서는 생명 자체에 대한 사랑의 표현이다. 이러한 간난이 할아버지의 태도와는 정반대로 "홀몸이 아니고 새끼를 뺐다면 그게 승냥이과 붙어서 된 것일 테니 그렇다면 그 이상 없는 보양제"라고 하며, 때려잡아가지고 새끼만 자기네가 차지하고 다른 고깃랑 전부 동네에서 나눠 먹으라는, 작은 동장의 태도는 인간의 잔인성을 적나라하게 보여준다.

여기서 검둥이의 눈빛 즉 '파란빛'이 미친개의 표상이면서 동시에 생명의 징표가 된다는 것은 매우 흥미롭다. 사실상 신둥이가 마을 사람들에게 몰리게 되는 이유는 그가 집이 없어서도 아니고 타지에서 들어왔기 때문도 아니다. 그 이유는 신둥이가 미친개일 것이라는 생각 때문이다. 그런데 이 미친개를 드러내는 표지(標識)가 다름 아니라 파란 눈빛이다. 그러나 간난이 할아버지는 도리어 그 파란 눈빛에서 생명성의 끝을 보고 있는 것이다. 같은 것에서 이렇게 다른 것을 보는 동장 형제와 간난이 할아버지의 이러한 사고의 차이는 생명에 대한 이들의 태도의 거리가 얼마나 먼 것인가를 잘 보여준다.

이 소설에서는 이렇게 동장 형제와 간난이 할아버지의 극단적인 두 태도를 통해 생명의 소중함이 드러나지만, 이러한 의미는 생명의 소멸과 생성의 구조를 통해 더욱 절실하게 드러나기도 한다.

손쉽게 나무 한 짐을 해 가지고 돌아오는 길에, 뜻없이 길 한 옆에 눈을 준 간난이 할아버지는 거기 웬 짐승의 새끼가 뭉쳐 있는 걸 보았다. 이게 범의 새끼나 아닌가 하고 놀라 자세히 보니, 그것은 다른 것 아닌 잠든 강아지들이었다. 그리고 저 만큼에 바로 신둥이개가 이쪽을 지키고 서 있는 것이었다. 앙상하니 뼈만 남아 가지고.

간난이 할아버지가 강아지께로 가까이 갔다. 다섯 마린가 되는 강아지는 벌써 한 스무날은 넉넉히 됐을 성싶었다. 그러자 간난이 할아버지는 다시 한번 속으로 놀라고 말았다. 잠이 들어 있는 다섯 마리 강아지 속에는 틀림없는 누렁이가 검둥이가 바둑이가 섞여 있는 것이 아닌가. 그러나 다음 순간, 이건 놀랄 일이 아니라 응당 그럴 일이라고, 그 일견 험상궂어 뵈는 반백의 텁석부리 속에 저절로 미소가 지어지는 것이었다. 좀만에 그곳을 떠나는 간난이 할아버지는 오늘에서 본 일은 아무한테나, 집안 사람에게도 이야기 말리라 마음먹었다.[49]

<hr />

49) 위의 글, 161~162쪽.

위의 인용문은 간난이 할아버지가 나무를 하러 갔다 오다가 신둥이 새끼를 발견하는 장면이다. 이것은 역전적 '발견'[50]이라는 점에서 극적이다. 그것은 생명의 신비에 대한 발견이다. 새끼를 밴 채로 마을을 떠난 신둥이가 자신도 추스리기 어려운 몸으로 깊은 산 속에서 새끼를 다섯 마리나 낳아서 키우고 있는 광경을 갑자기 목격하게 된 간난이 할아버지에게, 그것은 놀라운 일이 아닐 수 없을 것이다. 더욱이 그 옆에서 '앙상히 뼈만 남아 가지고' 자기 새끼들을 지키는 신둥이의 모습은 이제 곧 죽을 것처럼 보인다는 점에서 이 장면을 더욱 신비롭게 한다. 갓 태어난 새끼들의 모습은 이러한 신둥이의 모습과 대조를 이루면서 그 생명성이 더욱 부각되기 때문이다. 이것은 생명의 소멸과 생성이 교차되는 순간 느껴지는 신비감이라고 할 수 있는 것이다.[51] 이러한 신비감은, 간난이 할아버지가 철저히 비밀로 붙이기 때문에 더욱 가중된다. 소설의 결말에서, 목넘이 마을뿐 아니라 이웃 마을에까지 온통 신둥이의 자손이 번성한다는 내용과 더불어 후일담으로 전해지는 신둥이의 죽음은, 또한 생명의 생성과 소멸을 통해 자연의 순환을 잘 보여주는 대목이기도 하다. 「목넘이 마을의 개」는 황순원 소설에서 생명의 소중함을 가장 절실하게 담아내고 있는 소설이다.

---

50) 많은 플롯에 있어서 대단원은 하나의 역전(reverse, 아리스토텔레스의 용어로 peripety)를 포함하는데, 이것은 비극에서처럼 실패나 파멸일 수도 있고, 희극에서처럼 성공일 수도 있다. 역전은 많은 경우 발견(discovery, 아리스토텔레스가 사용한 그리스어로 anagnorisis)는 에 의존한다.(M. H. 아브람스, 「플롯」, 『문학용어사전』, 최상규 역, 보성출판사, 1991, 218쪽.)

51) 이러한 생명의 소멸과 생성의 구조를 통해 드러나는 신비감은 「닭祭」와 「피」에서도 다소 변형된 형태로 드러난다. 「닭祭」에서는 수탉의 죽음과 제비 새끼들의 생명 유지의 형태로 「피」에서는 잡혀서 팔려가는 어미 다람쥐와 새끼 다람쥐가 각각 이에 대응된다.

3. 자연과 문명의 대립

「산골 아이」는 두 개의 짧은 이야기가 연작의 형식으로 이루어진 소설이다. 두 개의 이야기는 모두 옛날 이야기와 아이의 꿈이라는 병치 구성으로 이루어져 있다. 첫 번째 이야기는 할머니의 여우 이야기와 아이의 꿈이 병치를 이룬다. 아이는 할머니의 이야기를 듣고 잠이 들어 꿈에 자신도 이야기의 주인공처럼 여우에게 홀린다는 내용으로 되어 있다. 두 번째 이야기는 호랑이에게 잡혀간 아기를 구해 돌아왔다는 반수 할아버지의 동화 같은 경험과 아이의 꿈이 병치를 이룬다. 눈오는 날 돌아오지 않는 아버지를 기다리다가 잠이 든 아이는, 반수 할아버지의 경험을 떠올리면서 잠이 들어 꿈에 자기도 호랑이에게 잡혀간 아버지를 구해 준다는 내용이다.

이 소설은 이 두 이야기를 통해서 아이의 때묻지 않은 순수성을 잔잔하게 보여준다. 하지만 이 소설에서 아이의 순수성은 단지 아이의 것만이 아니다. 이 산에서 사는 사람들은 모두 아이의 순수함을 지녔다. 여기서 사람들은 비록 가난하고 소박하지만 행복한 삶을 산다. 여기서 즐거운 일이란 어른들에게는 그저 주막을 찾아가 도토리묵에 술 한잔 마시는 것뿐이며 아이들에게는 실에 꿰어 눈 속에 묻었던 도토리를 꺼내 한알 두알 빼 먹으며 할머니에게 옛이야기를 듣는 것이다. 이야기는 반복되지만 이야기를 하는 할머니에게나 이야기를 듣는 아이에게나 그것은 늘 새롭다.

이 소설에서 산이란 인간과 자연이 조화를 유지하는 공간이다. 이것은 현실과 이야기, 현실과 꿈이 혼재해 있는 공간이기도하다. 이것은 말하자면 황순원 소설이 지향하는 이상적 공간이다. 여기서 사람들은 문명에 훼손되지 않은 순수한 본성을 지니고 산다. 황순원 소설 중 여러 편의 소설이 산을 배경으로 쓰여졌는데, 이들 소설에서 산은 이 소설에서처럼 인간과 자연이 조화를 유지하는 공간이며 여기 사는 사람들 문명에 훼손되지 않은 순수한 본성을 지닌 사람들로 나타난다. 이러한 산의 공간적 성격을 보여주는 또 다른 소설로 「산」을 꼽을 수 있다.

「산」은, 주인공 바우가 도토리를 주우러 가서 다섯 명의 인민군 낙오병을 만나 포로가 되었다가 그들로부터 도망치는 내용으로 이루어져 있다. 이 소설에서 바우와 그들 가족의 삶은 「산골 아이」에서 드러나는 산의 성격을 더욱 구체적으로 드러난다. 산 속에서 태어나 산 속에서만 자라 왔던 바우는 사람을 거의 만난 적이 없어 모든 사람을 적의 없이 대한다. 그는 인민군에게 잡혔을 때 자신이 포로가 된지도 모르고, 산 속에서 그렇게 많은 사람을 만난 것을 반가워하며 그들을 위해서 무슨 일이든 할 수 있다는 사실을 즐거워한다. 그에게 총은 단지 '구멍 뚫린 쇠뭉치' 이며 비행기는 '크나 큰 날개를 가진 물건' 이다. 산밑에서 사는 사람의 눈으로 본다면, 바우는 말 그대로 바보가 아닐 수 없다. '바우' 라는 이름이 보여주듯이 그는 문명에 훼손되지 않은 순수한 본성을 지닌 사람의 표상이다. 여기서 산은 「산골 아이」에서처럼 동화적 이상이라는 의미에서가 아니라 현실적인 의미에서 인간과 자연이 조화를 유지하는 공간이다.

이러한 산의 성격을 더욱 극명하게 드러내는 것이 죽으면서 바우에게 전하는 바우 아버지의 말이다.

바우 아버지가 죽은 것은 산돼지한테 받힌 것이 덧나서였다.(중략) 아버지는 자리에 눕자 같은 말을 되뇌었다. 내가 실수를 하느라고 그날 산돼지 길목이 바뀐 줄도 모르고 어름거리다가 새끼샘하는 어미돼지한테 이 봉변을 당했다. 앞으로 산에 사는 동안은 큰 짐승을 조심해라. 그리고 아예 이편에서 먼저 큰 짐승은 건드릴 생각을 마라. 사실 아버지는 평상시에 큰 짐승이 걸릴 허방다리 같은 덫은 놓지 부터 않았다. 겨울 아침에 집 앞을 지나간 호랑이 발자국이 눈 위에 나 있곤 했다. 그러나 호랑이가 집 앞에서 어정거리며 집안을 엿본 흔적은 없는 것이었다. 아버지는 다시 말했다. 산에서 살려면 큰 짐승을 한 식구로 생각해라 이러한 아버지가 죽기 며칠 전에는, 이제 죽거들랑 이곳을 떠나 큰 짐승이 덜한 곳으로 가 살라고 했다. 끝내 산을 떠나라는 말은 하지 않았다. 이 아버지의 말을 좇아 바우네는 지금 사는 싸릿골로 옮겨앉은 것이었다.[52]

바우 아버지는 산돼지에게 받힌 것이 덧나 죽지만, 죽는 순간까시 산돼지를 원망하기보다는 "산돼지 길목이 바뀐 줄도 모르고 어름거"린 자신의 실수를 탓한다. 죽으면서 그가 바우에게 당부하는 말은 "산에서 살려면 큰 짐승을 한 식구로 생각"하라는 것이고, 또한 자신이 죽으면 "이곳을 떠나 큰 짐승이 덜한 곳으로 가"라는 것이다. 하지만 그는 끝내 산을 떠나라는 말은 하지 않는다. 그에게, 산 속 삶은 언제나 큰 짐승의 위협에 있지만, 산밑의 삶보다 낫다. 그는 큰 짐승을 잡을 덫을 놓지도 않지만 큰 짐승 역시 자신에게 해를 끼치지 않는다면 사람을 해치지 않는다. 산은 말 그대로 사람과 호랑이와 산돼지가 서로 조화를 이루며 사는 공간이다.

그 가족들의 산 속 삶에서는 말조차 별반 필요가 없다. "연장을 들면

---

52) 황순원, 「산」, 『황순원 전집』, 3, 재판, 창우사, 1965, 54~55쪽.

부대앝으로 나가자는 말이 됐고, 어느 편에서고 일손을 멈추면 좀 쉬자는 말이 됐고, 해를 보아 연장을 둘러메면 그만 돌아가자는 말"이 된다. 말이 별 의미를 지니지 못한다는 점은, 이 소설에서 산이 단지 자연으로서만이 아니라 반문명적 공간이라는 적극적인 의미를 지닌다는 것을 암시하는 것이다. 말이란 문명에 대한 은유가 되기에 충분하기 때문이다. 바우 아버지가 산 속에서 살게 된 이유가 백정이라는 신분 때문에 이룰 수 없는 바우 어머니와의 사랑 때문이었다는 점에서, 산은 인간과 인간 사이의 차별이 없는 공간이기도 하다. 이것 역시 산의 반문명적 속성을 드러내는 것이다.

이 소설은 이러한 바우와 그 가족들의 삶을 인민군 낙오명의 잔인한 행위와 대비해 보여준다. 인민군 낙오병들은 자신의 동료 여군을 겁탈하기도 하고, 산 사람들의 재물을 무차별 약탈하기도 한다. 이들 중 특히 산에서 잡은 사람을 무참하게 살해할 뿐 아니라 자신의 상관인 소대장까지 죽이고 또한 그것이 드러날까 두려워 바우와 옷을 바꿔 입고 달아나려 하는 '총잡인'는 인간의 폭력성을 여과 없이 보여준다. 그가 폭력을 휘두를 수 있는 것이 총을 가졌기 때문이라는 점에서 이러한 폭력성은 '총'으로 대변된다. '총'은 자연을 무참히 짓밟는 문명에 대한 상징이다.[53] 하지만 총을 통해 폭력을 행사하는 그가 총알이 떨어졌을 때

---

53) 여기서 문명이란 자연을 정복하고 착취의 대상으로 생각하는 서구의 인간중심적 사고에서 비롯된 폭력적 문명을 의미한다. 이것은 오늘 날 생태학적 문제의 근원이 되는 것이다. 김종철은 "오늘날 우리가 경험하고 있는 전대미문의 이 생태학적 재난은 결국 인간이 진보와 발전의 이름 밑에서 이룩해 온 이른바 문명, 그 중에서도 특히 서구적 산업문명에 내재한 논리의 필연적인 결과로서 사회적, 인간적, 자연적 위기라는 사실을 명확히 인식하는 것이 필요하다"고 말한다.(김종철, 「생명의 문화를 위하여」, 『논색평론 선집1』, 녹색평론사, 1993, 10쪽.)

바우에게 죽고 만다는 사실은 자연의 힘이 문명을 압도한다는 점을 잘 보여주는 것이기도 하다. 이 소설은 바우의 순진성과 '총잡이'의 폭력성을 대비시킴으로써 자연과 문명의 대립을 극명하게 드러낸다는 점에서 문명비판적 성격이 강한 소설이다.[54]

「이리도」는 「산」에서 드러나는 자연과 문명의 대립적 의미를 다른 차원에서 그리고 있는 작품이다. 이 소설은 "바깥 이야기에 연이어 뒤의 이야기가 서술된 다음, 다시 바깥 이야기로 돌아가지 않고 끝나버리는 소설"이라는 점에서 '열린 액자 소설'[55]이라고 할 수 있다. 이러한 구성은 서사의 중심이라고 할 수 있는 안쪽 이야기에 거리감을 둠으로써 어떤 신비감을 부여하는 효과를 지닌다. 이 소설은 이러한 신비로운 분위기 속에서 벌어지는 사건을 인상적으로 그려냄으로써 자연과 문명의 대립을 매우 선명하면서도 냉정하게 드러낸다.[56]

만수 삼촌은 우연히 일본인과 함께 몽고의 산 속 외딴집에서 머물게

---

54) 이러한 대립은 「두메」와 「불가사리」에서도 다소 모호하게나마 드러난다. 자연과 문명의 대립은 전자에서 산골 사람들과 '평양 손님'으로 후자에서 산골 사람들과 평양에서 온 소금장수 복코로 드러난다. 여기서 산은 이미 문명에 의해 어느 정도 훼손됐지만 그래도 여전히 그 순수성을 유지하는 공간이며 '평양'은 문명의 공간으로 표상이 된다. 「두메」는 '평양 손님'을 따라 평양으로 가고자 술취한 남편의 머리에 못을 꽂아 죽이는 여인을 통해서, 「불가사리」는 순진무구한 산 속 사람들을 속여 갑분이를 갈취하려는 복코를 통해 이 소설들은 문명에 훼손되는 인간성을 폭로하고 있다.

55) 김천혜, 『소설구조의 이론』, 문학과지성사, 1990, 170쪽.

56) 이 소설의 서사적 공간은 독특하다. 소설의 중심이 되는 사건이 일어나는 공간은 몽골 초원으로 우리에게는 지극히 낯선 곳이다. 반면 실제 이야기가 구술되는 곳은 낯익은 일상생활의 공간 '우리의 한간방'이다. 하지만 이 방은 몽골 초원이라는 소년의 낭만적 꿈의 공간으로 열린다. 그것을 매개하는 사람이 만수 외삼촌이다. 그리하여 이 방은 생활공간이면서 자연스럽게 몽골초원이라는 신비의 공간으로 인도한다. 이러한 효과를 통해 몽골의 이리 이야기는 더욱 선명한 인상을 준다.

된다. 집 밖에서 이리떼의 소리가 들리자 몽고인 주인은 함부로 이리에게 총을 쏴서는 안 된다고 경고한다. 하지만 일본인은 이를 무시하고 이리를 무찌르러 나간다. 그가 이리를 무찌르려고 하는 것은 순전히 힘의 과시다. 하지만 다음날 일본인은 시체의 흔적조차 없이 죽었음이 확인된다. 그가 남긴 것은 오로지 이리의 이빨 자국이 선명한 총 한 자루뿐이다. 여기서 우선 주목할 것은 몽고인의 경고의 말이다.

자연 짐승 이야기가 화제에 올랐다. 주인은 두 사람에게 말하는 것이었다. 이런 산 속에서는 그게 날짐승이건 길짐승이건 심지어는 한 마리의 벌레라도 함부로 죽여서는 안 된다는 것이 한 도덕처럼 되어 있다는 것. 특히 외지에서 온 손님으로서 주의해야 할 점은 이리떼를 만났을 때 수중에 총을 가졌더라도 직접 쏘아서는 안 된다는 것. 정 이리들이 성화를 먹이면 그저 한방 허공에다 대고 총소리를 내는 정도로 쫓아버리는 게 상책이라는 것. 얼핏 직접 쏘아버리는 게 이리떼를 쫓는 가장 좋은 방법인 것 같이 생각키 쉽지만 절대 그렇지 않다는 것. 물론 그것도 인가 근처라면 한두 마리 쏘아 넘어뜨린다 해도 무방하지만 만일 무인지경에서 서뿔리 총질을 했다가는 봉변을 당한다는 것. 이리란 놈은 다른 짐승이 다 그렇듯이 화약 냄새를 몹시 싫어하고 겁내기도 하지만 한번 피를 본 뒤에는, 그것이 자기네의 피건 어떤 다른 것의 피건 한 번 보고 냄새를 맡은 뒤에는 달아나기는커녕 되레 미친 듯이 달려든다는 걸 알아야 한다는 것. 여기서 주인은 얼마 전 어디선가 얼마 전 어디선가 있은 일이라고 하며 다음과 같은 이야기를 하는 것이었다.[57]

---

57) 황순원, 「이리도」, 『황순원 전집』, 2, 246~247쪽.

주인의 경고는 두 가지로 요약될 수 있다. "이런 산 속에서는 그게 날짐승이건 길짐승이건 심지어는 한 마리의 벌레라도 함부로 죽여서는 안 된다는 것이 한 도덕처럼 되어 있다는 것"과 "특히 외지에서 온 손님으로서 주의해야 할 점은 이리떼를 만났을 때 수중에 총을 가졌더라도 직접 쏘아서는 안 된다는 것"이다. 이러한 주인의 경고는 "산에서 살려면 큰 짐승을 한 식구로 생각"하라는 「산」의 바우 아버지의 말과 그 의미가 유사하다. 「산」에서의 산의 의미는 「이리도」에서 몽고의 산에서 그대로 재현된다. 이곳은 「산」의 산처럼 인간과 자연이 조화를 유지하는 공간이다. 하지만 이 소설에서 자연을 대변하는 것이 이리라는 점에서 「산」과는 차이가 있다. 여기서 이리의 야성은 거스르는 것에 대해 용납을 하지 않는 자연의 제어 불능의 광포한 힘을 그대로 보여준다. 이리를 만났을 때 직접 쏘지 말고 "그저 한방 허공에다 대고 총소리를 내는 정도로 쫓아 버리는 게 상책"이라는 주인의 말에서 알 수 있듯이 여기서 자연은 달래고 순응해야 하는 존재이지 다스리거나 정복할 수 있는 것이 아니다.

주인의 경고를 무시한 일본인이 이리떼에게 흔적도 없이 무참히 죽게 되는 것은, 그가 이러한 자연의 힘을 무시했기 때문이다. 이리와 정면 대결을 해서 굴복시키고야 말겠다는 일본인의 태도는 자신의 능력을 과신하면서 자연을 정복의 대상으로 파악해 왔던 서구의 인간중심적 자연관에 대한 은유로 이해할 수 있다. 이 소설에서도 「산」에서와 같이 '총'은 자연을 무참히 짓밟는 문명에 대한 상징이다. 일본인은 총을 가졌기 때문에 이리를 제압할 수 있다고 믿었지만 도리어 총 때문에 생긴 자만심이 그를 죽게 만든다. 이것은 인간이 문명에 의해 자연을 정복해 왔지만 문명 때문에 오늘날과 같은 생태적 위기를 맞는 것과 유사한 것이다. 「이리도」 역시 자연과 문명의 대립을 이리와 총이라는 상징을 통해 극명하게 드러내는 냄으로써 문명비판적 성격을 잘 드러내는 작품이라고 할 수 있다.

그런데 흥미로운 점이 이 소설의 결말을 모호하게 처리함으로써 이러한 단순한 의미를 보다 다각적으로 이해할 수 있도록 보여주고 있다는 점이다.

권총이었다. 묻지 않아도 어제 그 객이 가졌던 권총이었다. 정말 죽었구나 하는 실감이 그제야 만수 외삼촌의 가슴에 와 안겨졌다.

주인은 이것 하나 떨어져 있을 뿐 그 근처에는 머리칼 한 오라기 헝겊 한 조각 남겨져 있지 않더라고 했다. 만수 외삼촌은 순간 몸을 스치고 지나가는 전율과 함께 뒤이어 그 짐승을 향한 어떤 증오감과 분노를 금할 길이 없었다.

주인은 그냥 손바닥 위에 올려놓은 권총을 만수 외삼촌 앞에 내민 채 자세히 보라고 했다. 권총에는 검붉은 피가 말라 붙어 있었다.

주인은 다시 여기에 난 것이 무슨 자린지 아느냐고 했다. 눈여겨보니 거기에는 본시 그랬을 리 없는 자국이 세로가로 무수히 나 있는 것이 아닌가.

(중략)

이게 뭐냐고, 만수 외삼촌이 권총에서 눈을 들자 주인이 사뭇 침통한 어조로, 이게 바로 이리의 이빨자국이오, 했다. 등골이 오싹했다.

이리의 이빨자국? 음, 이게 바로 이리의 이빨자국?

다음은 주인의 설명을 듣지 않아도 좋았다.

이리도, 이리까지도?[58]

몽골인 주인은 만수 외삼촌이 일어나자 어제 일본인이 가지고 있던 권총을 보여준다. 일본인 객이 결국 무참히 죽었다는 사실을 알리는 것이다. "그 근처에는 머리칼 한 오라기 헝겊 한 조각 남겨져 있지 않"았다는 서술은 이리의 잔인성을 여실히 드러낸다. 만수 외삼촌은 이에 대해 증오와 분노를 느낀다. 하지만 이러한 감정은 소설의 결말에서 연전된다. 총에 난 이빨자국이 이러한 정황을 역전시킨다. 이리가 무수히 가로세로 자국이 날 정도로 권총을 물어뜯은 이유는 바로 인간의 폭력성에 대한 증오와 분노 때문이라고 말할 수 있다. 사실상 이리의 잔인성이란, 광포하지만 생명감이 충만한 자연에 속하는 것이다. 하지만 총으로 표상되는 일본인 객의 폭력성은 모든 타자에 대해 행사하고자 하는 무참한 횡포이다. 잔인하기로 비할 데 없는 이리(조차)도 그러한 폭력성에 대해 증오와 분노로 표출한 것이다. 여기서 이리/일본인 객 혹은 이리 이빨/권총의 관계는 자연의 야성/인간 문명의 대립의 선명한 의미가 드러난다. 이 소설은 인간 문명의 횡포를 소설 미학적 차원으로 끌어들이고 있다.[59]

4. 자연에 대한 새로운 인식

남녀의 사랑의 문제를 다룬 「자연」은 매우 미묘한 소설이다. 남녀의

---

58) 위의 글, 249~250쪽.

59) 이 소설의 핵심적 주제가 드러나는 이리/일본인 객 혹은 이리 이빨/권총의 대립 구조에 대해서는 다양한 해석이 가능하다고 생각된다. 이렇게 볼 때 이 소설의 제목 '이리도'는 '이리(까지)도' 혹은 '이리(조차)도'가 되는 셈이다. 하지만 그것은 '이리圖'를 연상케 하기도 하는데, 이는 이 소설의 이러한 이미지와 의미의 선명성에 의한 것처럼 보인다.

사랑을 다루는 소설로 '자연'이라는 제목은 지나치게 추상적이고 무거워, 이 제목이 소설의 내용 전체를 압도하는 것처럼 느껴지기 때문이다. 그래서 이 소설은 분명 '사랑은 자연과 같은 것'이라는 점을 말하고 있다고 생각되면서도, 그것은 거꾸로 '자연이 사랑과 같은 것'이라고 말하려는 것처럼 보이기도 한다. 물론 상식적으로 생각하면 전자가 훨씬 설득력이 있지만, 만약 후자를 강조한다면 이 소설은 남녀간의 사랑을 다룬 소설이라기보다는 남녀간의 사랑을 통해서 자연의 의미를 은유적으로 드러내는 소설이 되는 셈이다.

「야 임마, 그렇다구 꼭꼭 시간을 지켜, 이 병신아. 앞으룬 자주 오늘처럼 시간을 어겨 보란 말야, 일부러라두. 그렇게 해서 길을 들이두룩 해야 해. 결국 남자란 자연과 같은 거구, 여잔 그 속에 사는 귀여운 동물에 지나지않아. 자연이 동물에 적응해야 옳은가, 동물이 자연에 적응해야 옳은가 이 점을 분명히 알아둬. ……그건 그렇구 한잔 하러 가자.」

(중략)

나는 친구의 지껄이는 앞에서 너를 생각하고 있었다. 내가 한 마디 했다.

「남녀 관계가 그렇게 단순한 걸까. 서루 자연이 되기두 허구, 동물이 되기두 하면서, 피차 적응두 허게 마련 아냐.」

「짜식, 그런 어병병한 사고방식이나 태도루선 그치 밑에 깔려 옴짝달싹 못할 거다. 고것이 오죽 깔금하구 콧대가 세 빼야지. 잔말 말구 이제부터라두 그치가 네기 적응해 오두룩 만들어야 해. 알겟어? 내 말 안 들었단 후회한다 후회해.」[60]

---

60) 황순원, 「자연」, 『탈』, 문학과지성사, 1976, 121~122쪽.

친구의 말에 의하면 남자는 자연이 되고 여기서 여자는 동물이 되는데, 여기서 자연 이란 환경이라는 말로 대치될 수 있는 것이다. 남자와 여자를 자연과 동물에 비유한 것은 터무니 없는 것이라고 생각된다. 하지만 동물이 자연에 적응해야 한다는 생각은 크게 틀리지는 않은 것 같다. 이에 대한 서술자의 대응은 자연에 대한 한층 깊은 의미를 내포한다. 그는 자연에 대한 개체의 문제를 타자에 대한 일방적인 적응으로만 파악하지 않는다. "서루 자연이 되기두 허구, 동물이 되기두 하면서, 피차 적응두 허"게 된다는 그의 말을 새겨 보면, 그것은 결국 개체들은 상호배타적인 관계 있는 것이 아니라 상호침투의 관계에 있다는 점을 암시한다. 이 소설에서 자신의 심리적인 문제를 사랑으로 극복하려고 애쓰는 주인공의 마음이나 고집 센 주인공의 애인이 자신의 액취중을 치료하고서 "이젠 자존심이구 고집이구 다버렸어" 라고 말하는 것은 개인적 차원에서는 사랑을 의미하는 것이지만, 그것은 조금 비약해 본다면 자연의 상호침투의 관계에 대한 은유로 이해할 수도 있다.

이와 같은 자연관은 녹색문학의 입장에서 볼 때 매우 중요한 의미를 지닌다. 자연에 대한 개념은 대체로 두 가지로 나누어 볼 수 있는데, 첫째는 "존재, 세계, 우주 전체의 일부를 구성하는 인간 이외의 모든 것"을 지칭 할 수도 있고, 둘째 "인간은 포함한 모든 존재를 통칭해서 세계, 우주전체, 존재 일반"[61]을 지칭할 수도 있다. 위의 주인공이 말하는 자연이란 후자에 속하는 것이다.[62] 모든 개체는 자연에 속하는 것이기도 하면서 다른 개체에 대해서 환경의 일부가 된다는 것이다. 개체는

---

61) 박이문, 『환경철학』, 미다스북스, 2002, 46~47쪽.
62) 이렇게 본다면 앞장의 '자연과 문명의 대립' 에서 자연은 전자의 의미를 지니는 것으로 이해할 수 있을 것이다.

폐쇄적으로 독립된 것이 아니라 상호 관계망 속에서 존재하는 것이라는 생각이다. 이러한 자연관은 "유기체들은 생물권이라는 그물망, 혹은 본질적인 관계망의 매듭"[63]이라고 생각하는 심층 생태학의 자연관과 흡사하다.

「탈」은 이러한 자연관과 유사하면서도 또 다른 의미를 담고 있는 소설이다. 이 소설에서 다리에 총상을 맞고 쓰러진 병사는 흙이 되었다가, 억새가 되고, 다시 소가 되는데, 결국 그는 자신을 대검으로 찔러 죽인 사람이 된다. 불교적 윤회설을 연상케하는 이러한 순환은 현실적으로 불가능하다. 현실적으로 불가능할 뿐 아니라 지나치게 관념적인 경향이 있다. 하지만 이것을 개체 간의 상호 관계를 넘어서는 존재에 대해 사색이라고 받아들인다면, 이것은 매우 문제적이다.

이것은 순환이면서 본질적으로 순환이 아니며 개체간의 관계이면서 본질적으로 관계가 아니다. 이러한 생각은, 내 안에는 곧 타자가 존재하며 타자에 또한 내가 존재한다는 생각을 가능케 한다. 여기서 개체의 의미는 무너지고 만다. 만물은 그 자체로 하나의 생명의 의미를 지닌다. 이것은 사실이거나 과학적이라기 보다 하나의 문학적 상상력이다. 녹색문학의 입장에서 이러한 상상력이 중요한 의미를 지닐 수 있는 것은 오늘날 생태학적 위기는 "우리들 각자가 자기 개인 보다 더 큰 존재를 습관적으로 의식할 수 있게 하는 문화를 회복하는 일"[64]이기 때문이다.

---

63) 아느 네스, 「외피론자 대 근본론자: 장기적 관점의 생태 운동」, 『생태학의 담론』, 솔, 1999, 69쪽.
64) 김종철, 앞의 글, 14쪽.

「나무와 돌, 그리고」는 자연에 대한 이해를 관념이 아니라 절실한 현실로 담고 있다는 점에서 매우 중요한 의미를 지니는 작품이다. 영문학과 교수로 재직중인 주인공은 정년퇴임을 앞두고 공허감과 뉘우침에 휩싸여 있다. 그는 "평생 영문학을 붙들고 몇 권의 연구 논문까지 세상에 내놓기는 했으나 따지고 보면 한갓 공허한 작업에 지나지 않았다는 것"을 절감하고 있는 것이다. 때문에 그는 자신이 과거에 겪었던 실수에 대한 여러 가지 상념에 시달리는데, 그것들은 거의 강박적이다. 그러다가 용문산 은행나무를 보고 강박적 정신에서 벗어난다.

그를 괴롭히는 여러 가지 상념 중, 특히 두 개의 사건이 끊임없이 그를 괴롭힌다. 그 하나는 중학교 때 친구네서 얻어 온 철쭉을 제대로 키우지 못하고 죽여 버린 일이다. 그는 철쭉이 이미 죽은 줄 알고 버릴 양으로 뿌리를 파 보았으나 거기에 허연 움이 돋아나고 있음을 발견한다. 다시 묻지만 그 철쭉은 결국 죽고 만다. 다른 하나는 여러 해 전 정원에 들여 온 돌 중 하나를 바꾸어 오게 한 일이다. 그 돌이 볼품이 없고 질이 물러 보였기 때문이다. 이 두 사건은 작고 연약한 것에 대한 연민의 정이 작은 동물들에서 이제 식물과 돌로까지 확대되고 있음을 보여준다. 이 지점에서 황순원은 풀 한 포기의 생명도 그 자체로는 소중한 것이며 심지어 무생물인 돌조차도 마치 생명이 있는 존재와 같은 존재적 가치가 있는 것으로 생각하기에 이르렀다. 이러한 생각은 근본적으로 '생물이건 무생물이건 지구상에 존재하는 모든 것들은 어느 것이나 다 삶을 영위할 수 있다'는 심층생태학의 '생물학적 평등주의 원칙'[65]과 상통하는 것이다.

---

65) 김욱동, 『문학생태학을 위하여』, 민음사, 1998, 377쪽.

그런데 여기서 돌에 대한 상념은 그것에 대한 연민의 시선 이상의 의미를 지닌다는 점에서 주목을 요한다.

그런데 그 돌 중 눈에 거슬리는 돌이 하나 있었다. 직경이 1미터가 넘게 둥그마하고 넓적하게 생겼는데, 영 볼품이 없고 돌의 질이 물러 보였다. 물을 끼얹어도 별 생기를 내지 못할 뿐 아니라 여기저기 균열이 생겨 있어 오래 가지 못할 것 같았다. 며칠 두고 보다못해 번거로움을 무릅쓰고 정원사에게 일러 다른 돌과 바꾸어 오게 했다. 그리고 나서 여러 해가 지난, 얼마 전이다. 밖에서 밤늦게 돌아와 무심코 뜰을 둘러보고 있는데 그 볼품없고 물러 뵈는 넓적 돌이 어둠 속에 눈앞을 막아섰다. 얼른 외면했다. 그러나 돌의 모습은 사라지지 않고 말을 건네 왔다. 대체 내가 어떻다고 그토록 못마땅하게 여겼는가, 볼품이 없다고? 그렇지만 네 노추해가는 꼴에 비기면 얼마나 의연한 자태이냐, 그리고 질이 물러 오래 가지 못할 것 같다고? 그래 네 생전에 부스러져 마멸되기라도 한단 말인가, 천만에 아마 네가 인간으로서 가장 오래 살고 사라진 뒤에도 몇 백년, 아니 몇 천년은 더 견디리라. 외면해도 보이는 그 돌은 마냥 비웃는 것이었다.[66]

이 소설의 주인공은 돌을 바꾸고서 몇 년이 지난 뒤 뜰에서 그 돌을 마주하게 된다. 그는 그 돌을 애써 외면하려 하지만 그럴 수가 없다. 그 돌은 그를 비웃으며 그에게 말을 건네 온다. 여기서 돌의 목소리는 다름 아니라 주인공 자신의 내면적 질책이다. 그는 자신을 돌과 비교하면

66) 황순원, 「나무와 돌, 그리고」, 위의 책, 300~301쪽.

서 자신의 '노추해가는 꼴'이 돌보다 못하다고 생각하는 것이다. 비교의 기준은 얼마나 오래 생존하느냐에 있다. 여기서 그는 인간이라는 존재로서 무한히 왜소해진다. 그가 왜소해지는 것은 결국 곧 스러져 버리고 만다는 무상감이다. 이러한 무상감은 아무리 훌륭한 사회적 업적이나 성공도 채워 줄 수 없는 것이다. 그가 느끼는 공허감이나 뉘우침은 이러한 무상감에서 오는 것이다. 결국 이러한 무상감은 자연의 무한성과 인간의 유한성의 대비에서 오는 것이라고 할 수 있다. 말하자면여기서 자신의 왜소함에 대한 주인공의 각성은, 뒤집어 보면 결국 더큰 존재 즉 위대한 자연의 무한성에 대한 각성이 된다. 이러한 주인공의 자연에 대한 각성은, 그가 용문산 은행나무를 보면서 더욱 심화되고그로 인하여 그의 갈등은 화해의 길로 접어들게 된다.

　학생들이 캠프화이어 가머리를 준비하는 동안, 그는 절 앞에 서 있는은행나무께로 내려갔다. 오전에 산으로 올라오면서도 보았지만 예닐곱아름이 실히 될 밑둥이요, 수십 길이 넘을 높이의 거대한 나무였다.
　석양 그늘 속에 은행나무는 한창 황금빛으로 물들어 있었다. 가을이온통 한데 응결된 듯만 싶었다. 얼마든지 풍성하고 고요했다.
　그 둘레를 서성이고 있는데 난데없는 회오리바람이 일어 은행나무를휘몰아쳤다. 순식간에 높다란 나무 꼭데기 위에 새로운 장대하고도 찬란한 황금빛 기둥을 세웠는가 하자, 무수한 잎을 산산이 흩뿌려 놓았다. 아무런 미련도 없는 장엄한 흩어짐이었다. 뭔가 그는 속깊은 즐거움에 젖어 한동안 나뭇가를 떠날 수가 없었다.[67]

---

67) 위의 글, 301~302쪽.

위의 인용문은 여전히 강박적 상념에서 벗어나지 못하던 주인공이 학생들을 따라 용문산으로 캠핑을 가서 학생들이 캠프화이어를 준비하는 동안 혼자서 은행나무를 보게 되는 장면이다. 은행나무는 그야말로 거대하고 찬란한 자태로 서 있다. 그것은 "예닐곱 아름이 실히 될 밑둥이요, 수십 길이 넘을 높이의 거대한 나무"이며 "한창 황금빛으로 물들어", "온통 가을이 한데 응결된 듯"이 보이는 것이다. 여기서 은행나무는 위대한 자연의 무한성에 대한 상징처럼 표현되고 있다. 하지만 이 소설의 보다 주요한 문제는 이 나무의 거대하고 찬란한 자태 뒤에 있다.

그는 나무를 보며 "높다란 나무 꼭데기 위에 새로운 장대하고도 찬란한 황금빛 기둥을 세웠는가"하고 생각한다. 바로 그 순간 회오리바람이 불어 나무의 무수한 잎을 산산히 흩어 놓는 것이다. 하지만 나무는 아무런 미련도 없다. 자신의 장대한 잎들을 '미련 없이' 흩뿌리기 때문에, 그것은 '장엄한 흩어짐'이 된다. 주인공이 느끼는 '속깊은 즐거움'은 '찬란한 황금빛 기둥'에서가 아니라 바로 그 '장엄한 흩어짐'에서 오는 것이다. 이때 '장엄한 흩어짐'은 무상감의 수락을 의미하며, '속깊은 즐거운'은 그러한 의미를 깨닫는 순간 오는 것이다. 이 지점에서 앞에서 제기되었던 자연에는 반성적 의미가 첨가된다. 위대한 자연의 무한성은 은행나무의 거대하고 찬란한 자태보다도 오히려 '장엄한 흩어짐' 속에 내재해 있다고 생각해 볼 수 있기 때문이다. 그것은 결국 무상감을 견디는 것이며 달리 말하면 '스스로 그렇게 되어 가는 것'[68]으로서의 동양적 의미에서의 자연이라고 말할 수 있는 것이다.

「나무와 돌 그리고」는, 철쭉과 돌 그리고 은행나무를 통해서, 작고 연약한 것에 대한 연민의 시선을 식물과 돌로까지 확대하고, 위대한 자연의 무한성에 대해 일깨우며, '스스로 그렇게 되어 가는 것'으로서의 자연을 구체적인 정황으로 펼쳐보인다는 점에서 녹색문학의 한 좋은 예를 보여주는 작품이라고 할 수 있다.

5. 결론

지금까지 본 논문은 녹색문학으로서 가치가 있다고 여겨지는 황순원의 단편 소설을 중점적으로 분석함으로써 그의 소설이 지니는 생태학적 의미를 살펴보았다.

---

(68) 여기서 은행나무는 하나의 자연물이 아니라 자연 그 자체에 대한 제유라고 할 수 있다. 자연은 어떤 면에서는 하늘, 땅, 나무 등을 포함하는 환경이다. 하지만 여기서는 그러한 포괄적인 의미에서의 자연물의 의미를 넘어서 그 뒤에서 작용하는 생동하는 원리 혹은 그 이상의 것을 의미한다. 이는 동양적 자연관을 바탕으로 하는 사고이면서 특히 도가사상과 흡사하다. 오늘날 서양의 자연관은 데카르트로부터 출발하는 기계론적 자연관으로 대표된다. 하지만 서양의 자연관 역시 커다란 변모를 겪어왔는데, 그 뿌리를 따라가면, 'physis'와 만난다. 그것은 실재, 자연 원리 등의 의미를 지니는데, 말하자면 자연은 자연물이 아니라 그 뒤에서 작용하는 원리인 셈이다. 하지만 이러한 서양의 자연관이 자연과학적인 측면으로 발달해 오고 그러면서 인간과 분리되어 갔다면, 동양의 자연관은 인간을 포함하는 보다 포괄적인 의미를 지니게 되었다고 생각할 수 있다.(이정우, 「자연」, 『개념의 뿌리들』, 1, 철학아카데미, 2004, 참조.) 김충렬에 의하면 도가사상에서 자연은 사람·땅·하늘·도와 같은 실체 개념이 아니다. 글자 그대로 "누구의 사주도 받지 않고 그 스스로 그렇게 되어 감(自然而然)"이다. 말하자면 천하 만물이 운행하는 길(道)이 그 스스로의 법칙에 의해서 그렇게 존재하고 영위하고 있다는 것을 형용한 것이다.(김충렬, 「도가의 평화사상」, 『동양 사상 산고 Ⅱ』, 예문지, 1994, 참조.) 「나무와 돌 그리고」에서 주인공은 은행나무를 통해서 이러한 자연의 섭리를 깨닫고 그에 순응함으로써 삶의 회의로부터 벗어나고 있는 것으로 보인다.

2장에서는, 우선 「청산가리」, 「골목 안 아이」, 「송아지」를 분석함으로써 황순원 소설에 나타나는 생명에 대한 소중함이 작고 연약한 것에 대한 연민이라는 점과 이러한 주제가 「목넘이 마을의 개」에서는 생명의 소멸과 생성이라는 구조 속에서 보다 선명하고 심화된 의미를 드러낸다는 점을 밝혔다. 3장에서는 「산골 아이」에서 산이 인간과 자연이 조화를 유지하는 공간으로 드러난다는 점과 「산」과 「이리도」가 자연과 문명의 대립을 통해 문명비판적 성격을 지닌다는 점을 밝혔다. 4장에서는 「자연」, 「탈」, 「나무와 돌, 그리고」를 분석함으로써 황순원 소설에 나타나는 자연에 대한 인식을 살펴보았다. 여기서 자연은 "유기체들은 생물권이라는 그물망, 혹은 본질적인 관계망의 매듭"이라는 심층생태학의 자연관과 흡사하며, '스스로 그렇게 되어 가는 것'으로서의 자연이라는 동양적 자연관과 상통한다.

황순원 소설은 작가 자신이 밝히고 있듯이 "인간의 고통을 깊이 생각하는 것"[69]이라고 할 수 있다. 하지만 앞서 살펴 본 바와 같이 그의 소설들은 이를 넘어선다. 그것은 인간의 고통을 깊이 생각할 뿐 아니라 동물과 식물 그리고 자연 사물의 고통까지 깊이 생각하는 것이다. 뿐만 아니라 그것은 개체들의 상호 관계과 자연의 의미를 깊이 궁구하고 있다. 이런 점에서 황순원 소설은 매우 훌륭한 녹색문학이라고 불러도 좋을 듯하다. 그런데 그가 녹색문학을 염두에 두지 않고서 녹색문학의 장을 일구었다는 점에서 그의 소설은 더욱 높이 평가될 만 한 것이다. 그래서 그의 소설은 이념보다는 현실적 상황들 속에서 녹색이념을 풍부하게 펼쳐 놓을 수 있었는지도 모른다.

---

69) 황순원, 「말과 삶과 自由」, 『말과 삶과 自由』, 문학과지성사, 1985, 25쪽.

끝으로 앞에서 다룬 소설들처럼 녹색이념과 직접적인 연관 관계가 없는 듯이 보이는 황순원의 작품들도 대개 넓은 의미에서의 녹색적 의미를 담고 있다는 점을 강조하고 싶다. 가령 「물 한 모금」의 중국인 주인이나 「겨울 개나리」의 간호 보조원 그리고 「소리 그림자」의 서술자 등은 모두 인간에 대한 무한한 신뢰와 애정을 지닌 인물들이다. 이들은 모두 휴머니즘의 한 끝을 극명하게 보여준다. 이러한 휴머니즘은 서구적 의미에서의 인간 중심주의와는 다르다. 인간에 대한 사랑이 멈춘 곳에 자연에 대한 사랑이 있을 수 없다. 그런 의미에서 황순원 소설은 근본적으로 녹색이념의 바탕 위에 쓰여졌다고 해도 크게 틀리지는 않는 듯하다.

■참고문헌

황순원. 『황순원 전집』. 재판, 창우사, 1965.
———. 『탈』. 문학과지성사, 1976.
———. 「말과 삶과 自由」. 『말과 삶과 自由』. 문학과지성사, 1985.
이남호. 「문학은 녹색이다」. 『녹색을 위한 문학』. 민음사, 1998.
———. 「물 한 모금의 의미」. 『문학의 위족』. 민음사, 1990.
정정호. 「문학교육의 녹화사업모색」. 『문학과 환경』. 창간호. 문학과 환경학회, 2002.
양선규. 「황순원 소설의 심리학적 구조」. 『한국 현대소설의 무의식』. 국학자료원, 1998.
김병익. 「순수문학과 그 역사성」. 『황순원 연구』, 전집, 12. 문학과지성사, 1985.
이보영. 「황순원의 세계」. 『황순원 연구』, 전집, 12. 문학과지성사, 1985.
천이두. 「한국적 이미지에의 집념」. 『한국단편문학대계』, 5. 삼성출판사, 1975.
조남현. 「황순원의 초기 단편 연구」. 『한국현대소설사연구』. 민음사, 1984.

서재원. 『김동리와 황순원의 낭만성과 역사성』. 월인, 2005.

조동일. 『한국문학통사』, 3. 지식산업사, 1989.

김종철. 「생명의 문화를 위하여」. 『논색평론 선집』, 1. 녹색평론사, 1993.

김천혜. 『소설구조의 이론』. 문학과지성사, 1990.

박이문. 『환경철학』. 미다스북스, 2002.

김욱동. 『문학생태학을 위하여』. 민음사, 1998.

이정우. 「자연」. 『개념의 뿌리들』, 1. 철학아카데미, 2004.

김충렬. 「도가의 평화사상」. 『동양 사상 산고 II』. 예문지, 1994.

아느 네스. 「외피론자 대 근본론자: 장기적 관점의 생태 운동」. 『생태학의 담론』.
        솔, 1999.

M. H. 아브람스. 「플롯」. 『문학용어사전』. 최상규 역. 보성출판사, 1991.

황순원 소설의 생태학적 의미 2

— 장편소설을 중심으로

1. 서론

본 논문의 목적은 황순원의 장편소설에 나타나는 생태학적 의미를 밝히는 데 있다. 필자는 이미 「황순원 소설의 생태학적 의미」[70]에서 그의 단편소설을 대상으로 이와 같은 고찰을 한 바 있는데, 본 논문은 바로 그 연장선상에서 이루어진다.

황순원 단편소설의 생태학적 의미는 다음과 같다. 첫째, 그의 단편소설 중에는 생명의 소중함을 다루는 작품이 상당수 존재하며, 특히 그것

---

70) 이승준, 「황순원 소설의 생태학적 의미」, 『문학과환경』, 2, 문학과환경학회, 2003, 6, 65~85쪽.

들은 작고 연약한 것에 대한 연민으로 나타난다. 둘째, 자연과 문명의 대립을 통해 문명 비판적 성격을 지니는 작품이 다수 존재하는데, 여기에서 특히 '산'은 인간과 자연이 조화를 이루는 공간으로 제시된다. 셋째, 대개 후기 작품에 속하는 「자연」, 「탈」, 「나무와 돌, 그리고」 등에는 자연에 대한 새로운 인식이 담겨 있는데, 그것은 심층 생태학의 자연관이나 동양적 자연관과 상통한다.

그런데 위의 세 가지 의미 중 첫 번째 즉 생명의 소중함에 대한 인식은 특정한 몇몇 작품에 두드러지게 드러나기도 하지만, 황순원의 대부분의 작품에 편재하는 것이기도 하다. 이러한 인식은 문명 비판의 근저에도 놓여 있으며, 후기 작품에서 보이는 자연에 대한 새로운 인식의 기반을 이루기도 한다. 「이리도」에서 일본인이 이리에게 목숨을 잃는 것은, 총이라는 문명의 이기를 지닌 인간의 오만함 때문이기도 하지만, 그가 이리의 생명을 가볍게 여겼기 때문이기도 하다. 또한 「나무와 돌, 그리고」에서는 무생물인 돌조차도 마치 생명이 있는 존재처럼 다루고 있어서, 심층 생태학의 '생물학적 평등주의 원칙' [71]에 접근하거나 이를 넘어서는 정신세계를 보여주기도 한다.

본 논문은 생명의 소중함에 대한 인식이 황순원의 장편소설에도 편재한다는 연역적 가설에서 출발한다. 하지만 그의 장편소설들이 이러한 주제를 정면으로 다루고 있다는 것은 아니다. 그는 『별과 같이 살다』에서 『신들의 주사위』까지 총 일곱 편의 장편소설을 남겼는데, 여기에서는 주로 사랑, 죽음, 구원 혹은 근원적 고독과 같은 보편적인 주제들이 역사적인 문제들과 중첩되어 나타난다. 바로 그 바탕에 생명의 소

---

71) 김욱동, 『문학생태학을 위하여』, 민음사, 1998, 377쪽.

중함에 대한 인식이 깔려 있다. 그것은 주제를 형성하는 데 있어 암시적으로 작용하기도 하고, 구체적 현실 문제 즉 환경문제로 부각되어 나타나기도 한다. 따라서 본 논문은 황순원의 장편소설을 대상으로 생명의 소중함에 대한 인식이 어떻게 드러나는지를 고찰함으로써 그의 소설이 지니는 생태학적 의미를 밝히기로 한다.

2. 작고 연약한 존재에서 느끼는 생명감

『별과 같이 살다』는 곰녀라는 한 여인의 삶의 궤적을 통해서 광복 전후의 시대상을 잘 드러내는 작품이다. 김인환이 지적하듯이, 이 소설은 샘마을에서 일어나는 사건들을 통해 식민지 시대의 노동조건이 얼마나 열악했는가를 보여주는가 하면, 김만장과 한명인의 갈등을 통해서 식민지 말기의 토지 소유의 변화를 드러내기도 한다. 또한 서울과 평양의 유곽 묘사나 군수공장에 징용된 청소년들의 황폐화된 행동을 통해 식민지 시대의 왜곡된 풍속도를 그려내기도 한다.[72] 하지만 이 소설에서 이러한 역사적인 조건들은 후경화되어 있다. 전경화 된 것은 괴로움을 당하는 곰녀의 삶이다.

곰녀는 그녀의 의지와는 상관없이 샘마을에서 대구로, 대구에서 서울로, 다시 서울에서 평양으로 끊임없이 자리를 옮기며 그때마다 이름을 바꾸고 살아간다. 자리를 옮기고 이름이 바뀔 때마다 그녀의 삶은 퇴락해 간다. 특히 평양에 이르러 몸을 파는 처지에 놓인 곰녀의 삶은

---

72) 김인환, 「忍苦의 美學」, 『별과같이 살다. 카인의 후예』, 전집, 6, 문학과지성사, 1981, 470~472쪽 참조.

인간 이하의 비참한 것으로 드러난다. 상황은 늘 절망적이다. 이러한 절망은 광복 이후 청루에서 해방되고서도 여전히 계속된다. 다음의 인용문은 소설 전반에 나타나는 이러한 절망 사이에서 유일하게 드러나는 환희의 순간이다.

산실로 들어선 그네들은 먼저 눈앞에 나타난 광경에 놀라고 말았다. 어마나! 모두 눈을 크게 뜨고 입을 벌렸다. 거기 세 개의 적은 채롱 속에는 얼핏 보아 크기와 생김생김이 비슷한 갓난애들이 들어 있는 게 아닌가. 한 애는 잠들었고, 두 애는 깨어 있어 오므작거리고 있다. 어쩌면 어린애란 이렇게 귀엽고 사랑스러운 것일까. 모조리 하나씩 안아 주고 싶었다.

그런데 어느 애가 홍도의 애란 말인가.

주심이가 맨 끝의 채롱 속을 들여다 보며,

「애가 홍도 애여」 한다

제가끔, 어디 어디, 하며 채롱 속을 들여다 보고는 또 , 어머나, 소리를 한번씩 지른다. 귀엽고, 사랑스럽고, 그리고 부럽기까지 하다는 환성이었다.[73]

곰녀의 동료인 홍도는 몸을 파는 처지임에도 불구하고 아버지가 누구인지 모르는 아기를 밴다. 홍도는 주인의 핍박에도 불구하고 아기를 지우지 않고 낳는다. 홍도가 아기를 낳을 수 있었던 것은 주위 동료들이 유곽의 주인으로부터 그녀를 결사적으로 지켜주었기 때문이다. 위

73) 황순원, 「별과 같이 살다」, 『별과 같이 살다, 카인의 후예』, 전집, 6, 문학과지성사, 1981, 143~144쪽.

의 인용문은 홍도가 아기를 낳았다는 소식을 듣고 그녀의 동료들이 병원에 가서 아기를 보고 놀라는 장면이다. 여기서 그들은 갓난아기의 모습을 보고 '환성'을 지른다. 그들의 '환성'은 그 아기가 홍도의 아이이기 때문이 아니다. 그들은 채롱 속에 있는 세 명의 아이 중 누가 홍도의 아이인지 모르는 상태에서 그저 그 아기들의 귀엽고 사랑스런 모습을 보고 삶의 환희를 느끼는 것이다. 그것은 작고 연약한 존재에서 느끼는 생명의 경이로움에서 오는 것이다. 아이는 순수 그 자체이며 아이를 바라보는 사람들은 이에 동화된다. 여기에는 일체의 절망이나 악 혹은 인간사의 괴로움이 개입되지 않는다.

그런데 이 아이는 유곽의 주인에 의해 팔려간다. 여기서 이 소설은 인간성의 한 극단을 보여준다. 시애틀의 인디언 추장은 백인들에게 "그대들은 어떻게 저 하늘이나 땅의 온기를 팔 수 있는가?"[74]라고 말하기도 했지만, 유곽의 주인에게는 이 작은 생명조차 오직 돈으로 환산할 수 있는 교환가치로만 인식되는 것이다. 여기에 절망의 끝이 있다. 아이에게서 느끼는 생명감과 그 환희가 여지없이 깨지면서 절망은 극대화되고 잔인한 현실은 부각된다. 하지만 곰녀는 이러한 절망적 현실을 '그 특유의 인고와 정직'[75]으로 굳굳하게 버텨낸다. 이 소설은, 곰녀가 호민단에 들어가 미력이나마 '자기보다 굶주리고 헐벗은 사람들을 위해' 일하기로 결심하는 것으로 끝맺음으로써 궁극적으로 인간과 역사에 대한 믿음을 저버리지는 않는다.

작고 연약한 존재에서 느끼는 생명감은 『인간접목』에서 보다 적극적

---

74) 시애틀 추장, 「우리는 모두 형제들이다」, 『녹색평론선집1』, 녹색평론사, 1993, 17쪽.
75) 김인환은 곰녀의 이러한 모습이 단군 신화에 등장하는 곰녀의 모습과 완전히 일치한다고 보기도 했다.(김인환, 앞의 글, 472~473쪽.)

인 의미로 드러난다. 『인간접목』은 상이군인인 종호가 갱생소년원에서 겪는 사건들을 통해서 전후 우리 사회의 일면을 그리고 있는 소설이다. 대체적으로 황순원의 소설에서는 아이들의 세계와 어른의 세계는 '순수/순수의 훼손'이라는 대립적 의미를 지니는데, 이 소설에 등장하는 아이들 중에는 상당수가 순수의 세계에서 사뭇 벗어나 있다.[76] 그 대표적인 예가 자신의 이름조차 몰라 별명으로만 불리우는 짱구대가리와 배꼽지라는 별명을 지닌 배선집이라는 소년이다. 그들은 자신의 마음에 들지 않는다고 동료를 때리기도 하고, 소년원 창고에서 레이션 상자를 훔쳐내기도 한다. 특히 짱구대가리는 이미 고아원 밖에서 소매치기를 했던 경험이 있으며, 아이들을 교묘히 왕초에게 빼돌릴 정도로 영악한 아이이다.

　　종호는 경련을 일으키며 죽어가는 쥐를 내려다보며,
　　— 그리구, 죽어가는 걸 가지구 이렇게 장난하는 게 아냐.
　　— 암만캐도 직(죽)일 거 아닙니꺼?
　　— 그러나 이렇게꺼지 해서 죽일 건 없잖니?
　　— 그라모 와 약을 놓습니꺼?
　　— 사람한테 해를 끼치는 놈이니 죽여없애기야 해야지. 그렇다구 이

---

76) 이와 관련해서 이남호는 다음과 같이 서술하기도 한다.
　　"존재의 순수한 상태에 상처를 주는 주요 요인으로 어른들 세계의 어리석음과 잔혹함을 빼놓을 수가 없다. 황순원은 그의 소설에서 어른들 세계의 잔혹함과 아이들 세계의 순수함을 자주 대비시키고 그 대비를 또한 매우 능수능란하게 한다. 세계는 어른들의 잔혹함이 지배하고 있으며 아이들의 순수함은 그 잔혹함에 부딪혀 깨어지고 상처받는다. 그리고 어른들의 잔혹함은 아이들의 순수함만을 파괴하는 것이 아니라 자신들이 살고 있는 현실도 매우 황폐하게 만든다." (이남호, 「물 한 모금의 의미」, 『1950년대의 소설가들』, 나남, 1994, 305쪽.)

렇게꺼지 해서 죽일 건 없어.

　— 이라나저라나 똑 안 같습니꺼, 직이기는?

　— 그러나 그런 게 아니다. 사람한테 해되는 것이니 죽이기는 해야지
만, 죽인다는 것에 재미를 붙여서는 안돼. 더구나 다 죽어가는 것을 가지
구 불측한 짓을 해서 그 괴로워하는 걸을 보구 좋아해선 못써. 사람이나
쥐나 불에 태우면 뜨겁구 아픈 거는 마찬가지니까.[77]

아이들은 쥐약을 먹고 죽어가는 쥐를 가지고 장난을 친다. 오직 재미
를 위해서 쥐의 몸에 석유를 붓고 불을 붙이는 것이다. 이러한 잔인성
은 이 소년원에 있는 아이들의 훼손된 순수성의 예리한 단면을 보여준
다. 이를 보고 종호는, 쥐는 사람에게 해가 되니 죽일 수밖에 없지만 불
에 태워서 죽이며 장난을 치는 것은 안 된다고 한다. 사람이나 쥐나 불
에 태우면 뜨겁고 아픈 것은 마찬가지이기 때문이라는 것이다. 문제가
되는 것은 결국 생명을 대한 태도이다. 아이들이 생명의 소중함에 대한
인식이 전혀 없는 반면, 종호는 말하자면 약한 인간중심주의적 태도를
취하고 있다고 할 수 있다.[78] 인간이 생존하고자 한다면 약한 인간중심
주의는 불가피하다. 하지만 이유 없이 혹은 단순한 재미를 위해서 생명
을 빼앗는 것은 분명 죄악이다. 그런데 다음 장면에서 이러한 아이들의

---

77) 황순원, 「인간접목」, 『인간접목, 나무들 비탈에 서다』, 전집, 7, 문학과지성사, 1981,
　　127~128쪽.

78) 이남호는, "약한 중심주의는 인간이라는 조건의 불가피한 특징" 이라고 하는 앤드류
　　돕슨의 말을 인용하면서 약한 인간중심주의는 비인간중심주의를 무조건 주장하는 것
　　보다 사려 깊은 태도이며 오히려 더 생태주의적이라고 볼 수 있다고 한다. 비인간중심
　　주의에서 모든 존재들은 각기 고유의 가치와 권리를 지니고 있으며, 그 가운데서 인간
　　의 특별한 지위는 부정된다.(이남호, 「녹색문학을 위하여」, 『녹색을 위한 문학』, 민음
　　사, 1998, 30~31쪽.)

훼손된 순수성이란 표면적인 것임이 드러난다.

　　— 아침에 지인 압놀의 새끼다! 지 오매 앙 오니까 배고파 나왔다!
　부산내기가 다시 소리쳤다.
　대번 쥐새끼든 애의 얼굴에서 웃음기가 사라졌다. 그리고 무슨 힘에
겨운 물건이나 들고 있었던 것처럼 쥐새끼를 내려놓았다. 그리고는 슬그
머니 돌아서 애들 틈을 헤치고 빠져 나가더니 저쪽 천막 뒤로 달아나 버
리고 마는 것이었다.
　종호는 잠시 그 애의 뒷모습을 바라보며 서 있었다. 아지못할 따뜻한
감촉이 목줄기를 째릿하게 하는 것이었다. 지금 이 애들은 때가 낀 거울
과 마찬가지인 것이다. 닦기만 하면 안쪽은 성한 거울알인 것이다. 정교
수의 말이 떠올랐다. 모성애란 별 것 아니다. 친히 궂은 것을 주무르고
매만지는 데서 생기는 것이다. 그러나 그 말은 쉬워도 실천에 옮기기란
여간 힘든 일이 아닐 것이다. 거울에 낀 때에 따라서는 좀처럼 닦아서 지
워지지 않는 수도 있는 것이다. 인내가 필요하다. 종호는 무언가 자신에
게 다지는 심정이 되면서 사무실 쪽으로 걸음을 옮겼다.[79]

　이제 문제는 쥐가 아니라 불에 타 죽은 쥐의 새끼다. 아직 눈도 못 뜬
새끼들이 어미를 찾아 굴을 나온 것이다. 한 아이가 생쥐 한 마리를 집
어 패대기쳐 죽이고 또 다른 한 마리를 집었다. 그런데 아이는, 그 생쥐
들이 아침에 죽인 쥐의 새끼들이며 어미를 찾아 나왔다는 얘기를 듣고
차마 던지지 못하고 그냥 놓고 무리에서 빠져나간다. 아마도 이 아이

---

79) 앞의 글, 153~154쪽.

는, 어미를 찾아 나온 생쥐와 부모를 잃은 자신의 처지를 동일시하면서, 생쥐에 대해 지극한 연민을 느끼고 있었을 것이다. 여기에서 아이에게 "사람이나 쥐나 불에 태우면 뜨겁구 아픈 거는 마찬가지"라는 생각, 즉 타자 역시 자신과 마찬가지로 소중한 존재라는 깨우침이 생겨나기 시작한다. 생명에 대한 경시를 통해 드러났던 아이들의 훼손된 순수성은 작고 연약한 존재에 대한 생명의 소중함에 대한 인식을 통해 회복된다.

여기에서 주의를 기울일 문제는 이러한 아이의 태도를 보고 가지는 종호의 생각이다. 그는 "지금 이 애들은 때가 낀 거울과 마찬가지"라고한다. 아이들이 본래 본성이 글러서 이렇게 잔인한 행동을 하는 것이아니라 잘못된 환경이 그렇게 만들었기 때문에, 거울의 때를 닦듯이 아이들이 스스로 깨우치게 한다면 순수한 본성은 회복될 수 있다는 믿음이다. 소설의 결말에서, 짱구대가리가 갱생원을 탈출하여 왕초에게로가지만 그가 끝내 종호에 대한 인간적 신뢰를 저버리지 않아 왕초의 칼에 찔리게 되는데, 여기서 아이의 순수성이 그대로 드러난다. 그것은결국 종호의 모성애와 같은 사랑의 결과라고 할 수 있다.[80]

모성애는 이 소설의 가장 핵심적인 주제라고 할 수 있는데, 이 문제는 소설 곳곳에 나타난다. 종호의 의과대 스승인 정교수가 자신의 병원에 아기를 낳고 사라진 여인의 아기를 자기의 자식처럼 키운다는 사건이나 전쟁 통에 여섯 마리의 새끼를 한 마리도 축내지 않고 키운 개의

---

80) 이런 점에서 종호는 황순원 소설에서 매우 중요한 의미를 지니는 인물이다. 그는 어른이면서도 여전히 아이의 순수함을 유지하고 있을 뿐 아니라 타인에게 그것을 일깨우는 존재이기 때문이다. 그의 장편소설에 등장하는 대부분의 주인공들이 종호와 같이 어른이면서도 어느 정도 아이의 순수함을 지니고 있다는데, 타인에게 그것을 일깨우는 인물은 드물다. 『움직이는 성』의 성호가 이에 가장 가깝다.

이야기 등이 그것이다. 여기서 모성애를 굳이 여성적인 것으로 국한시킬 필요는 없는 듯하다. 그것은 타자에 대한 조건 없는 보편적 사랑을 의미한다. 여기서 타자란 인간을 포함한 모든 생명을 의미한다. 바로 그 바탕에 작고 연약한 것에서 느끼는 생명의 소중함에 대한 인식이 깔려 있다.

그런데 거울의 때를 닦듯이 순수한 본성이 회복될 수 있다는 종호의 믿음은, 아이/어른은 곧 '순수/순수의 훼손'이라는 대립 구조를 지양(止揚)하는 의미를 지닌다. 이러한 생각을 밀고 나가면 갱생원의 아이들이 순수를 회복할 수 있듯이 어른들도 때를 씻으면 순수를 회복할 수 있다는 결론에 도달할 수 있기 때문이다. 다만 어른들은 아이들에 비해서 순수한 본성으로부터 너무 멀리 떨어져 나왔다고 생각할 수 있을 뿐이다. 이 소설에 등장하는 대부분의 어른들은 악인이거나 위선에 물든 인간들이다. 아이들을 끄집어 내 소매치기를 시키려는 왕초는 말할 것도 없지만, 왕초의 눈치만 보는 기회주의자 홍집사와 갱생원을 통해서 자신의 이익을 추구하는 원장도 여기에서 멀지 않다. 하지만 이들조차도 정교수가 말하는 모성애와 같은 사랑에 의해 본래의 아이의 순수성을 회복할 수 있다는 것이다. 결국 이러한 생각은 궁극적으로 인간에 대한 무한한 신뢰의 표현이 된다.

3. 살육의 역사와 순환의 생명

『카인의 후예』는, 해방 직후에 토지개혁 문제를 둘러싸고 북녘 땅에서 벌어지는 사건을 형상화한 소설이다. 토지개혁이라는 극단적인 상황에서 벌어지는 인물들의 행동들을 통해 이 소설은 인간성의 본질을 탐구한다. 명구와 불출은 야학 폐쇄에 대한 항의로 단지 가난하다는 이유로 농민위원장이 된 남이 아버지를 죽이기도 하고, 이에 대해 당원들은 무자비한 복수를 선동하기도 한다. 지주들은 인민재판을 통해서 죽거나 죽을 위기에 처해 있다. 또한 지주의 시체를 치우는 행동조차 반동의 낙인이 찍히는 근거가 되기도 한다. 반목과 배반으로 혼란한 세상은 살육으로 얼룩진 복마전이 된다.

누구보다도 도섭영감은 이러한 상황에서 인간이 얼마나 극단적으로 변할 수 있는가를 잘 보여준다. 과거 박훈의 집 마름으로 소작농을 괴롭히던 그가 시대가 바뀌자 농민위원장이 되어 지주를 몰아내는데 앞장선다. 훈의 사촌 동생 혁이 장맛비에 휩쓸렸을 때 목숨을 걸고 구해주었던 그가 자신이 세운 훈 아버지의 송덕비를 스스로 박살낸다. 그리고 자살한 지주 용제영감 집 앞에서 "독사는 밟아 죽여야 한다"고 외치기도 한다. 박훈이 혁을 대신해 이러한 도섭영감을 칼로 찌르는 것으로 소설은 끝난다. 박훈이 소설 전반에서 비록 나약하지만 균형감각을 지닌 지식인의 성격을 지닌 인물로 등장한다 점에서 그의 이러한 선택은 문제적이다.

오늘은 뒷산 옛무덤가에는 올라가기가 싫었다. 어쩐지 거기 올라가면 이따 오후에 그 부근에서 있을 장면이 머리에 떠올라 견딜 수 없을 것 같았다. 과수원 쪽으로 갔다. 거기서 시간을 보낼 참이었다. 아직 과수원을 거닐기에는 철이 일렀다. 폐목이 되다시피한 과목 가장이에 눈이 부풀기 시작할 무렵에야 훈은 뒷산 옛무덤가에서 이리로 자리를 옮기곤 한 것이었다. 그러다가 과목들이 다시 우수수 낙엽을 지우고 무서리가 땅에 깔리게 돼야 다시금 뒷산 무덤가에로 자리를 옮겼다.

훈은 시골 나와 이 과수원에서 비로소 나무의 잎눈이나 꽃눈이 언제 생겨나 어떻게 큰다는 걸 알았다. 그때까지 그는 나무의 눈이란 봄에 생겨나 잎과 꽃이 되는 것으로만 알고 있었다. 그러나 그렇지가 않았다. 가을에 단풍이 들어 낙엽이 지기 전에 벌써 눈들을 장만해 놓는 것이었다. 이 작고 연약한 눈이 그대로 추운 겨울을 겪고 나서 봄에 싹이 트고 잎과 꽃을 피우는 것이었다. 처음 이것을 발견했을 때 훈은 무슨 신기한 것이나 발견한 것처럼 혼자 가슴까지 두근거렸던 것이다.[81]

위의 인용문은, 사촌동생 혁을 대신해서 도섭영감을 죽일 결심을 한 박훈이 과수원에 올라간 대목이다. 혼란스런 마음을 가다듬고자 올라간 곳이라는 점에서 과수원은 성찰의 공간이다. 이 곳은 거리를 두고 현실을 바라볼 수 있는 곳이다. 과거에 그는 이곳에서 생명의 의미를 발견하고 혼자 가슴이 두근거렸던 적이 있다. 이런 점에서 그에게 과수원은 성찰의 공간이기도 하지만 생명력이 충만한 공간이기도 하다. 그는 살육의 복마전이 되어버린 현실과 대조적인 이 과수원에서 어떤 생명감을 느끼며 위안을 찾고 있는 것이다. 이렇게 생명의 신비를 발견한 훈이 사촌 동생 혁을 대신해 자신의 손에 피를 묻히게 된다는 점에서 이 소설은 비극적 현실을 더욱 비극적으로 보여준다.

그런데 여기서 훈이 발견한 생명의 의미가 개체로서의 생명을 의미하는 것이 아니라는 점은 주목을 요한다. 그것은 겨울에 준비된 나무의 눈이 봄이 되어 잎과 꽃이 되고, 가을에 낙엽을 떨구고 다시 눈을 만드

---

81) 황순원, 「카인의 후예」, 전집, 6, 451~452쪽.

는 순환의 의미를 내포한다. 이러한 순환의 의미는 단순한 자연현상이 아니라 우주 전체를 움직이는 원리이며 절망과 희망, 흥망성쇠, 분열과 화합, 살육과 탄생 등의 인간사의 변화를 포함한다. 과수원을 내려가면 어쩔 수 없이 도섭영감을 죽임으로써 자신도 살육의 복마전에 참여해야 하지만, 훈은 생명의 순환을 생각하며 궁극적으로 인간에 대한 신뢰와 미래에 대한 희망을 놓지 않고 있는 것이다. 겨울에 준비된 나무의 눈이 봄이 되어 잎과 꽃이 되듯이, 겨울과 같이 극한에 이른 현실에도 눈(나무의 눈 같은)은 만들어지고 있으리라는 믿음이다.

『나무들 비탈에 서다』에서 이러한 순환으로서의 생명의 의미는 보다 구체적으로 드러난다. 이 소설은 전쟁을 겪은 젊은이들의 불안정한 정신 상태를 그린 작품이다. 전쟁은 『카인의 후예』에서의 토지개혁 상황보다 더욱 극단적인 살육의 현장일 수밖에 없다. 여기서 생명의 가치는 극단적으로 평가절하 된다.

강박적인 성격의 소유자인 동호는 자신과 함께 잤던 술집여자가 다른 남자와 잤다는 이유로 그들을 죽이고 자살을 한다. 위악적 성격의 소유자인 현태는 전쟁 통에 민간인 여인을 부대로 데려가기 싫다는 이유로 죽이기도 하고, 전쟁이 끝나고는 죽고 싶다는 어린 창부 계향을 죽여주고, 계향보다 먼저 자살하지 못한데 대해 자조의 웃음을 짓기도 한다. 마치 그들은 생명을 유지하는 것조차 수치스럽게 여기는 듯하다. 하지만 동호나 현태가 근본적으로 악한 사람들은 아니다. 생명의 의미가 망각된 현실이 그들을 그렇게 만들었으며, 그래서 동호의 말대로 '그들이 무슨 일을 저지르건 전쟁에 참가했던 젊은이들은 모두 피해자밖에 될 수 없'다. 그들은 마치 비탈에 선 나무와 같이 불안정한 삶을 살 수밖에 없다.

하지만 이 소설의 모든 상황에서 생명의 가치가 상실되어 나타나는 것은 아니다. 소설의 결말에서 이는 강력히 부인된다.

「글쎄요, 그 심정을 모르는 바는 아니지만…… 그렇지만 만약 이 일을 그 친구 집에서 알게 된다면 되레 여기 계신 게 피차 곤란해지지 않을까요. 솔직히 말씀드리자면…… 그 동안 저는 남모를 피해를 받아 온 사람입니다. 더 이상 누구 일로 해서 말썽을 내구 싶지는 않습니다.」

(중략)

「선생님이 받으신 피해가 어떤 종류인지는 모르겠습니다. 그렇지만 큰 의미에서 이번 동란에 젊은 사람치구 어느 모로 보나 상처를 받지 않은 사람이 있을까요. 현태씨두 그 중에 한 사람이라구 봅니다. 그리구 저두 또 그 중의 한사람인지도 모르구요.」

「네…… 그런 생각에서 그 친구의 애를 낳아 기르시겠다는 겁니까」

그네는 윤구에게 주던 시선을 한 옆으로 비키면서,

「모르겠어요. ……어쨌든 제가 이 일을 마지막까지 감당해야 한다는 것 외에는. …… 그럼 실례했습니다.」[82]

결말 부분에서 숙이는 "이 일을 마지막까지 감당해야 한다"는 생각으로 자신을 겁탈한 현태의 아이를 낳기로 결심하고 윤구의 양계장을 찾아간다. 아이를 낳을 장소로 거기가 안성맞춤이라고 생각했기 때문이다. 하지만 윤구는 이를 거절한다. 자신이 남모를 피해를 받아 왔으며 더 이상 피해를 당하고 싶지 않다는 것이다. 자신을 겁탈한 현태의

---

82) 황순원, 「나무들 비탈에 서다」, 전집, 7, 529~530쪽.

아이를 낳기로 결심한 숙이의 행동을 생각한다면 그의 태도는 지극히 이기주의적이라고 말할 수밖에 없다. "큰 의미에서 이번 동란에 젊은 사람치구 어느 모로 보나 상처를 받지 않은 사람이 있을까요. 현태씨두 그 중에 한 사람이라구 봅니다."라고 말하는 순간, 그녀는 이미 자신을 겁탈한 현태를 용서했을 뿐 아니라, 자신을 버린 동호에 대한 원망도 인간에 대한 사랑 속에 용해하고 있다고 할 수 있다.

숙이의 이러한 행위는 다음 인용문과 연결해서 생각할 때 보다 깊은 의미를 지닌다.

신앙생활을 하는 사람답게 한결같이 부드러운 음성으로 이렇게 말하고는,

「그분이 양계를 한다니 거기서 어떤 진리같은 섯을 발건하게 됐으면 합니다. 한 알의 작은 겨자씨가 땅 속에 들어가 싹이 트는 걸 보구두 우주의 신비성을 찾을 수 있는 거니까요. 달걀만 해두 그렇죠. 과학으루 그 속에 수분이 몇 퍼센트, 흰자질과 무기질이 얼마, 이렇게 분석을 할 순 있습니다. 허지만 그것만으루 설명 안되는 부분이 있잖습니까. 생명의 신비같은 거 말입니다. 그분이 그런 거에까지 마음이 미치게 됐으면 좋겠습니다.」

신학대학에까지 다니는 사람으로 이런 유치한 상식적인 얘기를 늘어놓는 게 현태에겐 우습게 생각됐다. 그러나 이를 비난하고 싶지는 않았다. 그만큼 그의 말 속에는 소박하면서도 참된 마음씨가 들어 있었던 것이다.[83]

---

83) 위의 글, 496쪽.

위의 인용문은 현태가 군에서 만난 적이 있던 안이등중사를 전쟁이 끝난 뒤 길거리에서 만나는 장면이다. 그는 전쟁이 끝나고 목사가 되려고 신학교에 다닌다. 양계를 하는 윤구에게 '생명의 신비'를 깨닫게 되었으면 좋겠다고 하는 그의 말은 매우 아이러니하게 들리기도 하지만, 그가 신학을 공부하고 있다는 것을 생각하면 자연스럽다. 이 소설 전편에 걸쳐 어떠한 말이나 사건에 대해서도 회의적이거나 냉소적인 태도를 보이는 현태가 그의 말에 대해 우습게 생각하지만 비난을 하지 않는 것은 그의 말 속에 바로 '소박하면서도 참된 마음씨'가 들어 있기 때문이다.

사소한 에피소우드처럼 지나가는 이 장면은 다분히 이 소설의 핵심적 주제를 드러내기 위해 작가가 마련한 소설적 장치처럼 보인다. 그 이유는 이 대목이 앞에서 살펴본 소설의 결말 부분과 긴밀히 연결되어 있기 때문이다. 안이등중사의 말대로 윤구가 양계를 하면서 생명의 신비를 깨달았다면, 숙이가 윤구를 찾아갔을 때 그녀의 청을 거절하지는 않았을 것이다. 말하자면 숙이와 윤구는 완전히 대립적인 존재가 되는 것이다. 그것은 '생명의 신비를 깨달은 사람/깨닫지 못한 사람'의 대립이다. 숙이가 자신을 겁탈한 현태의 아이를 낳음으로써 전쟁에서 상처받은 모든 이에게 구원의 손길을 내밀고 있다면, 윤구는 이를 거절하고 스스로 생명의 신비에 대해 눈을 감음으로써 구원받지 못할 길로 들어서는 것이다. 따라서 숙이가 현태의 아이를 낳는 것은 생명의 신비를 일깨우는 행위이며 그럼으로써 폄하된 생명의 가치를 복원하는 행위이다.

이 새로운 생명의 탄생은, 이 소설에 등장하는 모든 치욕스런 죽음(살인이든 자살이든)이 그 치욕을 씻게 될 것이며, 상처받은 영혼이 그 상처를 씻을 것이고, 분규가 화해의 길로 들어설 것을 암시한다. 말하자면 그것은 전쟁에서 상처받은 모든 이에 대한 구원을 의미한다. 이 소설에서 새 생명은 과거의 상처를 씻는 구원의 상징이면서, 또한 미래적 희망의 눈(나무의 눈과 같은)이기도 하다. 그것은 개체적 생명으로서의 의미를 넘어 순환하는 전체적 의미에서의 생명을 의미한다. 그것은 『카인의 후예』에서처럼 인간사의 변화를 포함한다. 결국 숙이의 행위는, 개인적 혹은 역사적 차원에서 뿐 아니라 인간의 존재론적 차원에서도 과거의 상처를 씻고 미래의 희망을 암시하는 것이다. 그것은 궁극적으로 인간 신뢰에 대한 최후의 선언과 같은 것이다.

4. 환경파괴에 대한 비판과 생태의식의 계발

　황순원의 마지막 장편소설 『신들의 주사위』는 매우 다각적인 문제들을 담고 있는 소설이어서 단편적으로 파악하기 어렵다. 여기에는 70년대 후반 우리 사회의 모습이 총체적으로 담겨 있으며 동시에 사랑과 구원이라는 인간 보편의 문제가 개재된다. 그래서 천이두는 이 작품을 "일종의 전체소설로 읽을 수 있"[84]다고 보았으며, 김치수는 이 소설의 "조직 자체가 복합적이면서도 그것의 상관관계가 어떤 전체를 드러내는데 기여하고 있"[85]다고 한다. 그럼에도 불구하고 요약하자면, 이 소설은 한수라는 지식인 청년을 둘러싸고 벌어지는 사건을 통해서 70년대 후반 우리 농촌의 변모를 그리고 있다고 말할 수 있다.

---

84) 천이두, 「전체소설로서의 국면들」, 『현대문학』, 현대문학사, 1982. 12, 377쪽.
85) 김치수, 「소설의 조직성」, 『신들의 주사위』, 전집, 10, 문학과지성사, 1982, 410쪽.

여기서 농촌의 변모란 주로 긍정적이기보다는 부정적이거나 비판적인 의미를 지니는데, 이러한 비판은 산업화에 따른 환경문제와 밀접한 관계 속에서 드러난다. 이것은 우선 비닐하우스의 출현으로 인한 농업 생산양식의 변화로 제시된다.

「온통 비닐 하우스군.」 한수가 앞을 향한 채 말했다.

「이런 맥바진 친구 봤나. 남의 말은 아예듣지두 않구」 그러면서 병배는 한수의 눈길을 좇는다. 사과를 깍던 진희도.

「하기만 하면 수지가 맞는 모양이지?」 한수는 저번 음식점에서 만난 남자의 비닐하우스도 저 속에 있을 거라고 생각한다.

「현재까진 그렇지. 허지만 두구 보라구. 오래잖아서 포화상태가 돼가 지구 쓰러지는 사태가 속출할테니.」

「비닐하우스가 있어서 철이 아닌 때에두 싱싱한 야채를 먹을 수 있어 좋은데요.」 진희가 사과를 썹으며 말했다.

「싱싱한 야채라구요? 주로 화학 비료를 넣구 언제 무슨 농약을 뿌렸는지두 모르는 신싱한 야채를 말입니까? 그걸 먹는다는 건 일종의 독을 먹는 거나 다름이 없습니다. 당장은 그 독이 우리 몸에 나타나진 않지만요. 나두 그런 걸 먹구 있긴 합니다만. 거기 비하면 주루 퇴비를 넣구 농약을 쓰지 않은 야채가 비록 부피는 작구 벌레는 먹었을망정 진짜 신선한 거죠. 파리에선 주부들이 못생긴 채소나 벌레먹은 과일 파는 시장을 일부러 찾아다닌다잖아요? 배워야죠. 이건 유행을 따르자는 것과는 다릅니다. 그야말루 영양가 높구 신선한 야채를 먹자는 거죠, 아 참……」[86]

---

86) 황순원, 『신들의 주사위』, 문학과지성사, 1982, 88~89쪽.

위의 인용문은 농촌에 비닐하우스가 얼마나 많이 지어지고 있으며, 이러한 현상이 도시의 먹거리에도 얼마나 많은 변화를 가져오고 있는 가를 잘 보여준다. 비닐하우스는 농촌을 부유하게 하고, 철이 아닌 때도 싱싱한 야채를 먹을 수 있게 한다는 장점이 있다. 그것은 말 그대로 '비닐이 가져다 준 변혁' 이다. 하지만 그러한 변혁은 표피적인 현상일 뿐이다.

병배가 지적하듯이, 비닐하우스 농사는 급격한 증가로 인하여 머지 않아 포화상태가 되어 쓰러지는 사태가 속출할 것이라는 경제적인 문제 뿐 아니라, 거기서 재배된 야채가 겉보기에만 싱싱할 뿐 화학비료나 농약투성이이기 때문에 국민건강에 치명적인 해악을 끼칠 수 있다는 문제도 있다. 비닐 하우스는, 자연에 반대되는 인공적인 것의 은유로 이해할 수도 있고, 임시 방편적이라는 의미에서 급조된 개발이 얼마나 엉성하고 허약한 체재를 만드는 가를 상징으로 이해할 수도 있다. 이러한 비판은 자연스럽게 화학비료의 과용에 대한 비판으로 연결된다. 병배는 화학비료로 인해 농토의 혈맥과 같은 지렁이가 멸종 상태에 이르렀으며, 무엇보다 심각한 것은 그로 인해 우리 농토가 빈사상태에 빠졌다고 한다. 그래서 농토가 아주 죽어버리기 전에 하루 빨리 퇴비를 사용해야 한다는 것이다.

여기서 주목할 것이 이 소설의 배경이 농촌이라는 점이다. 산업화는 도시로부터 시작해서 농촌으로 확산되며, 환경문제 역시 그렇다. 말하자면 농촌은 환경문제에 있어서 최후의 보루가 되는 셈이다. 농촌 경제의 붕괴나 농토가 죽어간다는 문제는 농촌만의 문제일 수 없다. 그래서 김종철은 "생태학적 위기를 생각할 때 빠뜨리지 말아야할 중심적인 고려 사항은 농업의 중요성"[87]이라 한다. 그에 의하면 농업을 단지 식량의 공급수단으로서만 의미를 지니는 것이 아니라 '우리 삶과 문화의 진정한 하부구조'[88]이다. 환경문제를 다루는데 있어서 농촌이 중요시 되는 이유는 무엇보다 그것이 쓰레기를 배출하지 않는 문화라는 점 때문이다. 1992년 이후 전세계적인 화두가 된 '환경적으로 건전하고 지속가능한 발전'[89]을 지지하는 사람들이 사양화되고 있는 농림업을 중요시하는 이유도 여기에 있다.

이러한 병배의 비판은 적절하다. 하지만 이 소설에서 환경 파괴에 대한 비판은 염색공장 건설을 두고 벌어지는 토론에서 보다 본격적으로 제기 된다.

「우리 나라는 형편이 좀 다르다구 보아 집니다. 지금 한창 개발도상에 있는 나라 아닙니까? 제가 뭘 알겠습니까만은 저의 좁은 소견으룬 우선 눈딱 감구 공업국으루 발돋음해 놓구 봐야하지 않겠나 싶습니다. 이것저것 다 따지고 보면 아무것두 안되구 마는 거 아니겠습니까? 가령 집을 짓

---

87) 김종철, 「녹색운동과 농업문화」, 『간디의 물레』, 녹색평론사, 1999, 61쪽.

88) 김종철, 「환경위기의 내면구조」, 위의 책, 38쪽.

89) 1992년 브라질의 이우데자네이루에서 열린 '유엔환경개발회의'에서 「환경과 발전을 위한 리우선언」이 채택되었다. 지구헌장이라고도 불리는 이 선언은 '환경적으로 건전하고 지속가능한 발전'(Environmentally sound and sustainable development, ESSD)이라는 기본원칙을 천명하고 흔히 '의제 21'(agenda21)이라고 불리는 '21세기 지구환경보전강령'이라는 구체적 지침을 만든다. 약칭 '지속가능한 발전' 혹은 '지속가능한 개발'이라고도 불리는 ESSD의 개념이 공식화된 것은 '환경과 개발에 관한 세계 위원회'(WCED)가 1987년 발표한 이른바 「브룬트란트 보고서」인데, 여기에서 이를 '미래 세대가 그들의 필요를 충족시킬 능력을 저해하지 않으면서 현세대의 필요를 충족시키는 것'이라고 정의한다.(이정전, 「지속가능발전의 개념과 시장의 원리」, 『지속가능한 사회와 환경』, 박영사, 1995, 1~27쪽 참조.)

는다구 합시다. 모래 자갈이나 쇠쪼가리, 시멘트찌꺼기나 벽돌조각 같은 것들이 주위에 널려 있다구 해서 매일매일 치우지 않아두 되잖겠습니까? 그런 건 일단 집을 다 지은 후에 청소를 하면 되잖을가 싶군요.」

「저두 동감입니다.」 정소장이 곁들여 말했다.

「그렇게들 생각하기 쉽습니다.」 병배가 정중히 말을 받았다. 모두 병배의 말에 주위가 집중되는 듯싶었다. 「우리가 공업국가루 발전해 나가려면 거기 따르게 마련인 웬만한 공해쯤 부산물루 각오해야 하지 않느냔 말씀이죠? 그리구 현재 우리가 당면하구 있는 정도의 산업공해는 아직 초기 단계에 지나지 않으니 지레 겁을 먹구 떠들 필요가 뭐냐는 거죠? 허지만 전문가들이 선진국의 예를 들어 말하구 있듯이 그 기초 단계가 걷잡을 수 없이 말기적 단계루 돌입한다는 것과, 그렇게 된 다음엔 막대한 대가를 치르구두 원상회복이 힘들나는 사실을 명심해야 할 겁니다.」[90]

한수의 친구 병배가 한수네 마을에 놀러 오자 송회장으로부터 염색공장 설립의 기획을 맡은 강사장은, 그가 환경보호연구소 직원이라는 사실을 알고 지레 겁을 먹고 그를 대접하는 자리를 마련한다. 이 자리에서 한수와 병배는 환경보전법의 시행 문제에서부터, 수질오염, 대기오염, 지구의 온난화 문제 등 거의 모든 환경 문제들을 거론한다. 위의 인용문은 이러한 한수와 병배가 제기하는 환경 위기에 대한 심읍장의 반론과 병배의 재반론이다. 심읍장은 우리 나라는 아직 개발도상국에 있기 때문에 우선 개발을 하고 그에 따른 부작용은 나중에 해결할 수 있을 것이라고 한다. 이는 당시 우리 사회에 팽배해 있던 전형적인 성장과 개발논리이다. 하지만 병배의 말대로 한번 훼손된 환경은 막대한 대가를

90) 황순원, 『신들의 주사위』, 117~118쪽.

치르고도 원상회복이 힘들다. 환경문제는 근본적으로 생태계 전체를 동시에 고려하지 않으면 해결 될 수 있는 문제가 아니기 때문이다.

환경 문제가 아직 구체화되기 전인 70년대 말에 이 소설이 쓰여진 것을 감안한다면, 여기서 이렇게 환경문제를 거론하면서 개발 이데올로기를 정면으로 비판한다는 것은 매우 획기적이라고 평가하지 않을 수 없다. 위의 심읍장의 발언에 대해, "유독한 폐수를 흘려보내거나 유독한 매연을 뿜어내는" 행위를 '미필적 고의의 살인' 이라고 하는 한수의 말은 오늘날의 입장에서 보더라도 매우 진보적인 환경론운동가의 말처럼 들리기도 한다. 하지만 한수와 병배의 주장은 환경 문제를 매우 적극적으로 환기한다는데 중요한 의미를 지니지만 다소 단순화된 경향이 있다. 다음 인용문에서 드러나는 한수의 생각은 성장과 개발 혹은 환경의 보존에 대한 보다 사려깊은 태도를 보여준다.

내가 여기를 떠났다. 돌아오면 공장이 한창 들어서고 있을 거다. 한수는 건호네 집을 향해 들판을 걸으며 생각했다. 심읍장이 아니더라도 지역발전을 위해 공장이 들어선다는 건 바람직한 일이나 이 고장의 환경이 어떤 양상으로 파괴되어 갈 것인가 하는 데 이르면 역시 단순하게 여길 문제만은 아니라는 생각을 떨쳐버릴 수 없었다. 언젠가 외국잡지에서 읽은 글이 되새겨졌다. 병배가 왔을 때 여럿이 모인 자리에서 말하려고 했던 글이었다. 그러나 그때 이 이야기를 하지 않는 건 이런 얘기도 한갓 공해에 관한 탁상공론에 지나지 않지 않을까 하는 느낌이 들었기 때문이었다. (중략)

죽어가는 물새들을 건져내고 씻어주고 있는 사람들의 모습이 한수의 눈앞에서 바삐 움직이고 있었다. 그 시커먼 기름투성이의 해변가 남녀노소들의 모습은 그림처럼 아름다웠다. 그것은 물새들의 당한 일을 장차 자기네도 당할지 모른다는 의식에서가 아니고, 그저 살아있는 것을 파괴로부터 보호해야 한다는 일념에서 나온 작업이기 때문에 더욱 귀하고 아름답게 여겨지는 게 아닐까. 일본에서 있는 〈미나마타 병〉을 겁내고 무서워하기에 앞서 우리도 좀더 개개인이 환경에 대해 자각을 갖는 마음의 자세가 필요한 게 아닐까.[91]

한수는 건호네 들판을 지나다가 앞에서 제기되었던 환경문제에 대해 재차 사색한다. 건호네 들판이란 비닐하우스가 있던 곳이기 때문에 이러한 연상은 자연스럽다. 여기서 그는 염색공장 건설에 대해 비판적 태도를 유지하지만 보다 다각적인 태도를 보인다.

지역발전을 위해 공장의 건실은 바람직하지만 그것이 고향의 환경을 파괴할 것이 뻔하기 때문에 단순하게 여길 문제가 아니라는 것이다. 현실을 고려할 때 공장의 건설을 무조건적으로 반대할 수는 없다는 생각이다. 여기서 그는 환경문제에 있어서 보다 근본적인 문제를 제기한다. 그것은 다름 아니라 "우리도 좀더 개개인이 환경에 대해 자각을 갖는 마음의 자세가 필요"하다는 것이다. 결국 모든 변화는 개개인의 내면의 변화에서 온다는 점에서 이러한 인식은 근본적으로 중요하다. 특히 주목되는 것은 이러한 개개인의 환경에 대한 자각이 바로 생명의 소중함에 대한 인식을 바탕으로 이루어지고 있다는 점이다.

1970년 미국 플로리다 반도의 한 해변에서 일어난 사건, 즉 좌초된 유조선에서 흘러나온 중유 때문에 죽어가는 물새들을 주민들이 구조한 사건을 회상하며, 그는 "그저 살아있는 것을 파괴로부터 보호해야 한다

91) 위의 글, 322~323쪽.

는 일념에서 나온 작업이기 때문에 더욱 귀하고 아름답게 여겨"진다고
한다. 여기서 물새의 생명은 어떤 조건에 의해 가치가 결정되는 것이
아니라 절대적인 의미에서 가치 있는 것이다. 그가 말하는 자각이란
"물새들의 당한 일을 장차 자기네도 당할지 모른다는 의식에서가 아
니"라는 점에서 인간 생존을 위한 환경의식의 차원을 넘어선다. 이는
자아를 벗어나 타자의 소중함을 인정한다는 점에서 '환경의식의 계발'
과 맥락을 같이 한다.

　환경 문제에 대한 가장 중요한 해결책은, 개개인이 환경의 중요성에
대해 깊은 자각을 하는 것이며 특히 자아를 넘어서는 넓은 세계의 존재
를 깨닫는데 있다. 오늘날 전지구의 자연뿐 아니라 인간 자신조차도 환
경의 위기로 내몰고 있는 문제의 바탕에는 바로 자신이 오직 유일하게
특별한 존재라는 인간 특유의 오만, 즉 서구적 인간중심주의가 깔려 있
다. 인간은 이제 겸손한 자아에 대한 자각을 필요로 한다. 심층생태학
자들은 이러한 자각을 '생태 의식의 계발'이라고 말한다. '생태의식의
계발'이란 자기 자신을 돌아봄으로써 자신에 대한 인식을 새롭게 하는
것이다. 여기서 말하는 자기란 고립된 자아가 아니라, 유기적 전체성을
지닌 세계와 관계된 자아이다. 그래서 생태의식의 계발이란 진정한 자
아의 실현과 통한다. 자아실현은 인간을 비롯한 생물들, 숲, 강과 산, 토
양 속의 미생물까지 세상의 그 모든 것과 하나가 됨을 뜻한다.[92]

　한수는 다시 걸음을 옮겨 정문께로 향했다. 천천히 걸어가던 한수가
문득 한 곳에서 발길을 멈췄다. 그리고 발 아래를 내려다 본다.
　함께 가던 일행도 걸음을 멈추었다.

---

92) 이남호, 「녹색문학을 위하여」, 『녹색을 위한 문학』, 민음사, 1998, 24~25쪽 참조.

콘크리트 포장길에 가느다란 금이 나 있고, 그 틈새기로 풀잎들이 돋아나 있었다. 제법 파랬다. 어쩌면 이런데서?

「자기 그림자가 신기해서 그러는 거냐?」 병배가 툭 한 마디 했다.

한수 앞에 뭉툭한 그림자가 져있었다.

사람들이 오가는 가운데 한 청년이 한수네 곁으로 다가섰다.

「무얼 잃어버렸습니까?」[93]

위의 인용문은 이 소설의 결말 부분으로 매우 암시적이어서 그 의미를 단순히 규정하기 어렵다. 이 대화는 간결한 문체 속에 선명한 이미지를 담고 있지만, 풍부한 의미를 내포하고 있어서 다양한 해석을 요구한다. 이것은 마치 황순원 소설 전체에 대한 결구처럼 읽히기도 한다. 여기에는 황순원이 다루었던 인간에 관한 모든 문제들이 함축되어 있다고 생각되기 때문이다. 그런데 여기서 주목할 것은 이 대화가 생명과 관계가 깊다는 점이다.

교통사고로 인하여 죽음의 고비를 넘긴 한수가 병원 문을 나서다가 풀잎을 바라본다. 그 풀잎이 콘크리트 포장길이라는 인공물의 틈새기에 났다는 점에 주목하지 않을 수 없다. 여기서 풀잎과 콘크리트 포장길은 대조적 의미를 지니는 것으로 보이는데, 그것은 자연/인공, 생명/비생명,[94] 삶/죽음 등으로 이해할 수 있다. 말하자면 풀잎은, 콘크리트 포장길이라는 인공, 비생명, 죽음의 환경에서 솟아난 어떠한 힘으로도 억압할 수 없는 생명력을 의미한다. "무얼 잃어버렸습니까?"라는 지나가던 청년의 물음은 이러한 생명에 대한 발견의 의미를 역설적으로 강조하고 있다. 한수는 잃어버린 것이 아니라 발견한 것이다. 오직 한수

---

93) 앞의 글, 407~408쪽.

만이 그것을 발견할 수 있었던 것은 그가 사경을 헤매며 죽음의 극한까지 다가갔었기 때문이다.[95)]

한수의 이러한 자각은 생태학의 차원에서 본다면 '생태의식의 계발'로 이해할 수 있다. 여기에는 생명자체의 경외심은 물론, 좁은 자아로부터 벗어난 보다 넓은 자아에 대한 자각 혹은 전체로서의 생명 의식이 담겨 있기 때문이다. 뿐만 아니라 여기에는 일종의 '종교적 감수성'도 배어 있다. 여기서 종교적 감수성이란 특정 종교에 대한 신념을 의미하는 것이 아니라 한 인간으로서 자기 한계를 자각하고 보다 높은 차원의 존재를 깨닫는 것이다. 보다 높은 존재란 다름 아니라 전체로서의 생명을 의미한다.[96)] 그것은 말하자면 장일순이 말하는 '나락 한 알 속의 우주'[97)] 혹은 '우주 전체의 생명이 깃든 풀 한 포기의 아름다움'[98)]에 대

---

94) 콘크리트 포장길을 비생명이라고 부른 것은 무생물이라는 의미와는 다르다. 무생물에게서도 얼마든지 생명력을 느낄 수는 있다. 가령 황순원 소설에서만 보더라도, 이 글의 서론에서 제기했듯이 「나무와 돌 그리고」에서 돌조차도 생명이 있는 것처럼 다루고 있기 때문이다. 따라서 풀에 대비되는 콘크리트 포장길은 비생명이라고 해야 옳다.

95) 이 소설 앞부분에서 정년퇴직을 기다리던 노교사 맹선생이 죽음의 눈으로 바라볼 때 세상 모든 것이 아름답고 새롭게 보인다는 것도 이와 같은 맥락에서 이해할 수 있다.(황순원, 『신들의 주사위』, 65~66쪽 참조.)

96) 김종철은 개발이데올로기의 팽배한 현실에서 인간가치 또는 생명가치를 찾아볼 수 없다고 하면서 이를 극복하기 위해서 일종의 종교적 감수성이 필요하다고 한다. 그것은 어떤 특정한 종교의 가르침을 따라야 한다는 것이 아니다. 적어도 자기의 한계를 인식하고, 그럼으로써 무한한 우주와 자연 앞에서 늘 외경을 느끼면서 자기의 이기심보다 더 큰 척도에 스스로를 적응하는 경험을 통하여 시계와의 일치나 조화를 유지하는 생활에 도달하려면 일종의 종교적 감수성이 필요하다는 것이다.(김종철, 「개발이데올로기의 극복을 위하여」, 『간디의 물레』, 녹색평론사, 1999, 74~75쪽 참조.)

97) 장일순, 「나락 한 알 속에 우주가 있다」, 『나락 한 알 속의 우주』, 녹색평론사, 1997, 64~69쪽 참조.

98) 장일순, 「풀 한포기도 공경으로」, 위의 책, 110~120쪽 참조.

한 자각이다. 이러한 자각이야말로 근본적으로 오늘날 직면하고 있는 불균형 혹은 부조화 상태에 놓인 생태계의 위기를 극복할 수 있는 정신적 토대가 되는 것이다.

5. 결론

지금까지 황순원의 단편소설에서와 마찬가지로 장편소설에도 생명의 소중함에 대한 인식이 편재한다는 연역적 가설로 출발하여 그의 소설이 지니는 생태학적 의미를 고찰해 보았다.

『별과 같이 살다』에서의 갓난아기나 『인간 접목』에서의 생쥐와 같이 자고 연약한 생명은 절망적 삶에서 환희와 희망을 주는 존재나 훼손된 순수성을 반성하는 계기를 마련한다. 『카인의 후예』와 『나무들 비탈에 서다』에서 현실은 살육으로 얼룩진 복마전으로 드러나고 여기서 생명의 가치는 지극히 평가절하 된다. 하지만 박훈이 발견한 생명의 신비나 숙이의 잉태를 통해 이는 쇄신된다. 특히 여기서 생명은 순환의 의미를 지니는데, 그것은 자연적인 순환 뿐 아니라 인간사적으로도 순환을 의미한다. 『신들의 주사위』는 수질오염, 대기오염, 토양오염 등 구체적인 환경문제를 집중적으로 다룬다는 점에서 본격적인 녹색소설로 읽을 수 있는 작품이다. 하지만 이 작품은 이러한 구체적인 문제들을 논의하고 있을 뿐 아니라 '생태의식의 계발'의 차원 혹은 '종교적 감수성'의 차원으로까지 논의를 끌어올린다는데 깊은 의미가 있다.

이와 같이 황순원 장편소설에는 생명의 소중함에 대한 인식이 다각적으로 배어 있다. 위에서 정식으로 다루지 않았던 『일월』이나 『움직이

는 성』도 마찬가지이다. 『일월』에서 드러나는 소의 신성성은 '생태의
식의 계발'이나 '종교적 감수성'의 일면이 드러나고, 『움직이는 성』에
서 제도권 교회에서 파문당한 후 판자촌에서 벌이는 성호의 행적은 마
치 예수가 행한 타자에 대한 희생적 사랑을 연상케 한다. 정도의 차이
는 있지만, 황순원 소설에서 인간의 현실은 지극히 회의적이다. 하지만
끝가지 인간에 대한 믿음을 저버리지 않는다. 그것은 생명의 소중함에
대한 인식이 바탕을 이루기 때문에 가능하다. 이런 점에서 황순원 소설
은 궁극적으로 낮은 목소리로 외치는 인간에 대한 옹호이다.

  하지만 그것은 오늘날 인류와 전지구를 극단적인 위기로 몰고 있는
서구적 인간중심주의와는 다르다. 그것은 자연을 정복의 대상이나 착
취의 대상으로 생각하고, 오직 인간만이 유일하며 특별한 지구의 지배
자라는 식의 닫힌 인간중심주의가 아니다. 또한 사회생물학, 소우주,
가이아 이론 등에 반대하고, 심층 생태주의를 생태 신비주의라고 몰아
세우며, 이성의 복권을 주장하는 머레이 북친의 휴머니즘도 아니다.[99]

---

99) 머레이 북친은, 인간을 다른 종과 같은 지위로 보려는 생물학적 평등주의를 옹호하
  는 일체의 학문적 움직임에 반대한다. 그는, 생물학적 평등주의들이 인간을 벼룩이나
  새나 심지어 지구를 갉아먹는 박테리아에 비유하는 것을 통렬히 비판하며 휴머니즘을
  주장한다. 그에 의하면 휴머니즘이 부정적인 의미를 지니게 된 것은, 1947년에 하이데
  거가 쓴 『휴머니즘에 관한 서한』에서부터이다. 하지만 그것은 부당한 추론으로 가득 차
  있다고 비판한다.(머레이 북친, 『휴머니즘의 옹호』, 민음사, 2002 참조)
    생물학적 평등주의가 인간을 지나치게 폄하한다는 문제나 휴머니즘에 대한 재고라는
  측면에서 북친의 논의는 의미가 있다고 생각된다. 하지만 오늘날 환경문제의 근본에 인
  간중심주의의 오만성이 있고 이에 대한 반성을 촉구하는 측면에서 지나치게 강도를 높
  이는 경향이 있지만 궁극적으로 생물평등주의가 인간에 대한 불신을 의미한다고 생각
  되지는 않는다. 만약에 그렇다면 문제가 있다. 다른 모든 생명이 존중되어 마땅하듯이
  인간 역시 존중되어야 한다.

그것은 모든 생물 혹은 모든 존재를 생명이라는 의미에서 동등한 가치로 보기 때문에 인간 역시 절대적 가치를 지니고 있다는 생각을 바탕으로 한다. 그것은 열린 인간중심주의라고 말할 수 있다.

■참고문헌

황순원. 『별과 같이 살다. 카인의 후예』, 전집, 6. 문학과지성사, 1981.
황순원. 『인간접목. 나무들 비탈에 서다』, 전집, 7. 문학과지성사, 1981.
황순원. 『일월』, 전집, 8. 문학과지성사, 1983.
황순원. 『움직이는 성』, 전집, 9. 문학과지성사, 1980.
황순원. 『신들의 주사위』, 전집, 10. 문학과지성사, 1982.
김욱동. 『문학생태학을 위하여』. 민음사, 1998.
김인환. 「忍苦의 미학」. 『별과 같이 살다. 카인의 후예』, 전집, 6. 문학과지성사, 1981.
김종철. 「녹색운동과 농업문화」. 『간디의 물레』. 녹색평론사, 1999.
김종철. 「환경위기의 내면구조」. 『간디의 물레』. 녹색평론사, 1999.
김종철. 「개발이데올로기의 극복을 위하여」. 『간디의 물레』. 녹색평론사, 1999.
김치수. 「소설의 조직성」. 『신들의 주사위』, 전집, 10. 문학과지성사, 1982.
이정전. 「지속가능발전의 개념과 시장의 원리」. 『지속가능한 사회와 환경』. 박영사, 1995.
이남호. 「녹색문학을 위하여」. 『녹색을 위한 문학』. 민음사, 1998.
이남호. 「물 한 모금의 의미」. 『1950년대의 소설가들』. 나남, 1994.
장일순. 「나락 한알 속에 우주가 있다」. 『나락 한알 속의 우주』. 녹색평론사, 1997.
장일순. 「풀 한포기도 공경으로」. 『나락 한알 속의 우주』. 녹색평론사, 1997.
천이두. 「전체소설로서의 국면들」. 『현대문학』. 현대문학사, 1982. 12.
시애틀 추장. 「우리는 모두 형제들이다」. 『녹색평론선집』, 1. 녹색평론사, 1993.
머레이 북친. 『휴머니즘의 옹호』. 민음사, 2002.

황순원의 『신들의 주사위』 연구

― 가족사 소설의 관점에서

1. 서론

황순원의 『신들의 주사위』는 1978년 《문학과지성》 봄호에 연재를 시작하여, 1980년 겨울 《문학과지성》의 정간으로 3부 2장에서 연재가 중단되었으며, 1981년 《문학사상》 8월호에 다시 연재를 시작하여 1982년 5월에 종결되었고, 같은 해 8월 문학과지성사에서 간행한 전집 제10권으로 출간되었다.

『신들의 주사위』는 황순원이 『움직이는 성』에서 보여주었던 형식적 실험의 연장 위에 있다. 『움직이는 성』은 "일관성 있게 스토리를 진행시키는 집합적 구조에서 다양한 사건들을 얽기설기하게 풀어가는 해체적 구조로 변화해 가는 조짐"100)을 보이는 데, 이러한 변화는 『신들의 주사위』에서도 그대로 드러나기 때문이다. 이 소설은 처음부터 끝까지 단편적인 화소(motif)들의 나열로 구성되어 있다. 그것들은 때로 친연성 있는 것들이 선조적 배열을 이루기도 하지만, 많은 경우 단절적으로 배열되어 있으며 때로는 전혀 관계가 없다고 여겨지는 화소를 거의 동시적으로 보여주기도 한다.101) 이 소설은, 이러한 화소들 사이의 관계에 대해 일체 설명을 가하고 있지 않기 때문에, 독자는 그것을 스스로 연결시켜 읽어야만 한다.

여기에서 근간화소(motif associe)102)들을 재구하면 네 개가 사건이 병행 교차되면서 이 소설을 구성하고 있다는 점을 발견할 수 있다. 첫째 두식영감과 한영을 중심으로 한 가족 내 갈등, 둘째 염색공장을 세우려는 송영감의 기획이 이루어지는 과정, 셋째 중섭과 진희를 통하여 제시되는 교육문제, 넷째 중섭, 진희, 한수, 세미를 둘러싼 애정문제가 그것이다. 따라서 이러한 네 개의 사건의 의미를 밝히고 동시에 그것들이 서로 어떤 관계를 이루며 총체적인 의미를 구성하는가를 밝히는 것이

---

100) 김종회, 「소설의 조직성과 해체의 구조—황순원 소설의 작중인물을 중심으로」, 『한국문학이론과 비평』, 18집, 한국문학과 비평학회, 2003. 3, 15쪽.

101) 이선영은 이러한 형식적 특성에 대해서 "황순원은 『신들이 주사위』에서도 역시 『움직이는 성』에서 처럼 영화적 기법을 사용하여 사건의 시간적 동시성이나 상호 관련성을 제시하고 암시할 뿐만 아니라, 그 사건들이 갖는 의미를 충격적으로 대조시키기도 하였는데, 현저한 예를 든다면 한수의 병실에서 세미와 병배가 송년 기념으로 술을 들면서 세미가 진희의 죽음 같은 그런 죽음을 부러워하는 장면은 윤의사와 술집 접대부의 성교 장면과 병존하고 있다"(이선영, 「작가로서의 황순원」, 『황순원 연구』, 전집12, 문학과지성사, 1993, 309쪽.)고 지적하는데, 이러한 지적은 타당하다. 하지만 이러한 형식의 해체 문제는 보다 정밀한 연구가 요구된다.

102) 오탁번·이남호, 「플롯과 사건의 배열」, 『서사문학의 이해』, 고려대학교 출판부, 1999, 49~51쪽 참조.

이 소설의 의미를 해명하는 열쇠가 된다.

본고의 목적은 위에서 제시한 네 개의 사건들이 어떠한 관계를 이루고 있으며, 그것이 궁극적으로 어떤 의미로 모아지는 가를 밝히는 데있다. 본고는 위에서 제시한 네 개의 근간화소가 가족사소설의 유형 속에서 이해될 수 있다는 연역적 가설로부터 출발한다. 이제까지 몇몇의연구에서 이 소설의 가족사소설적 특성을 언급한 바 있지만,[103] 여전히이에 대한 보다 치밀한 분석이 요구된다. 위에서 제기한 네 개의 사건이 대체로 가족사소설적 특성에 해당되는 것이며, 또한 그러한 특성이이 소설의 다양한 주제들을 종합하는 소설 전체의 구성원리로 작용하고 있는 것으로 판단되기 때문이다.

2. 가족사 소설의 개념과 특징

가족사소설은 일반적으로 몇 대에 걸친 가족의 역사를 형상화한 소

---

103) 황순원의 『신들의 주사위』를 중점적으로 다루고 있는 연구는 다음 같다.

　김치수, 「소설의 조직성」, 『신들의 주사위』, 문학과지성사, 1982, 409~410쪽.

　천이두, 「전체소설로서의 국면들」, 『현대문학』, 현대문학사, 1982. 12, 376~401쪽.

　채명식, 「인간의 의지와 신의 섭리—『신들의 주사위』를 중심으로」, 『국어국문학』, 12, 동국대, 1983. 8, 163~176쪽.

　우한용, 「소설구조의 기호론적 특성—황순원의 『신들의 주사위』」, 『한국현대소설 구조 연구』, 삼지원, 1990, 256~286쪽.

　이혜경, 「황순원 소설에 투영된 근대의 풍경—『신들의 주사위』를 그 한 예로」, 『한국문학이론과 비평』, 18집, 한국문학이론과 비평학회, 2003. 3, 48~65쪽.

　이 중 김치수와 천이두의 글이 이 소설의 가족사소설적 측면을 비교적 자세히 다루고있다.

설을 말한다. 그러나 이 용어는 우리 문학사 속에서 여러 차례 논의의 대상이 되어 왔기 때문에 일반적인 외연을 넘어 보다 복합적이고 풍부한 함의를 지니고 있어 엄격한 정의를 요구한다.

가족사소설이라는 용어는 1930년대 후반 최재서와 김남천의 글에서 비롯되었다. 우리 소설이 내성소설, 세태소설, 통속소설로 기울어지고 있다는 판단아래, 당대 비평가들은 이를 극복하기 위해 심각한 논의를 벌인다. 이때 최재서와 김남천에 의해 새롭게 제기된 장편소설의 유형이 가족사소설이다.[104] 이러한 논의의 결과로 창작된 소설로 김남천의 『대하』, 한설야의 『탑』, 이기영의 『봄』 등을 꼽을 수 있다. 따라서 가족사소설의 의미를 추구하는 데 있어서, 이러한 30년대의 논의와 결과물로 창작된 소설을 기초로 이해하는 것은 당연하다. 하지만 이러한 논의 이전에 쓰여진 염상섭의 『삼대』, 채만식의 『태평천하』 등의 작품과 이후에 쓰여진 안수길의 『북간도』, 박영리의 『토지』등의 소설도 가족사소설로 보는 것이 일반적이어서, 가족사소설이라는 용어는 1930년대 후반이라는 역사적 구속성에서 벗어나 보다 일반적인 의미를 지니는 것으로 이해할 수 있다.

가족사소설에 대한 연구로는 이재선[105], 신상성[106], 윤석달[107], 류종렬[108] 등의 논문이 주목된다. 이 들의 논의를 종합하여 가족사 소설의

---

104) 강영주, 「1930년대 평단의 소설론」, 『한국근대문학사론』, 한길사, 1982, 487~506쪽 참조.

105) 이재선, 「현대 가족사소설의 전개」, 『한국문학의 해석』, 새문사, 1981.

106) 신상성, 『한국 근대 소설론』, 경운출판사, 1987.

107) 윤석달, 『한국현대가족사소설의 서사형식과 인물유형 연구』, 박사학위논문, 고려대학교 대학원, 1991.

108) 류종렬, 『가족사 · 연대기 소설연구』, 국학자료원, 2002.

특징을 살펴보면 다음과 같다. 첫째, 가족사 소설은 대체로 일반적인 장편소설 이상의 길이를 요구한다.[109] 둘째, 2, 3대에서 6, 7대에 걸친 가족의 역사가 전경으로 드러나는데, 여기에는 가족의 흥망성쇠 혹은 몰락과 상승의 순환, 세대 간의 대립과 세대교체 등이 포함된다. 셋째, 사회의 급진적 변동을 후경으로 하는데, 이것은 대체로 가족의 역사와 깊은 연관이 있다. 넷째, 풍속묘사가 소설 구성에 있어서 중요한 요건이 된다. 대체로 그것이 사회변동을 드러내는 수단이 되기 때문이다. 이러한 논의들과 별도로 지적할 것은 가족사소설이 성장소설(Bildungsroman)과 밀접한 관계를 가진다는 점이다. 김동환은 『대하』, 『봄』, 『탑』을 풍속의 차원에서 다루면서, 이 소설들이 "가족사소설의 형식을 취하면서도 동시에 서술의 초점이 한 인물의 성장과정 및 교육과정에 집중되는 교양소설의 성격을 지니고 있음이 공통적"이라고 하며, 류종렬은 성장소설이라는 용어를 사용하지는 않지만 '성숙의 구성(the maturing plot)'을 가족사소설의 중요 구성적 요건으로 다루고 있다.[110] 가족사소설이 대개 마지막 대(代)의 젊은이가 가족사적 갈등과 사회적 격동기를 겪으며 이를 극복해 가는 내용이라는 점에서, 성장소설과 반드시 일치할 필요는 없으나 정신적 성장의 계기를 포함하는 것은 자연스럽다.

가족사소설은 가족사연대기소설[111] 혹은 가족사세태소설 등의 용어와 혼용되어 왔는데, 본고에서는 가족사소설이라는 용어를 쓰기로 한다. 가족사연대기소설은 가족사와 연대기를 따로 분리해서 이해하는 개념인데, 윤석달이 지적하듯이 이 용어를 "일반적 의미의 소설 유형으

---

109) 이재선은 가족사소설을 대하소설(Roman fleuve)의 일종으로 본다.(이재선, 앞의 책, 122쪽.)
110) 류종렬, 앞의 책, 80~94쪽 참조.

로 확대 해석할 경우에는 사(史)라는 말속에 이미 연대기적 의미가 내포되어 있기 때문에 연대기란 명칭을 붙이지 않아도 좋"[112]을 듯하고, 가족사세태소설이라는 용어에는 본격소설이 아니라는 점에서 다분히 부정적 가치가 담겨 있기 때문이다.

3. 『신들의 주사위』의 가족사소설적 특징

1) 전근대적 가족의 해체와 주체적 개인의 생성

『신들의 주사위』는 가족의 서사이다. 할아버지 두식영감과 그의 아들 한영아버지 그리고 그의 손자 한영과 한수라는 3대의 가족사에 관한 소설이기 때문이다. 여기서 가족사적 갈등은 할아버지 두식영감과 손자 한영에 의해서 표면화되고, 다시 한수에게로 이어지면서 그 의미가 심화된다.

이 소설은 "관계없다아. 관계없다아!"라는 한영의 외침으로 시작된다. 이것은 두식영감과 한영 사이의 갈등을 압축적으로 드러내는 말이

---

111) 이주형, 류종렬은 특히 가운뎃점을 찍어 '가족사·연대기소설'이라고 쓴다. 이는 이 소설들이 가족사와 연대기의 혼합임을 강조하는 것이다.(이주형, 『1930년대 한국장편소설연구』, 박사학위논문, 서울대학교 대학원, 1984와 류종렬, 앞의 책) 엄격히 적용되는 것은 아니지만 대체로 가족사연대기소설은 1930년대 후반 김남천과 최재서의 논의와 연결된 작품에 국한되는 용어로, 가족사소설은 보다 일반적인 용어로 쓰이는 경향이 있다.

112) 윤석달, 『한국현대가족사소설의 서사형식과 인물유형연구』, 박사학위논문, 고려대학교 대학원, 1991, 9쪽.

다. 이것은 할아버지 두식영감의 독단적인 태도에 대한 한영의 정신적 질식 상태를 드러내는 것이기 때문이다. 두식영감은 집안의 크고 작은 일체의 일들을 자기 혼자서 판단하고 결정하며 자신 이외의 모든 사람들의 생각과 행동을 못마땅하게 여긴다. 그래서 한영 아버지는 생활 무능력자가 되었으며[113] 한영 역시 그와 같은 무능력자가 되기 직전에 이르게 된 것이다. 여기서 이들 가족은 전형적인 전근대적 가부장제의 모습을 보여주며, 한영의 외침은 이에 대한 저항의 표현이라고 볼 수 있다.

두식영감에 대한 한영의 저항은 아버지의 재가 문제로 구체화된다. 한영은 두식영감 몰래 아버지의 재가를 추진하는데, 이 과정에서 마을의 사채업자 문진영감으로부터 두식영감의 이름으로 돈을 꾸게 되고, 변제 기한이 가까워지자 두식영감에게 모든 것을 솔직히 토로하고 빚을 변제해 줄 것을 요구한다. 하지만 두식영감은 한영의 행동을 수긍하지 않는다. 그래서 변제할 능력이 없는 한영은 스스로 목숨을 끊고 만다. 결국 한영은 두식영감과의 대결에서 패배하고 마는 것이다. 하지만 그렇다고 그것이 두식영감의 승리를 의미하는 것은 아니다. 한영은 두식영감의 후계자로 키워져 왔다는 점에서 한영의 죽음은 곧 두식영감의 삶의 실패를 의미하는 것이기도 하기 때문이다. 또한 한영의 죽음으로 인하여 방황하던 한수가 교통사고를 당하게 되고 그럼으로써 두식영감 역시 정신이상 증상을 보이게 된다는 점에서 이들 둘의 대결은 승자는 없고 패자만이 남는 결과가 된다. 따라서 이러한 과정은 이들 가

---

113) 그는 자신의 처지에 대해 갈등할 줄도 모르고, 두식영감이 정신이상 증상을 보일 때 토지 매매 조차 스스로 할 수 없을 정도로 무능력한 생활자이다. 이 소설에서 그가 이름조차 거론되지 않고 그냥 한영 아버지로 지시되는 것은 그의 정체성의 부재를 상징적으로 드러내 준 다고 할 수 있다.

족의 총체적 몰락의 과정이 되며, 그것은 전근대적 가부장제의 붕괴를 의미한다고 할 수 있다.

그런데 여기서 한영이 아버지의 재가를 추진하는 것이 근본적으로 아버지를 위하는 것이 아니라는 데에서 그 갈등의 또 다른 실체가 드러난다. 그가 아버지를 재가시키고자 하는 궁극적인 이유는 현재의 상황에서 벗어나 자신의 생활을 시작해 보자는 데 있다. 그가 원하는 것은 할아버지의 재산도 아니요, 가족에서 실권을 장악하는 것도 아니다. 그는 다만 자신의 삶을 스스로 결정하고 누릴 수 있는 기회를 가지고자 하는 것이다. 문제의 핵심은 두식영감의 독단이 "결국 자식들로 하여금 생활에 부딪혀 볼 기회를 박탈한 것"이 되고 만다는 데 있다. 한영이 소망하는 것은 결국 '자기의 생활'이라 할 수 있는데, 이러한 의미는 한수에 의해 심화된다.

한수가 고개를 떨구고 헛간을 나서는데, 한수야, 하고 부르는 소리가 낮게 울려왔다.(…) 나를 한 번 던져 보고 싶었다. 그게 무슨 뜻이죠? 한수가 얼른 물었다. 형이 천천히 말했다. 처음으루 나 자신을 사랑해보구 싶었어, 이윤 오직 그거야, 그 때를 놓치고 싶지 않은 거다, 내가 너무 사치를 한 것 같지? 한수는 형의 말뜻을 알 것 같았다. 그날 내가 형 곁에 있었어야 했어요, 그래가지구 할아버지와 결판을 내는 거였어요, 형은 내가 죽인 거예요, 내가! 그러자 형이 커다랗게 소리쳤다. 관계없다아, 관계없다아! 그리고는 형의 음성은 다시 들려오지 않았다. 한수는 그 자리에 못박힌 채 힘없이 두어 번 형을 불렀다.[114]

---

114) 황순원, 앞의 책, 272~273쪽.

위의 인용문은 한수가 형이 죽은 헛간에 들어가 형 한영의 환상을 보는 장면이다. 현실적으로 형의 영혼이 나타났다고 생각할 수는 없으니, 이것은 한수의 내면심리를 드러내는 장면이라고 생각할 수 있다. 여기서 주목되는 것은 우선 한영이 자신의 죽음을 "처음으루" 자기 "자신을 사랑"하는 행위라고 말한다는 점이다. 이것은 스스로 판단하고 스스로 행동함으로써 자신의 삶을 온전히 자신의 것으로 만들겠다는 의지의 표현이다. '자신'이 강조된다는 점에서 여기에는 두식영감의 '가족'보다는 '개인'의 의미가 앞선다. 따라서 한영의 말은 '주체적 개인'에 대한 자각을 의미한다고 할 수 있다. 그런데 이러한 자각은 한수의 환영(幻影)에서 일어난다는 점에서 한영의 것이라기 보다 한수의 것이다. 오랜 동안 갈등을 공유해 왔던 한수에게서 한영의 갈등은 보다 심화된 의미로 제시된 것이다. 여기서 '자기의 생활'이라는 한영의 소박한 소망은 한수의 내면에서 '주체적 개인의 자각'이라는 의미가 된다.

이러한 의미는 이미 이전부터 한수의 의식에서 싹트고 있었던 것인데, 다음 인용문은 이러한 점을 잘 보여준다.

그러다 한수는 퍼뜩 자기에 가족들 생각에 붙들린다. 할아버지와 우리. 이 상태로 놔둬도 좋은가. 한수는 크게 머리를 흔든다. 뭔가 달라져야 해. 그는 내뱉듯,

「아뇨! 어른들 사정 볼 것 없이 발에 꼭 맞는 신발을 사달라구 떼를 써야 해요! 바보 같은 놈!」

한수의 격한 소리에 진희는 멈칫 바라본다. 한수는 자기 안으로 침잠해 들어가듯 깊은 눈을 먼 곳에 주고 있다. 아까 이곳으로 오는 버스 안에서도 한수는 이런 갑작스런 변화를 보였다.(…)

고향에 남아달라구 말하긴 했죠. 친구루서 강력히 만류해야 해요.

그러자 한수는 정면으로 진희를 보며, 아녜요. 말릴 필요가 없어요

진희는 돌연한 한수의 감정 변화에 그저 얼떨떨했다.

자기 가구 싶은 길루 가게 해야죠. 자기가 가야 할 길은 자기가 젤 잘 알구 있을 테니까요. 실상 고향이란 뭡니까. 그저 자기 마음속에 미화시켜 간직하구 있으면 되는 거 아녜요? 그리고 한수는 여전히 깊은 눈을 먼 한 곳에 주고 있었다.[115]

위의 인용문은 한수가 진희와 데이트하던 중 두 번에 걸쳐 히스테릭한 반응을 보이는 장면이다. 첫 번째는 신발 한짝을 잃어버린 아이에 대한 반응이다. 아직 경제적으로 어려운 시기 우리 나라에서 흔히 볼 수 있듯이, 아이 엄마는 아이에게 맞지 않는 큰 신발을 사주있는데, 아이가 길을 걷다가 신이 벗겨져 하수구에 빠뜨린다. 이를 보고 한수와 진희는 엄마를 나무랄 수도 아이를 나무랄 수도 없다고 한다. 그러나 곧이어 한수는 맥락에서 벗어나 과도한 반응을 보인다. "아뇨! 어른들 사정 볼 것 없이 발에 꼭 맞는 신발을 사달라구 떼를 써야 해요! 바보 같은 놈!"하고 소리를 치는 것이다. 한수의 이러한 외침은 한수 내부에서 일고 있는 갈등 심리를 그대로 표출하고 있다. 이 말은 매우 복합적 의미를 담고 있다. 이것은 표면적으로 아이에게 하는 말이지만, 내면적으로는 한영에게 하는 말이며 또한 자기 자신에게 하는 것이기도 하다. 즉 두식영감의 영역에서 벗어나기 위해 자신의 뜻을 끝까지 주장해서 관철시켜야 한다는 말이다.

---

115) 위의 책, 171~172쪽.

두 번째 히스테릭한 반응은 위의 사건이 있기 바로 전에 벌어진 것으로 진희의 회상으로 표현된다. 이 둘은 고향을 떠나 대구로 가겠다는 중섭에 대해 담담하게 대화를 나누고 있었다. 그런데 진희가 중섭과 같은 훌륭한 선생님이 고향을 남아 있어야 한다는 말을 하자, 한수는 진희가 얼떨떨할 정도로 돌연한 감정 변화를 보이며, "자기 가구 싶은 길루 가게 해야죠"라고 말하는 것이다. 물론 이 말도 표면적으로는 중섭에 대한 말이지만, 그 내면적으로는 한영과 자신에 대한 말이다. 한수가 얼마나 주체적 삶에 골몰해 있는 지를 알 수 있는 대목이다.

이 소설의 가족 구성이나 그 사이에서 벌어지는 갈등의 구조는 대표적인 가족사소설이라고 할 수 있는 염상섭의 『삼대』나 채만식의 『태평천하』과 유사하다. 이 소설의 두식영감―한영 아버지―한영 혹은 한수의 관계는 『삼대』의 조의관―조상훈―조덕기, 『태평천하』의 윤두섭―창식―종학에 각각 대응되기 때문이다. 또한 여기서 1대가 대지주이며 2대가 생활 무능력자 3대가 갈등 상황을 표출하는 인물이라는 점 등과 그래서 갈등의 축이 1대와 3대 사이에서 벌어진다는 점도 매우 유사하다. 하지만 『삼대』의 조의관이나 『태평천하』의 윤두섭이 부정적 인물로 부각되는 반면 이 소설에서 두식영감은 비록 시대착오적인 사고를 보이기는 하지만 그 자체로 부정적인 인물이 아니라는 점에서 다르다. 특히 『삼대』의 근본문제는 돈에 있으며, 『태평천하』의 근본문제는 시대를 바라보는 시각에 있는 반면 이 소설은 가족제도 자체와 개인의 삶을 문제 삼는다는 점에서 큰 차이가 있다. 결국 이 소설에서 가족사적 갈등은 전근대적 가부장적 가족의 해체와 이에 따른 주체적 개인의 자각이라는 의미를 드러내고 있다고 할 수 있다.

2) 농촌 공동체의 변동

『신들의 주사위』의 전경에 두식영감의 가족사가 드러난다면 후경에
는 농촌 공동체의 변동이라는 급진적 사회변동의 모습이 깔려 있다.[116]
이 소설의 배경은 70년대의 한 농촌 마을이다. 이 마을은 국토 개발과
새마을 운동을 통해 변화되어 가는 70년대 우리 농촌의 모습을 여실히
담고 있다. 화학비료의 사용과 비닐하우스의 출현 등으로 인한 농업 생
산양식의 변화와 도시 산업화에 따른 이농현상 그리고 산업자본의 농
촌 유입으로 인한 공장의 건설 등이 이 소설 전반에 걸쳐 제시된다. 그
런데 산업화에 따른 농촌 사회의 변동은, 특히 염색공장 건설을 위한
토지 매입을 둘러 사고 벌어지는 사건을 통해서 적나라하게 드러난다.

전에는 아침에 세수를 하고 조반을 먹은 후 자기가 쓰는 웃방에서 조
간 신문을 보는 것으로 일과가 시작됐었다. (중략) 열한시쯤 되어서는 신
문을 밀쳐놓고 툇마루로 나가 앉는다. 비가 오나 눈이 오나 그렇게 툇마
루로 나가 앉아서는 읍내와, 그리고 읍과 이어진 들판을 바라본다. 농지
개혁 이후 자기 소유의 논밭은 한 것 줄었지만 그대신 읍내에 대지와 가
옥을 많이 불려 놓았다. 농지상환금으로 몽창 그것들을 사들인 것이다.
두식영감의 토지에 대한 집착은 보통이 아니었다. 작년 읍사무소 이전

---

116) 이에 대해 천이두는 세태소설의 차원에서 살피고 있는데,(천이두, 앞의 글) 이는 근
본적으로 부적절한 용어라고 생각된다. 임화는 세태소설을 외부 묘사에만 치우쳐 본격
소설과 리얼리즘의 정도에서 이탈한 소설(임화, 「세태소설론」, 『동아일보』, 동아일보
사, 1938. 4. 1~6.)이라고 평가한 이래, 이 말에는 다소 부정적 의미가 내포되어 있기 때
문이다. 하지만 이 소설에서 이러한 사회변동은 단순히 현상적으로만 다루어지고 있는
것이 아닐 뿐 아니라 사회역사적 문제를 심층적으로 드러내는 요건으로 작용하고 있다.

대만 해도 두식 영감은 자기 소유의 대지가 부지로 정해져, 팔아라 못 팔겠다, 로 옥신각신하다가 끝내는 두식영감이 도청에까지 드나들면서 읍유지와 교환하는 걸로 낙착을 보았을 정도였다. 툇마루로 나앉아 들판을 바라보며 한 시간쯤 보내고는 점심을 먹는다.

위의 인용문에서 보듯이 두식영감의 토지에 대한 집착은 대단한 것이다. 매일 비가 오나 눈이 오나 오전 열 한시부터 점심을 먹기 전까지 한시간 동안 툇마루에 앉아 마을의 토지를 바라볼 정도로 그의 토지에 대한 집착은 대단하다. 그에게 토지는, 그가 이 마을의 재력가로 행세하는 기반이기도 하지만, 그러한 목적이나 효용을 벗어나는 무조건적이고 절대적인 어떤 것을 의미하는 듯하다. 이러한 두식영감의 토지에 대한 인식은 춘길의 집을 인수하는 과정에서도 잘 드러난다. 춘길은 놀음 빚 때문에 자신의 할아버지가 직접 짓고 가꾸어 온 집을 팔아야 할 위기에 처한다. 하지만 두식영감은 이 집을 사기를 주저한다. 그 집을 지은 춘길의 할아버지가 다름 아닌 두식영감의 친구이기 때문이기도 하지만, 보다 근본적인 이유는 비록 남의 집일지언정 조상으로부터 대대로 물려받은 집을 아무리 금전적 이익이 있다 하더라도 함부로 차지할 수는 없기 때문이다.

두식영감에게 절대적인 의미를 지니던 토지가 공장 부지로 매입되면서 일정한 목적이나 효용에 따라서 재단되고 변용되는 상품의 의미를 지니게 된다. 따라서 염색공장이 선다는 것은 단편적 사건일 수 없다. 이것은 이 마을이 근본적으로 전근대적 경제 구조로부터 산업화된 근대적 경제 구조로 변화를 겪고 있다는 것을 의미한다. 여기서 다른 사람들이 미련 없이 땅을 판다는 사실은 이러한 변화를 잘 보여준다.

그런데 여기서 문제가 되는 땅이 '한증막이 있는 땅'이라는 점은 매우 흥미롭다. 한증막은 그 자체로 농촌의 변화에 대한 비유로 이해할 수 있기 때문이다. "시멘트 기와가 판을 치구 있"어서 '기와 굽던 가마'가 더 이상 기와를 굽지 않고 한증막으로 쓰이게 된 것이다. 여기서 '구운 기와'와 '시멘트 기와'의 관계는 전근대와 근대적인 경제구조에 각각 대응시켜 생각해 볼 수 있다.

이 소설에서 두식영감과 대립적 위치에 놓이는 인물이 송회장이다. 송회장은 진취적이면서도 냉정한 인물이다. 특히 낚시터에서 보여주는 송회장의 모습은 지극히 인상적이리 만큼 대범하기도 하다. 그는 낚시터에서 자신이 잡은 웬만한 물고기들을 모두 남에게 주며, 특히 월척을 잡으면 그것을 물에 다시 놔 준다. 이러한 그의 낚시질은 곧은 낚시를 강에 드리우고 세월을 낚는다는 강태공의 모습을 연상게 한다. 그는 이 마을에 염색 공장을 세우기 위해 때를 기다리는 것이다. 송회장은 이 소설에서 전면에 등장하지 않고 그림자처럼 존재하면서 결정적 힘을 행사한다. 이러한 송회장의 이미지는 은밀하게 농촌을 잠식하는 산업 자본의 성격과 부합된다. 이러한 송회장의 이미지가 염색공장 기공식에 나타난 정신이상 증상을 보이는 두식영감과 극적으로 대조를 이루고 있다는 점은 두식영감과 송노인의 몰락과 상승을 상징적으로 보여주고 있다고 할 수 있다. 이것은 전통적 농업 자본과 본격화된 산업자본의 몰락과 상승을 의미하는 것이다.

하지만 이 소설은 전통적 농업 자본과 본격화된 산업자본의 몰락과 상승이라는 현상적인 면만을 제시하고 있는 것은 아니다. 여기에는 산업화에 따른 폐해에 대한 날카로운 비판이 개제되는데 그것은 한수와 그의 친구 병배에 의해서, 특히 환경 문제로 부각된다. 여기서 환경문제는 화학비료의 사용에 따른 토지의 황폐화, 퇴비장려 정책의 허술한 전시행정, 비닐하우스 재배가 가져오는 도시민의 식생활 문제 등으로 제시되지만, 그 핵심은 역시 염색공장 설립이라는 사건을 통해 드러난다.

「우리 나라는 형편이 좀 다르다구 보아집니다. 지금 한창 개발도상에 있는 나라 아닙니까? 제가 뭘 알겠습니까만은 저의 좁은 소견으룬 우선 눈딱 감구 공업국으루 발돋음해 놓구 봐야하지 않겠나 싶습니다. 이것저것 다 따지고 보면 아무것두 안되구 마는 거 아니겠습니까? 가령 집을 짓는다구 합시다. 모래 자갈이나 쇠쪼가리, 시멘트찌꺼기나 벽돌조각 같은 것들이 주위에 널려 있다구 해서 매일매일 치우지 않아두 되잖겠습니까? 그런 건 일단 집을 다 지은 후에 청소를 하면 되잖을가 싶군요.」

「저두 동감입니다.」 정소장이 곁들여 말했다.

「그렇게들 생각하기 쉽습니다.」 병배가 정중히 말을 받았다. 모두 병배의 말에 주위가 집중되는 듯싶었다. 「우리가 공업국가루 발전해 나가려면 거기 다르게 마련인 웬만한 공해쯤 부산물루 각오해야 하지 않느냔 말씀이죠? 그리구 현재 우리가 당면하구 있는 정도의 산업공해는 아직 초기 단계에 지나지 않으니 지레 겁을 먹구 떠들 필요가 뭐냐는 거죠? 허지만 전문가들이 선진국의 예를 들어 말하구 있듯이 그 기초 단계가 걷잡을 수 없이 말기적 단계루 돌입한다는 것과, 그렇게 된 다음엔 막대한 대가를 치르구두 원상회복이 힘들다는 사실을 명심해야 할 겁니다.」[117]

---

117) 황순원, 앞의 책, 117~118면

위의 인용문은 환경보호 연구소 직원인 병배를 구슬리기 위해 마을의 유지들이 마련한 자리에서 벌어지는 환경문제에 대한 논쟁이다. 위의 논의는 심읍장과 병배의 대립으로 이루어지고 있다. 심읍장은 우리나라가 개발도상에 있는 나라이기 때문에 이를 위해서 환경문제는 유보되어도 괜찮지 않느냐는 입장을 취한다. 반면 병배는 환경이란 한번 훼손되기 시작하면 걷잡을 수 없이 무너지는 것이며 그렇게 되면 원상회복은 거의불가능하기 때문에, 처음부터 심사숙고해야 한다고 주장한다. 심읍장과 병배의 이러한 대립은 개발과 보존의 대립적 의미를 지니는데, 이것은 오늘날까지도 여전히 환경문제에 대한 핵심적 논의라는 점에서 매우 놀랍다.[118]

내가 여기를 떠났다. 돌아오면 공장이 한창 들어서고 있을 거라. 한수는 건호네 집을 향해 들판을 걸으며 생각했다. 심읍장의 말이 아니더라도 지역발전을 위해 공장이 들어선다는 건 바람직한 일이나 이 고장의 환경이 어떤 양상으로 파괴되어 갈 것인가 하는 데 이르면 역시 단순하게 여길 문제만은 아니라는 생각을 떨쳐버릴 수 없었다.(…)

죽어가는 물새들을 건져내고 씻어주고 있는 사람들의 모습이 한수의 눈앞에서 바삐 움직이고 있었다. 그 시커먼 기름투성이의 해변가 남녀노소들의 모습은 그림처럼 아름다웠다. 그것은 물새들의 당한 일을 장차

---

118) 김종철은 "오늘날 우리가 경험하고 있는 전대미문의 이 생태학적 재난은 결국 인간이 진보와 발전의 이름 밑에서 이룩해 온 문명, 그중에서도 특히 서구적 산업문명에 내재한 논리의 필연적인 결과로서의 사회적, 인간적, 자연적 위기라는 사실을 명확히 인식하는 것이 무엇보다 중요하다."고 한다.(김종철, 「생명의 문화를 위하여」, 『녹색평론선집1』, 녹색평론사, 1993, 10쪽.)

자기네도 당할지 모른다는 의식에서가 아니고, 그저 살아있는 것을 파괴로부터 보호해야 한다는 일념에서 나온 작업이기 때문에 더욱 귀하고 아름답게 여겨지는 게 아닐까. 일본에서 있는 〈미나마타 병〉을 겁내하고 무서워하기에 앞서 우리도 좀더 개개인이 환경에 대해 자각을 갖는 마음의 자세가 필요한 게 아닐까. [119)]

위 인용문에서 보이는 한수의 생각은 또 다른 점에서 환경문제의 핵심이 된다. 한수는 개발의 불가피성을 인식하면서도 환경문제를 심각히 고민한다는 점에서 문제의 일면만을 보는 것이 아니라 다각적인 면을 볼 줄 아는 유연성 있는 사고의 소유자이다. 하지만 "유독한 폐수를 흘려보내거나 유독한 매연"으로 인해 인명을 해쳤다면 그것은 "미필적 고의의 살인" [120)]으로 간주하는 대목에서 보이듯, 본질적으로 그는 매우 강한 환경의식을 가진 사람이다. 1970년 미국 플로리다 반도의 한 해변에서 일어난 사건, 즉 좌초된 유조선에서 흘러나온 중유 때문에 죽어가는 물새들을 주민들이 구조한 사건을 회상하며, 그는 "그저 살아있는 것을 파괴로부터 보호해야 한다는 일념에서 나온 작업이기 때문에 더욱 귀하고 아름답게 여겨"진다고 한다. 그리고 그는 무엇보다 "개개인이 환경에 대해 자각을 갖는 마음의 자세가 필요"하다고 생각한다. 이러한 생각은 인간의 생존의 차원에서 환경문제를 생각하는 것이 아니라 물새 자체의 생명을 존중한다는 점에서 인간중심주의에서 벗어나 있으며, 무엇보다 환경에 대한 개개인의 자각을 의식하고 있다는 점에서 소박하나마 심층생태학에 접근해 있다. [121) 122)]

---

119) 황순원, 앞의 책, 322~323쪽.
120) 위의 책, 119쪽.

3) 삶에 대한 자각과 정신적 성장

『신들의 주사위』는 가족의 서사인 동시에 사랑의 서사이다. 두식영 감과 한영, 한수 사이에서 벌어지는 가족간의 갈등만큼 한수와 세미, 진희 사이의 사랑 역시 이 소설의 주요한 서사적 맥락을 형성하고 있기 때문이다.

이 소설에서 한수는 세미와 진희 사이에서 갈등한다. 세미는 남편이 교통사고로 죽은 미망인이며 진희는 초등학교에 갓 부임한 초보 교사 이다. 한수는 처음에 세미를 사랑하지만 진희를 알게 되면서 세미와 멀 어진다. 하지만 그는 둘 중 하나를 결정하지 못한다. 진희를 만나면서 도 여전히 세미와의 관계를 유지한다. 그러다가 한수와 진희가 오토바 이 전복 사고를 당하면서 이러한 관계는 파국을 맞게 된다. 이 사고로 인하여 진희는 죽고 한수는 식물인간이 된다. 죽기 직전에 보여준 한수 에 대한 진희의 깊은 사랑이나 식물인간이 된 한수의 병상을 지키는 세 미의 희생적 사랑을 통해서 이 소설은 진실한 사랑이 어떤 것인지를 잘

---

121) 심층생태학은 70년대 초반 노르웨이의 철학자 네스에 의해서 주창되었다. 그는 인간과 자연을 분리시키고 자연을 욕구충족의 수단으로 취급하는 인간중심주의적 사고를 비판한다. 그에 의하면 자연보호운동, 로마클럽, 동물보호론자 등의 환경주의 역시 인간중심주의적 시각에 머물러 있어서 '피상적'이라고 한다. 생태학의 위기의 해결은 자연과 인간이 하나의 생물권을 구성하는 동등한 존재라는 생태적 자기의식의 확득을 통해서만 가능하다는 것이다.(김호기, 「환경사상과 환경운동의 흐름 및 쟁점」, 『창작과 비평』, 창작과비평사, 1995 겨울, 57~58쪽 참조.)

122) 이 소설은 병배와 한수를 통해서 우리 사회의 환경문제에 대해서 다양한 문제를 제기하며 심도 있게 비판한다. 또한 전체적으로 이 소설은 70년대 후반 우리 사회 전체를 비판적으로 다루고 있는데, 그것들은 모두 어느 정도 환경문제와 관련이 있다. 이러한 점에서 이 마을에 침투해 들어오는 공장이 염색공장이라는 점은 시사적이다.

보여준다. 하지만 이러한 사건은 사랑 자체보다도 한수의 내면에서 일어나는 정신적 변화라는 측면에서 더욱 중요한 의미를 지닌다.

한수는 다시 걸음을 옮겨 정문께로 향했다. 천천히 걸어가던 한수가 문득 한 곳에서 발길을 멈췄다. 그리고 발 아래를 내려다 본다.

함께 가던 일행도 걸음을 멈추었다.

콘크리트 포장길에 가느다란 금이 나있고, 그 틈새기로 풀잎들이 돋아나 있었다. 제법 파랬다. 어쩌면 이런데서?

「자기 그림자가 신기해서 그러는 거냐?」 병배가 툭 한 마디 했다.

한수 앞에 뭉툭한 그림자가 져있었다.

사람들이 오가는 가운데 한 청년이 한수네 곁으로 다가섰다.

「무얼 잃어버렸습니까?」[123)

위의 인용문은 몇 개월 동안 식물인간으로 누워 있던 한수가 완쾌되어 병원을 나서는 장면이다. 한수는 병원을 나서다가 콘크리트 포장길의 틈 사이로 난 풀잎들을 바라본다. 이것은 경이적 발견의 순간이다. 여기서 풀은 매우 상징적이어서 단순하게 말하기 어렵다. 여러 가지 의미를 유추해 볼 수 있으나,[124) 이것은 무엇보다 '신들의 주사위' 라는 이 소설의 제목에 예시된 신의 섭리를 의미하는 듯하다. 이 제목에서 주사

---

123) 황순원, 앞의 책, 407~408쪽.

124) 첫째, 거의 죽음의 직전까지 갔다가 살아난 한수의 상황을 생각하면, 그것은 생명의 신비를 의미한다고 할 수 있다. 둘째, 진희의 의연한 죽음이나 세미의 희생적 사랑에 비추어 보면, 그것은 절대적 사랑을 의미한다고 할 수 있다. 셋째, 두식영감의 정신이상이나 한영의 죽음에 대해서 생각한다면 이것은 비록 변화를 겪고 있지만 이들의 가족 역시 희망적이라는 의미를 지닌다고 생각해 볼 수 있다.

위는 인간의 의지와는 무관한 삶의 우연성 혹은 인간의 이성으로 짐작할 수 없는 혼란을 의미한다고 할 수 있다. '신'에 '들'이라는 복수접미사가 붙음으로써 그러한 우연성과 혼란은 보다 증폭되는 듯하다. 풀은 이러한 우연성과 혼란 속에도 어떤 희망 혹은 질서가 있음 즉 그러한 우연성과 혼란 안에도 신의 섭리가 내재해 있음을 상징적으로 보여주고 있다. 이 소설 전편을 통해 한수가 겪는 개인적, 가족적, 사회적 혼란상은 여기서 해소되기에 이르는 것이다. 따라서 이러한 경이적 발견의 순간은 삶에 대한 자각의 순간이며 정신적 성장의 순간이다.[125]

한수의 이러한 발견은 죽음의 직전까지 다가갔던 극단적인 체험에 의해 가능해졌다고 할 수 있다. 이러한 점은 다음 인용문에서 잘 드러난다.

「어떻습니까, 아름답습니까? ……그저 그렇게 보이겠죠? 저두 전에는 그저 그렇거니 하구 보아왔죠. 헌데 올해는 저것들이 난생 처음 보는 것처럼 논에 포옥 젖어 들어온단 말예요. 저 노란 빛깔이 그토록 아름다울 수 없게 말입니다. 그리구 저 하늘두 마찬가지예요. 저렇게 파아란 하늘을 처음 보는 것만 같이 느껴지거든요」

(중략)

「우스운 얘기룬 글쎄 이즈음 마누라의 얼굴이 새롭게 뵌단 말예요. 글쎄 쌍커풀 진 눈을 처음 보는 것 같더라니까요. 40년 이상 같이 살아온

---

125) 이는 궁극적으로 인간 삶의 본질에 대한 깨달음이라고 할 수 있지만, 황순원의 단편소설이나 장편소설에 나타나는 생명에 대한 외경심을 바탕으로 한다고 볼 수 있다. 여기에는 황순원 소설이 지니는 인간 삶의 긍정이 집약되어 있다고 볼 수 있는데, 동시에 이는 그것을 넘어 자연물 전체에 대한 생명성을 드러내는 대목이기도 하다. 이는 심층 생태학에서 말하는 무생물 평등주의와도 맞닿아 있다.

마누란데 말예요. 우습죠?」

　맹선생이 우스갯말로 한 것이 아닐뿐더러 우스갯말처럼 들리지도 않아 중섭은 잠자코 있었다. 그건 진희도 같은 느낌이었다.

　「좀전에 말한 모든게 새롭게 뵌다는 건 다름 아닌 죽음의 눈으루 보기 때문이죠. 어느 외국 작가의 글에서 이런 걸 읽은 적이 있어요. 자살하기루 마음 먹은 눈에 모든 자연이 아름답게 비치더라구요. 내 경우두 그 비슷한 거라구나 할까요. 죽음의 눈이 나루 하여금 온갖 걸 새롭게 보이게끔 하나봐요. 마지막으로 말이죠. ……아니 이거 공연히 궁상맞은 소릴 지껄여댔습니다.」[126]

　위의 인용문에 등장하는 맹선생은 이 소설에 한번 등장하는 매우 비중이 낮은 인물이지만, 그럼에도 불구하고 그의 말은 의미심장하다. 그는 가을이면 늘 보아 왔던 은행잎, 매일 보는 파란 하늘 그리고 40년 동안 함께 살아 온 아내의 얼굴이 새롭게 보인다고 한다. 그는 자신이 이렇게 낯익은 것들을 새롭게 볼 수 있는 것이 '죽음의 눈'으로 바라보기 때문이라고 한다. 이것은, 이 소설의 결구에서 드러나는 한수의 발견의 의미를 보다 명확히 하기 위해서, 작가가 의도적으로 미리 전제를 제시한 장면이라고 추측된다. 따라서 한수가 병원을 나서면서 바라본 풀은 바로 맹선생이 바라본 은행잎이나 하늘 그리고 아내와 같은 것이며, 그것은 익숙한 것이지만 '죽음의 눈'으로 바라보았기 때문에 새롭게 보이는 것이다.[127]

---

126) 황순원, 앞의 책, 65~66쪽.
127) 이러한 깨달음은 「나무와 돌 그리고」의 주인공인 용문산 은행나무를 보고 깨달은 바와 유사하다.

이러한 발견의 순간이 삶에 대한 자각의 순간이며 정신적 성장의 순간이라는 점에서 이 소설은 성장소설적 측면을 지닌다고 할 수 있다. 이것이 죽음과 재생의 구조 속에서 실현되고 있다는 점에서 더욱 그렇다. 죽음과 재생이라는 신화적 입사 구조(Initiation)는 성장소설의 구성적 특징의 하나인데,[128] 이 소설에서 한수가 겪는 교통사고, 식물인간, 풀의 발견은 이러한 과정과 일치한다고 할 수 있기 때문이다. 그런데 여기서 풀이 불가사의한 삶의 우연성과 혼란에 내재하는 신의 섭리를 의미한다고 볼 때, 이러한 성장은 단순한 사회인으로서의 성숙이 아니라 초월적 구원의 의미로까지 나아간다고 생각할 수 있다. 또한 이러한 정신적 성장은 달리 보면, 앞에서 살펴본 두식영감과 한영사이에서 벌어지는 가족사적 갈등이 한수에게서 주체적 개인의 자각이라는 의미를 갖게 되는 것과도 깊은 관계가 있다. 이것은 달리 말하면 아버지의 그늘에서 벗어나 독립된 사회인이 되는 과정을 의미하는 것이기 때문이다.[129] 사실상 이 대목에 이르러 한수가 그리던 주체적 개인 역시 온전히 내면화된다고 할 수 있는 것이다.

이 소설의 곳곳에서 제기되는 교육문제는 이러한 성장의 문제와 깊은 관계가 있다. 다음 인용문은 이 소설에서 제기하는 교육의 문제를 잘 보여주는 장면이다.

「아무려면 대숩니까. 근데 전 선생은 화가 나나봐요. 누구의 짓인지 조사해서 찾아내라구 하더군요. 조사하나마나 창숙이 걔의 짓이 뻔하지

128) 진상범, 「괴테의 성장소설」, 『성장소설이란 무엇인가』, (청예원, 1999), 111~120쪽 참조.
129) 여기서 두식영감은 상징적 의미에서 아버지의 역할을 담당하고 있는 것이다.

뭡니까. 허지만 무시해버리기루 했어요.」

「무시해 버리는 것두 좋지만 경우에 따라선 엄격히 다루는 게 교육적일 수 있잖아요. 안 그럴까요?」

「글쎄요. ……가끔 난 이런 생각을 해 보죠. 사람이란 지각이 생기면 각자 저 나름대루 마음속에 불과 함께 물을 지니구 있어서 그 물루써 불을 견제하면서 균형을 유지한다구 봐요. 그런데 문제는 때루 불이 물을 견제하는 수가 있는 거예요. 말하자면 불이 불을 태워서 평정을 얻는 거죠. 이땐 물이 필요찮죠. 남학생이구 여학생이구 중학생쯤 되면 그 나름대루 이 불과 물을 지닌다구 봐요. 근데 대게 선생들은 불이 위험하다는 지레 짐작에서 학생애들더러 물만 쓰라구 강요하구 있지 않나 해요. 학생애들한테두 불루 불을 태워 평정을 얻는 수가 있다는 걸 이해해야죠. 그리구 선생들은 그럴 여지를 남겨주구 관망하면서 기다려주는 인내를 가져야 할 것 같애요. 나 자신 그런 걸 잊어버리기가 일쑤지만요.」[130]

여기서 문제가 되는 것은 학생들이 잘못했을 때 제재하는 것이 좋은가 그렇지 아닌가에 있다. 이에 대해 진희는 애매한 태도를 보이지만 중섭은 결정적인 해답을 제시한다. 그는 인간의 심성을 불과 물에 비유하며 이를 설명한다. 여기서 불과 불은 상징적인 의미를 담고 있어서 분명하게 말하기 어렵지만, 불은 공격성, 능동성, 적극성을 물은 화해 가능성, 수동성, 소극성 등을 의미하는 것으로 받아들일 수 있다. 이렇게 보면, 물로 불을 견제하면서 균형을 유지한다거나, 불로 물을 견제한다는 말을 이해할 수 있다. 불의 속성이 대체로 문제를 일으킬 여지

---

130) 황순원, 앞의 책, 69쪽.

가 있기 때문에 견제의 대상이 되지만 반드시 부정적인 것이 아니며, 물의 속성 역시 대체로 긍정적이지만 지나치면 견제되어야 할 때 가 있을 수 있다고 볼 수 있다.

그런데 여기서 특히 학생 스스로 불로 불을 태움으로써 평정을 이룰 수 있을 때까지 기다려 주는 인내가 필요하다는 말은 주목을 요한다. 이것은 달리 말하면 한 개인은 자신을 다스려가는 법을 스스로 일깨워 나가야한다는 것이다. 따라서 진정한 교육은 학생들을 제재하는 것이 아니라 이러한 개인의 형성을 돕는 것이 된다. 여기서 교육의 문제는 앞서 제기한 '주체적 개인' 과 만난다. 말하자면 중섭의 교육의 목표는 '주체적 개인' 의 양성에 있다고 할 수 있기 때문이다. 결국 이러한 교육의 문제는 이 소설 전반에서 제기됨으로써 '주체적 개인' 이나 정신적 성장의 문제에 토대를 제공하고 있다고 볼 수 있다.

4. 결론

지금까지 『신들의 주사위』를 가족사소설의 관점에서 살펴보았다. 이 소설은 전경에 두식영감의 가족사를, 후경에 급진적 사회변동을 담고 있다는 점에서 가족사소설의 특성을 잘 보여준다. 여전히 논의의 여지가 있지만 한수에게 드러나는 정신적 성장도 가족사소설의 특성으로 볼 수 있다.

이 소설에서 가족사는 한편으로 두식영감 가족의 몰락의 형태로, 다른 한편으로는 한영이나 한수의 자신에 대한 자각의 형태로 드러난다. 그것은 결국 전근대적 가부장제의 해체와 이에 따른 주체적 개인의 생성이라는 의미를 지니는 것이다. 또한 이 소설에서 급진적 사회변동은 산업화에 따른 농촌 공동체의 변화 양상으로 드러난다. 하지만 이러한 변화는 단순히 현상적으로만 다루어지고 있는 것이 아니다. 두식영감과 송노인을 통해서 경제적 세력 변동 즉 전통적 농업 자본과 본격화된 산업자본의 몰락과 상승을 구체적으로 보여주고 있을 뿐만 아니라 이러한 산업화가 가져오는 폐해를 환경문제의 차원에서 비판적으로 다루고 있다.

한수의 정신적 성장은 죽음과 재생이라는 신화적 입사 구조 속에서 이루어진다. 이러한 성장이 '풀의 발견'이라는 상징적을 의미를 통해서 드러난다는 점은 이 소설의 독특한 점이다. 이 소설 전반에 걸쳐 드러나는 한수의 개인적, 가족적, 사회적 혼란이 여기에서 모두 해소된다. 여기서 성장의 의미는 한편으로 단순한 정신적 성장을 넘어서 초월적 구원의 의미로까지 나아가며, 다른 한편으로는 위에서 제기한 주체적 개인의 자각이라는 의미와도 관계가 있다. 이 소설의 곳곳에서 제기되는 교육문제는 이러한 성장의 문제에 토대를 제공하고 있다고 볼 수 있다.

이와 같이 『신들의 주사위』는 가족사소설의 주요 특성을 두루 지니고 있는 소설이다. 하지만 이 소설을 가족사소설의 목록에 넣음으로서 의미의 테두리를 제한할 것인가에 대해서는 다소 의문이 든다. 여기서 제기하는 사회 변동과 이에 대한 비판은 대단히 적극적이어서 일반적인 가족사소설에서 다소 이탈해 가는 것처럼 보이며, 개인의 성장의 문제 역시 가족사소설에서 대체로 드러나는 사회적 성숙의 의미를 넘어 초월적 구원의 문제로까지 나가고 있기 때문이다. 이것은 분명 부정적이라기보다는 긍정적인 양상이라고 판단된다. 따라서 『신들의 주사위』

는 가족사 소설의 면모를 충분히 지니며, 동시에 이를 넘어서고 있는 소설로 평가할 수 있다.

■ 참고문헌

황순원. 『신들의 주사위』. 문학과지성사, 1982.

염상섭. 『삼대』. 민중서관, 1965.

채만식. 『태평천하』. 민중서관, 1965.

강영주. 「1930년대 평단의 소설론」. 『한국근대문학사론』. 한길사, 1982.

김종철. 「생명의 문화를 위하여」. 『녹색평론선집』, 1. 녹색평론사, 1993.

김종회. 「소설의 조직성과 해체의 구조—황순원 소설의 작중인물을 중심으로」. 『한국문학이론과 비평』, 18집. 한국문학과 비평학회, 2003. 3.

김호기. 「환경사상과 환경운동의 흐름 및 쟁점」. 《창작과비평》. 창작과비평사, 1995 겨울.

김치수. 「소설의 조직성」. 『신들의 주사위』. 문학과지성사, 1982.

류종렬. 『가족사 · 연대기 소설연구』. 국학자료원, 2002.

신상성. 『한국 근대 소설론』. 경운출판사, 1987.

오탁번 · 이남호. 『서사문학의 이해』. 고려대학교 출판부., 1999.

우한용. 「소설구조의 기호론적 특성—황순원의 『신들의 주사위』」. 『한국현대소설 구조 연구』. 삼지원, 1990.

윤석달. 『한국현대가족사소설의 서사형식과 인물유형 연구』. 박사학위논문, 고려 대학교 대학원, 1991.

이재선. 「현대 가족사소설의 전개」. 『한국문학의 해석』. 새문사, 1981.

이주형. 「1930년대 한국장편소설연구」. 박사학위논문, 서울대학교 대학원, 1984.

이선영. 「작가로서의 황순원」. 『황순원 연구』, 전집, 12. 문학과지성사, 1993.

이혜경. 「황순원 소설에 투영된 근대의 풍경—『신들의 주사위』를 그 한 예로」. 『한국문학이론과 비평』, 18집. 한국문학이론과 비평학회, 2003. 3.

진상범. 「괴테의 성장소설」. 『성장소설이란 무엇인가』. 청예원, 1999.

채명식. 「인간의 의지와 신의 섭리—『신들의 주사위』를 중심으로」. 『국어국문학』,
　　12. 동국대, 1983. 8.
천이두. 「전체소설로서의 국면들」. 『현대문학』. 현대문학사, 1982. 12.

III부

인간과 자연의 화해

― 이청준 소설의 생태학적 의미

1. 서론

우리나라의 대도시에서도 이제 '침묵의 봄(silent spring)'[131]은 더 이상 비유가 아니다. 인간은 오랜 세월에 걸쳐 자연을 파괴하고 착취해 왔다. 자연의 반격에 대한 레이첼 카슨의 경고가 일반적 현실이 된 지 이미 오래다. 이제 더 이상 도시에서 새의 노랫소리를 들을 수 없다. 하지만 그것은 단순한 아름다움의 상실을 넘어, 인류의 생존에 대한 위협의 메시지가 된다. 오늘날 가장 중요한 화두로 떠오르고 있는 환경 문제는 하나의 시류적인 현상이 아니라 인류 생존을 위해서 더 이상 미룰 수 없는 절체절명의 과제이다.

환경문제는 이제 공해나 오염의 문제를 넘어선다. 그 핵심은 생태계의 위기에 있다. '인간을 포함한 생물적 요소와 무생물적 요소 등 다양한 구성요소는 상호작용을 통해 하나의 조절계를 형성하고 있는데, 이것이 이른바 생태계이다. 이 조절계로서의 생태계는 각 구성 인자들의 유기적 관계로 인해 항상성(homeostasis)을 유지하고 있다. 항상성이란 생물학적 체계를 변화시키려는 외부의 작용에 대해 균형을 이루는 힘으로서, 생태계 조절기능의 역할을 담당한다. 따라서 생태계의 위기는 이러한 조절기능이 약화 손상되고 있음을 의미한다.' 132) 이러한 생태계에서 인간 역시 독립된 존재가 아니다. 인간은 생태계의 일부이기 때문에, 생태계의 위기는 곧 인류의 위기를 의미하는 것이다.

우리나라에서 환경 문제에 대한 문학 논의는 90년대 이후에 시작되어 오늘날까지 활발히 진행되고 있는데, 지금까지는 대체로 소설에 비

---

131) 해양 생물학자인 레이첼 카슨은 1962년『침묵의 봄』을 통해서 인간의 자연 파괴의 실상을 적나라하게 보여주고, 그러한 파괴는 결국 자연의 반격을 불러 올 것이라는 점을 경고한다. 그 대표적인 사례가 울새의 떼죽음이다. 당국에서는 "새에게는 무해하다"고 강조했지만, 해충을 박멸하기 위해 살포된 DDT가 울새의 떼죽음 불러 온 것이다. 분명히 이 살충제는 새에게는 치명적인 것이 아니었다. 하지만 문제는 지렁이였다. 나뭇잎에 묻어 있던 살충제가 빗물에 씻겨 땅에 떨어져 지렁이를 죽였고, 살아남은 지렁이를 먹은 울새는 죽음을 면할 수 없었다. 여기서 살충제가 먹이사슬을 경로를 따라 축적되며, 결과적으로 그것은 상위의 생물에게 더욱 치명적이라는 사실이 밝혀진다. 더욱이 그것은 다음 세대에까지 영향을 미친다. 결국 이 살충제는 먹이 사슬의 맨 위에 있는 인간에게 가장 치명적일 수 있는 것이다. '침묵의 봄'은 황폐한 도시에 대한 단순한 비유를 넘어서 일반적이고 실제적인 현실이며 자연 파괴를 행한 인간에 대한 경고이다.(레이첼 카슨, 「새는 더 이상 노래하지 않고」, 『침묵의 봄』, 김은령 역, 에코리브르, 2002, 134~162쪽.)

132) 구자건, 「생태계 위기를 알리는 지표들」, 『생태계의 위기와 한국의 환경문제』, 따님, 1992, 12쪽.

해 시 분야에서 보다 적극적으로 논의되어 왔다고 평가할 수 있다. 이러한 논의는 산업화로 인한 자연 파괴의 실상을 구체적이며 실제적인 차원에서 다루어야 한다는 관점에서부터, 생태학의 차원에서 생물과 무생물 그리고 인간 사이의 관계를 탐구하는 관점 그리고 동양철학을 기반으로 한 생명사상 이나 우주적 영성의 차원에서 바라보는 관점 등 다양한 범주에서 이루어져 왔다. 필자는 환경문제에 대한 문학 연구가 어느 한 가지에 한정되어 이루어져야 한다고 생각하지 않는다. 그것은 한 가지를 선택하고 나머지를 배제할 문제가 아니다. 또한 의도적으로 환경 문제를 다룬 작품이 아니더라도, 생태학적 의미를 충분히 갖추고 있는 작품은 얼마든지 존재한다고 생각한다. 환경문제에 관한 한 문학 연구는 보다 적극적으로 생태학적 의미를 탐구하는 방향으로 나가는 것이 오히려 바람직하다고 본다.

이청준의 소설에서 적극적으로 환경문제를 다룬 소설은 없다. 굳이 따지자면 녹색문학의 범주에 들거나 혹은 연성 녹색문학의 범주에 귀속시킬 수 있는 작품들이 몇 편 존재할 뿐이다. 하지만 그의 소설에서 생태학적 의미를 탐구할 만한 소설들은 상당수 존재한다. 그것들은 대체로 강아지, 나무, 새, 땅 등의 자연물을 소재로 쓰여진 작품이다. 물론 그 작품들이 단순히 자연물을 소재로 쓰여졌기 때문에 생태학적 의미를 담고 있다는 것은 아니다. 그것들은 생명에 대한 연민과 외경심이 담겨있거나, 혹은 인간과 자연 사이의 화해 혹은 자연에의 귀의의 의미를 담고 있다. 본고는 이상의 전제 아래 이청준의 소설 「개백정」, 「생명의 추상」, 「잔인한 도시」, 「새와 나무」, 그리고 「여름의 추상」을 중심으로 그의 소설에 담겨 있는 생태학적 의미를 탐구하기로 한다.

2. 생명에 대한 연민과 외경

이청준 초기작 「개백정」은 6·25 전쟁 당시 개가죽 공출로 죽음에 이르는 노랑이와 복술이에 관한 이야기이다. 개가죽 공출이 시작되면서 노랑이와 복술이를 구하고자 하는 서술자 '나'의 피나는 노력이 전개된다. 나는 두 강아지가 개백정의 눈에 띄지 않게 하기 위해서 아침을 먹고서 외양간 소를 끌고 여우 골에 들어가 낮 동안 강아지들을 산에 숨겨둔다. 이 소설에는 여기에 또 하나의 사건이 중첩된다. '나'의 외가가 전쟁의 와중에 '반동분자'로 몰려서 온 가족이 몰살을 겪는 사건이다. 한데 '나'의 작은 외종형만은 잠결에 팬티 바람으로 도망쳐 화를 면하게 되고 어머니는 초조하게 그에 대한 소식을 기다린다.

이 소설은 일인칭 서술을 통해 인물들의 미묘한 심리를 포착하고, 그럼으로써 전쟁 속에서 발생하는 인간의 잔인한 폭력성을 잘 드러낸 작품이라고 평가할 수 있다. 지금 어른이라고 추측되는 일인칭 서술자 '나'는 어린 시절에 겪었던 사건을 회고하고 있기 때문에, 여기에는 아이와 어른의 목소리가 공존한다. 이러한 서술은 훌륭한 효과를 발휘하는데, 어린이의 순수한 시각과 어른의 담담한 어조는 인간의 잔인성을 더욱 잔인하게 드러낸다. 여기서 복술이의 목숨을 마치 외종형의 목숨과 일치시켜 생각하며 외종형의 생존 소식을 초조하게 기다리는 어머니의 심리는 이 소설에 등장하는 중첩된 두 개의 사건을 하나로 묶는 역할을 한다. 그런 점에서 복술이가 피투성이가 되어 돌아오는 장면은 역사의 비극과 인간의 잔인한 폭력성을 동시에 보여주는 대목이라고 할 수 있다.

이 소설에서 인간의 폭력성이 가장 잘 드러나는 부분은 복술이의 죽음의 원인이 개가죽 공출에 있는 것이 아니라는데 있다. 피투성이가 되어 사라진 복술이를 찾으려고 구장 댁에 간 '나'는 방안에서 흘러나오는 소리를 듣고 충격적인 사실을 알게 된다. 이미 개가죽 공출은 끝났고, 개백정은 개가죽 공출을 핑계로 순전히 고기를 얻기 위해 복술이를 잡은 것이다. 다른 집의 경우 개를 잡으면 고기를 되돌려 주어야 하지만, 강아지를 식구처럼 생각하는 '나'의 어머니가 고기를 되돌려 받지 않는 사실을 알고 복술이를 잡은 것이다. 여기서 이 소설은 인간의 폭력성의 한 극단을 보여준다. 그들은 '나'의 어머니가 이 강아지를 가족처럼 생각하는 것을 알고 있었으며, 어머니의 친정이 몰살되었다는 사실과 이종형이 붙잡혔다는 사실까지 알고 있었던 것이다.

결국 이 소설은 한편으로는 6 · 25 전쟁이라는 역사적 사건에서 겪는 이데올로기적 수난을, 다른 한편으로는 인간의 잔인한 폭력성을 직나라하게 드러내는 소설이라고 할 수 있다. 이 소설에서 양 측면이 모두 중요한 의미를 지니는 것으로 이해할 수 있다. 전자는 후자를 통해서 후자는 전자를 통해서 그 의미는 심화된다. 여기서 필자가 주목하는 것은 후자이다. 이러한 잔인한 폭력성은 다른 한편으로 연약한 생명에 대한 연민을 강하게 드러내기 때문이다. 이런 점은 기본적으로 노랑이와 복술이를 한 가족처럼 생각하는 '나'와 어머니의 태도에서 잘 드러나지만 특히 '나'의 강아지들에 대한 애정은 그야말로 연약한 생명에 대한 순수한 연민이라고 말할 수 있는 것이다. 특히 피투성이가 되어 돌아 온 복술이의 모습이나 주인공 '나'가 구장집 외양간에 들어가 역한 냄새를 참으며 솥단지에서 끓고 있는 복술이를 바라보는 장면은 인간이 폭력성과 대조를 이루면서 작고 연약한 생명에 대한 연민은 매우 절실하게 형상화된다.[133) 134)]

133

133) 「개백정」의 이러한 면은 「병신과 머저리」에서도 확인된다. 「병신과 머저리」에서 의사인 형은 수술의 실패로 열 살배기 소녀를 죽게 만들고, 그로 인하여 병원 문을 닫고 소설을 쓰기 시작한다. 수술의 실패가 반드시 형의 실수라고만 할 수 없기 때문에 동생의 눈에 비치는 형의 행동은 비상식적이다. 하지만 형의 이러한 행위는, 형이 전쟁 중에 함께 낙오되었던 동료를 죽이고 천리에 가까운 길을 걸어서 탈출해 나온 일을 경험한 사실에서 해명이 된다. 말하자면 동료를 죽였다는 죄책감이 소녀의 죽음으로 인하여 되살아 난 것이다. 그런데 형의 소설로 추측해 본다면, 소설 서두의 노루 사냥의 삽화가 형의 정신적 상처의 근원이 되는 듯하다. 필자가 주목하는 것이 바로 이 대목이다. 여기서 상처를 입고 눈 위에 붉은 피를 떨구고 달아난 노루에 대한 형의 감상은 지극히 충격적인 것으로 나타난다. 여기에는 인간의 잔인한 폭력성에 대한 절규와 작고 연약한 생명에 대한 연민이 강렬하게 교차된다. 특히 총소리는 인간의 잔인한 폭력성을, 그리고 설원에 떨어진 붉은 피는 작고 연약한 생명을 상징적으로 드러내는 것이다. 특히 설원의 흰색과 피의 붉은 색이 주는 강렬한 색채 대조의 이미지는 이러한 점을 더욱 강렬하게 제시한다. 더욱이 그는 결국 사냥꾼 무리를 쫓아가지 못하고 굉장히 앓은 후 노루를 발견한 사실을 소문으로만 듣는다. 그는 육체적으로 보다도 정신적으로 더 앓았다고 할 수 있을 것이다. 여기서 피를 흘리는 노루의 이미지는 그대로 「개백정」에서 피를 흘리며 집으로 돌아온 복술이의 모습을 연상할 수 있다.

그런데 여기에는 또 다른 미묘한 문제가 개입된다. 「개백정」이나 「병신과 머저리」나 모두 그들이 충격적으로 받아들이는 인간의 폭력성이란 결국 어른의 세계를 의미한다. 이들의 심리는 순수한 생명에 대한 연민/인간의 폭력성 혹은 아이의 순수/어른의 순수 훼손 사이에서 흔들리고 있다. 후자를 지극히 혐오하며 치를 떨고 이에 대해 공포에 젖은 듯 보이기도 하지만, 또한 자신도 역시 언젠가는 거기에 편입될 것이라는 예감과 호기심과 두려움 그리고 무엇보다 막연한 기대감까지 복잡하게 얽혀 있는 것이다. 「개백정」에서 어른들의 이야기를 호기심어린 모습으로 듣고 자신도 외양간에 이끌려 들어가는 이유가 여기에 있다. 「병신과 머저리」에서 김일병을 두고 관모와 벌이는 싸움의 끝에 결국 "하지만 나는 오늘 밤, 노루를 보고 말겠다. 피를 토하고 쓰러진 노루를." 하고 생각하는 이유가 여기에 있다.

134) 이청준의 동화나 콩트 중에는 강아지가 등장하는 작품이 여러 편 있다. 그 중 특히 다음의 작품은 그 주제가 작고 연약한 생명에 대한 연민이라고 할 수 있는 것들이다.

이청준, 「사랑의 목걸이」, 『따뜻한 강』, 우석, 1986, 127~135쪽.

이청준, 「사람과 개」, 위의 책, 246~249쪽.

이청준, 『떠돌이 개 깽깽이』, 다림, 2001, 158.쪽

이청준, 『새소리 흉내쟁이 효산 아저씨』, 두산동아, 2004, 96.쪽.

「생명의 추상」은 다른 차원에서 생명의 의미를 담고 있는 소설이다. 사진작가인 이 소설의 주인공 한남수는 40년 만에 고향을 찾는다. 하지만 마을에 들어서자 낭패감에 휩싸인다. 우물터의 고깔나무가 사라졌기 때문이다. 그가 고향을 찾은 이유가 이 고목을 찍기 위해서였다. 그는 20년 전 사진에 대한 회의가 들었으나 이 고향의 거목을 찍을 생각으로 그 회의를 극복했고, 일부러 20년의 세월을 기다렸다. 작품을 위해 20년을 아껴온 셈이다. 그런데 이 나무가 한약재 재료로 쓰이기 위해 베어진 것이다.

— 그런데 이 거대한 나무가 어떻게 이토록 생명을 빼앗기고 속절없이 썩어가고 있다는 것인가. 아니, 사실은 그래 거목은 차라리 거목이 되는지도 모른다. 비바람을 피하여 양지쪽을 이리서리 찾아다니는 거목을 상상할 수가 있는가. 뿌리를 한번 내리고 나면 그 자리에서 끝내 삶을 끝내야 하는 것이 거목을 거목이게 하는 것이 아닌가. 그 마지막 죽음 앞에서마저 한 치의 움직임이나 물러섬이 없이. 그렇다면 이 거목을 잘라 넘긴 인간은 어떤가. 이런 거목을 어떻게 그렇게 무참스런 모습으로 베어 넘길 수가 있었던가. 그것은 바로 자신들의 생명의 세월이 아니던가. 그것은 그 조상들이 심어 놓은 줄기찬 생명력의 탑이요. 그 거대한 세월의 흐름이 아니던가. 무슨 한약재를 얻기 위해서랬던가 그들은 그 나무를 베는 것으로 자신들의 삶과 세월의 줄기를 서슴없이 베어 넘기고 만 것이 아닌가. 몇 년이나 혹은 몇 십 년의 짧은 생명의 연장을 위하여, 거목은 그러나 죽어서도 아직 거목의 뿌리로 그 자리에서 오래오래 거대하게 썩어가고 있었다.[135]

---

135) 이청준, 「생명의 추상」, 『비화밀교』, 나남, 1985, 45~46쪽.

위의 인용문은 쓰러진 고목을 보고 느끼는 주인공의 생각이다. 이 나무는 "뿌리를 한번 내리고 나면 그 자리에서 끝내 삶을 끝내야 하는 것"에서 쉽게 변하지 않는 한결같음을, "그 마지막 죽음 앞에서마저 한 치의 움직임이나 물러섬이 없이"에서 어떠한 상황에서도 흔들리지 않는 의연함을, 그리고 "거목은 그러나 죽어서도 아직 거목의 뿌리로 그 자리에서 오래오래 거대하게 썩어가고 있었다"에서 죽어서도 마치 생명을 다 하지 않는 듯한 생명력을 느끼게 한다. 이러한 점에서도 그렇지만, 무엇보다 이 소설 전체에서 연상되는 그 거대한 나무의 규모는 압도적인 외경심을 불러일으키게 한다. 그것은 생명에 대한 외경심이다. 여기서 생명은 「개백정」에서의 생명과는 다른 의미를 지니는 것이다. 「개백정」에서의 생명이 개체로서의 생명이라면 여기에서의 생명은 생물을 살아있는 것으로 만들고 살아있는 것으로 느끼게 만드는 생명력 혹은 생명성을 의미한다.

그런데 문제는 이러한 생명력의 상징인 고목을 무참히 베어버린 존재가 바로 인간이란 점이다. "그것은 바로 자신들의 생명의 세월이 아니던가. 그것은 그 조상들이 심어 놓은 줄기찬 생명력의 탑이요. 그 거대한 세월의 흐름이 아니던가."라는 대목에서 추측해 알 수 있듯이 아마도 이 나무를 벤 사람들은 이 마을에서 나무의 혜택을 받으며 자랐고, 그러한 혜택은 그들뿐 아니라 그 조상들에게로부터 내려오는 것이라는 사실을 알 수 있다. 마찬가지로 우리가 늘 파괴하고 착취하는 자연 역시 조상대대로 혜택을 받고 살아온 우리의 자연이다. 이 나무는 자연에 대한 비유요, 나무를 벤 사람들은 우리들 자신이 되는 셈이다. 결국 이것은 자연에 대한 인간의 폭력과 착취를 예리하게 드러내고 있는 것이다. 이러한 점은 다음에서 더욱 구체적으로 드러난다.

"고깔나무? 그래 그거 3년 전이던가 언제던가, 한약 재료로 팔려 베어졌제"

재수가 없었거나 일을 너무 오래 미뤄 온 게 탈이었다. 하지만 어렸을 적 친구 재웅을 얼른 찾아 만나게 된 것은 그래도 아직 다행인 편이었다. 그새 영감이 다 된 재웅은 잠시 동안 옛 친구를 만난 반가움에 잦다 말고 그렇데 그 고깔나무가 베어지게 된 경위를 말해준다.

"그 무슨 나무껍데기가 고혈압에 특효라던가"

도회지 사람들이 한때 추럭까지 앞세우고 마을로 들어와 책이고 그림이고 옷장이고 간에, 하다못해 멧돌이나 돼지 밥통까지도 옛 것이면 모두 씨를 말리듯 휩쓸어 가곤 하던 어이없는 한 시절의 끝 무렵이었다 하였다. 그런데 재웅은 그러게 한참 고목나무의 최후를 이야기하다가 문득 한 가지 기발한 생각을 해낸다.

"그런데 참, 요새 도회지 사람들은 나무 뿌리나 밑둥걸까지도 보물처럼 큰 값에 사들인다는데 말이시……"[136]

위의 인용문은 나무가 베인 이유가 드러나는 대목이다. 나무가 베어진 이유가 한약 재료로 쓰인다는 단순한 유용성 때문이라는 점이다. 이 유용성이란 이익을 위해서는 무슨 일이라도 할 수 있다는 전도된 가치 의식을 보여주는 것이다. 돈이 되는 것이면 무엇이든, 트럭까지 동원해서 싹 쓸어가는 탐욕에 찬 도시인의 모습에서 이러한 점은 더욱 절실히 드러난다. 뿐만 아니라 여기에는 옛것에 대해 갖는 관심과 같은, 혹은 무엇이 몸에 좋다는 식의 한때의 유행으로 번지는 도시인의 허욕이 드

---

136) 위의 글, 45쪽.

러나기도 한다. 그런데 무엇보다도 이 장면은 그러한 탐욕과 허욕이 이 순박한 농촌 사람들에게까지 번지고 있음 보여주고 있다. 한남수의 친구 재웅은 "그런데 참, 요새 도회지 사람들은 나무뿌리나 밑등걸까지도 보물처럼 큰 값에 사들인다는데 말이시……"라고 말하면서 고목의 남은 뿌리와 밑등걸까지 돈으로 바꾸고자 욕심을 부리고 있는 것이다.[137] 여기서 인간의 자연에 대한 파괴와 착취는 인간 스스로의 인간성마저 훼손시키는 결과를 낳는다는 점을 잘 보여준다.

3. 도시의 황폐화와 자연의 회복

「잔인한 도시」는 떠돌이 사내와 새에 관한 이야기이다. 교도소에서 갓 출감한 사내는 공원에 머물면서 '방생의 집'을 떠돈다. 방생의 집이란 돈을 받고 새를 방생할 수 있는 곳이다. 새를 방생하는 행위는, 방생하는 사람 자신이 자유를 얻은 것과 같은 기쁨을 누릴 뿐 아니라 다른 사람의 자유를 기원할 수 있는 것이기도 하다. 사내는 공원에 떨어진

---

137) 「노거목과의 대화」는 「생명의 추상」과 같은 소재를 다른 주제로 형상화한 작품이라고 생각된다. 여기서 생명에 대한 경외감은 신과 인간 혹은 죽음의 형이상학으로 발전하기도 한다.
「노송」에서도 유자 섬의 소나무는 생명에 대한 경외감으로 드러난다. 「생명의 추상」에서 이러한 경외감이 복합적 의미를 지니며 인간의 자연에 대한 착취와 폭력을 부각시킨다면, 「노송」의 거목이 주는 외경감은 변화되지 않는 한결같은 영원성을 의미한다고 할 수 있다. 또한 『흐르지 않는 강』도 여러 모로 생명성과 깊은 관련이 있는 소설이라고 할 수 있다. 여기서 강은 그것 자체가 생명의 상징으로 볼 수 있으며, 두목은 도시의 피폐한 삶에 대조되는 원시적 생명성을 지닌 존재로 이해할 수 있다.

동전을 주워 교도소에 남아 있는 동료들을 위해 방생을 한다. 그런데 사내는 뜻밖의 사실을 알게 된다. 방생이 된 새는 멀리 날아가지 못하고 공원을 떠도는데, 그 이유가 방생의 집 주인이 새의 안쪽 날개를 잘라 새가 멀리 날아갈 수 없게 만들었기 때문이었다. 낮 동안 방생된 새는 밤에 다시 붙잡히고 또 다시 낮에 방생되는 반복의 운명을 겪고 있었다. 결국 새에게 영원히 자유는 부여되지 않는 것이다.

이 소설은 우화적 형식을 통해 도시의 황폐화를 적나라하게 드러내는 작품이라고 할 수 있다. 여기서 레이첼 카슨의 '침묵의 봄'을 연상할 수도 있다. 하지만 이 소설에서 새를 울지 못하게 하는 것은 해충약이 아니라 인간의 마음을 황폐하게 만드는 도시의 삶 자체다. 여기서 새는 소외된 삶을 살아가는 도시인에 대한 비유로 이해할 수 있다. 또한 교도소는 황폐한 도시 자체를 의미하는 것으로 이해 될 수도 있다. 말하자면 이 소설은 도시인이 영원히 자유로울 수 없는 황폐한 삶을 살 수밖에 없는 운명을 지닌 존재라고 말하고 있는 것이다.

　― 새들은 하늘과 숲이 그립습니다.

공원 입구의 오른 쪽으로 한 작은 가겟집이 비켜 앉아 있고 그 가겟집 부근의 벚나무 가지들에 크고 작은 새장들이 줄줄이 매달려 있었다. 그리고 그 벚나무 가지들 중의 몇 곳에 그런 비슷한 광고 문귀가 쓰인 현수막이 이리저리 내걸려 있었다.

　― 새들에게 날을 자유를 베풉시다.

　― 자비로운 방생은 당신의 자유로 보답받게 됩니다.[138]

---

138) 이청준, 「잔인한 도시」, 『잔인한 도시』, 홍성사, 1978, 13쪽.

「하지만 네놈도 조금은 명념해 봐야 한다. 탱자나무 울타리와 붉은색 벽돌 굴뚝이 높은 기와집, 게다가 뒷밭이 넓고 뒤쪽 언덕에 푸른 대숲이 우거져내린 집…… 그런 집에 있는 동네가 나서는 걸 말이다. 그야 언젠 간 너도 알겠지만, 그게 바로 우리가 찾는 남쪽 동네란다. 생각처럼 그렇 게 쉽게 찾아가기는 어려운 곳이지. 하지만 …… 글쎄, 그 남쪽 동네가 얼 마나 따뜻한 곳인지 네가 어떻게 알기나 할는지」139)

이 소설에서 말하는 자유는 육체적이거나 정치적 구속으로부터의 자유를 의미하는 것은 아니다. 그것은 일단 도시의 황폐한 삶으로부터 의 자유를 의미한다고 받아들일 수 있다. 도시의 황폐한 삶으로부터 구 제되려면 자연의 회복에 의해서만 이루어질 수 있다. 도시란 자연의 훼 손된 공간이기 때문이다. 그렇다면 첫 번째 인용문의 '하늘과 숲'은 단 순한 비유가 아니다. 그것은 실제로 자연의 의미를 내포한다. 이러한 점은 두 번째 인용문에서도 확인된다. 방생의 집 주인이 새의 날개를 자른다는 사실을 알고서 사내는 새를 야전잠바 속에 품고 도시를 떠난 다. 그가 도달하고자 하는 곳은 따뜻한 남쪽 마을이다. 거기는 "탱자나 무 울타리와 붉은색 벽돌 굴뚝이 높은 기와집, 게다가 뒷밭이 넓고 뒤 쪽 언덕에 푸른 대숲이 우거져 내린 집"이 있는 곳이다. 유토피아를 연 상케 하는 이곳은, 자연과 인간이 조화를 이루고 있는 공간이라고 할 수 있다. 이렇게 본다면 결국 인간은 자연과 조화를 이루고 있는 공간 에서만이 자유로울 수 있다. 하지만 유토피아라는 말의 뜻이 그런 것처 럼, 그런 곳은 현실에는 없는 지도 모른다. "생각처럼 그렇게 쉽게 찾아 가기는 어려운 곳이지"라는 사내의 말은 바로 이러한 점을 암시한다.

139) 위의 글, 59~60쪽.

「새와 나무」는 여러 가지 면에서 인간과 자연이 조화를 이루는 공간을 보여준다. 이 소설에서 사내는 우연히 한 과원수림에 찾아든다. 주인 사내는 그를 친절히 맞아주고 먹이고 재워주기까지 한다. 주인 사내의 어머니는 도시를 떠도는 큰 아들에 대한 안타까움 때문에 동백나무를 심고 정성껏 키웠었다. 비만 오면 비를 피할 둥지가 없어 운다는 빗새가 마치 도시를 떠도는 자신의 큰아들처럼 여겨졌기 때문이다.[140] 어머니는 돌아가셨지만 둘째 아들인 주인 사내는 어머니의 마음을 헤아려 나무를 심고 과원을 만들어 피곤한 길손들을 맞이하고 있었던 것이다. 결국 사내는 한 마리 빗새이고 주인 사내는 숲의 나무인 셈이다. 여기서 빗새는 고향을 등지고 황폐한 도시를 떠도는 떠돌이이며, 이는 결국 소외된 현대인을 의미한다고 할 수 있다. 나무는 어머니나 고향 혹은 자연을 의미한다.

이 소설에서 특히 주목할 것은 주인 사내의 삶의 방식이다. 잇속을 차리기 위해 과원을 만들지 않았기 때문에 그의 과원의 모습은 자연수림에 가깝다. 그는 아들이 고기를 많이 잡아오자 아들을 나무라며, "씨나 가끔씩 넣어주라"고 당부를 하기도 당부한다.[141][142] 특히 주목되는 점은 이 집 주인이 현대식 교육에 대해서도 부정적이라는 점이다. 이 집 아들은 중학교를 졸업했을 뿐이다. 일부러 그런 것은 아니지만 본인이 원한다면 그게 도리어 낫다는 태도다. 도회지의 교육이란 결국 "남 이

---

140) 이러한 이야기는 하나의 독립된 소설 「빗새 이야기」의 내용이기도 하다. 이청준 소설에는 고향을 등지고 도시를 떠도는 많은 인물들이 등장한다. 본고에서 다룬 「생명의 추상」, 「잔인한 도시」, 「새와 나무」, 「여름의 추상」의 인물들이 모두 그러한 존재들이며, 「귀향연습」, 「새가 운들」, 「남도사람」 연작, 「눈길」, 「살아있는 늪」, 「축제」, 「목수의 집」 등의 인물들이 모두 여기에 속한다. 이들은 모두 또 한명의 떠돌이 사내이며 또 다른 빗새이다.

겨널 경쟁심이나 기르고 남의 것을 빼앗아낼 눈치놀음밖에 더 배우는 게" 없기 때문이다. 그에게 교육은 "제 동네에서 제 손으로 제 땅 일궈먹고" 살고 "남한텐 속고 빼앗길 일은 없을 만큼"만 하면 되는 것이다.

사내의 삶의 방식은 도시인의 삶에 대해 지극히 비판적이고 자연친화적이며 무엇보다도 생태주의적이다. 그런데 다음과 같은 말에 이르면 그는 어느 생태주의자보다도 생태주의적 삶을 살고 있음을 알 수 있다.

— (전략) 푸나무 한그루도 다 제 생명을 지녀 사는 것이라 나무의 생명은 내 것이 아니지요. 생명이 있는 것을 이리저리 파 옮기는 버릇들이 많은데, 그런 건 모두 그 남의 생명을 너무 내 것이라고들 여기는 탓일게요, 남의 생명을 내 것이라 우기면 내 생명도 누군가 그렇게 우기고 나설 일이 생길 거 아니겠소. 사람은 사람대로, 나무는 나무대로, 각기 제 자리

---

141) 이러한 태도는 인간을 자연의 일부로 보고 모든 생물을 평등하게 생각하는 심층생태학이 주장하는 비인간 중심주의와는 차이가 있다. 하지만 무절제한 욕망으로 자연을 착취를 반대한다는 점에서 약한 인간중심주의라고 할 수 있다. 이남호는, "약한 중심주의는 인간이라는 조건의 불가피한 특징"이라고 하는 앤드류 돕슨의 말을 인용하면서 약한 인간중심주의는 비인간중심주의를 무조건 주장하는 것보다 사려 깊은 태도이며 오히려 더 생태주의적이라고 볼 수 있다고 한다. 비인간중심주의에서 모든 존재들은 각기 고유의 가치와 권리를 지니고 있으며, 그 가운데서 인간의 특별한 지위는 부정된다.(이남호, 「녹색문학을 위하여」, 『녹색을 위한 문학』, 민음사, 1998, 30~31쪽 참조.)
142) 이 말에는 '환경적으로 건전하고 지속가능한 발전'(Environmentally sound and sustainable development, ESSD)'의 개념이 함축되어 있다고 생각할 수도 있다. 약칭 '지속가능한 발전' 혹은 '지속가능한 개발'이라고도 불리는데, 이것은 1992년 브라질의 리우데자네이루에서 열린 '유엔환경개발회의'에서 채택된 「환경과 발전을 위한 리우선언」의 기본원칙이다. 이는 '미래 세대가 그들의 필요를 충족시킬 능력을 저해하지 않으면서 현세대의 필요를 충족시키는 것'이라고 정의된다.(이정전, 「지속가능발전의 개념과 시장의 원리」, 『지속가능한 사회와 환경』, 박영사, 1995, 1~27쪽 참조.)

에서 사는 겝니다. 나무의 생명도 그만 권리는 있는거외다.……(중략)

사내의 삶은 나무 한 그루의 생명조차도 끝끝내 소유를 거부해 온 것이었다. 그리하여 자신과 그 나무 사이에 무리한 관계를 만들지 않았다. 그런 관계를 만들지 않음으로써 스스로의 자리를 분명히 하였다. 스스로의 자리가 분명해 짐으로써 사내는 오히려 그 나무들과의 의좋은 관계를 지어내고 있었다.[143]

과원을 만들고 떠돌이 길손을 기다리는 데에서 알 수 있듯이, 그는 오직 자신을 위해서가 아니라 타인에 대한 배려의 삶을 살고 있다. 그런데 위의 인용문은 이러한 배려는 단지 타인에게만 한정된 것이 아니라 자연 사물에 대해서도 무한히 열려 있음을 보여준다. "푸나무 한그루도 다 제 생명을 지녀 사는 것이리 나무의 생명은 내 깃이 아니지요"라는 말에서 알 수 있듯이 사내의 생명에 대한 존중심은 지극하다. 하지만 단순한 존중심에 머무는 것이 아니다. 그는 나무의 생명을 인간의 생명과 조금도 다를 바 없이 취급하고 나무의 생명에 대한 권리까지 주장하고 나서는 것이다. 그리고 사내가 말하듯 궁극적으로 그는 나무와의 "의좋은 관계"를 지어내고 있는 것이다.[144] 여기서 나무는 개개의 생명을 의미하는 것이기도 하지만, 그것은 자연에 대한 비유로 볼 수도 있다. 따라서 그의 말과 태도는 인간과 자연의 관계이 재정립이고, 그 재정립이란 조화를 의미하는 것이며, 따라서 이 과수원림은 인간과 자연이 조화를 이루는 공간이라고 할 수 있다. 여기서 떠돌이 사내의 황폐한 삶은 자연의 회복의 가능성을 찾을 수 있게 된다. 그런데 이 소설에 끼어있는 '시장이의 삽화' 는 이러한 점에서 흥미로운 점이 많다.

---

143) 이청준, 「새와 나무」, 『남도사람 』, 문학과비평사, 1988, 122~123쪽.

우연히 과원수림을 찾아들게 된 한 시장이가 주인 사내에게 집터를 소개해 달라고 부탁을 한다. 주인 사내의 소개로 시장이가 땅을 계약하지만 이제나 저제나 미루면서 돈을 지불하지 못한다. 그러다가 끝내 시장이는 유명을 달리하게 되고, 적당한 매장지를 구할 수 없어 그의 유골은 유언대로 강물 위에 띄워 보내졌다는 소식만이 전한다. 시장이에게 이 집터는 도시의 황폐한 생활로부터 벗어나려는 새로운 삶의 터전일 수도 있고 영원한 안식처를 의미하는 것일 수도 있다. 하지만 그는 거기에 살지도 묻히지도 못했다. 시장이 역시 또 다른 빗새인 셈이다.

시장이의 집터를 가보려는 것이었다. 그것은 이미 간밤서부터 손에겐 예정이 되어 있던 일이었다. 시장이의 피곤한 영혼이 그토록 간절한 소망으로 머물다 떠나간 그 땅의 휴식을 보아야 했기 때문이었다.(중략) 아

144) 이러한 사내의 생각과 태도는 심층생태학의 입장과 매우 흡사하다. 노르웨이의 철학자 아르네 네스에게서 비롯된 심층생태학(deep ecology)은 생태계의 위기를 서구 사상에 뿌리 깊이 배어 있는 인간중심주의에서 찾는다. 그들에 의하면 서구의 근대적 계몽은 인간과 자연을 분리하고 생태계의 위기는 인간중심주의적 인식에서 비롯된 것이다. 이들은 1970년대와 80년대의 개혁적 환경론이 인간과 자연의 관계에 있어서 근본적인 변화를 가져온 것이 아니라 오염과 자원고갈에 대한 법적이고 제도적인 해결책만 다루어왔다고 주장한다. 이들은 두 가지 기본적 규범을 제시하고 있는데, 그 하나는 인간을 포함한 모든 생명체는 동등한 생존의 권리를 갖는 다는 생물평등주의이고, 다른 하나는 인간은 물질 소유와 육체적 쾌락의 추구를 위한 이기적 자아로부터 탈피하여 자연과 합일하는 영적 성숙을 지향해야 한다는 자아실현의 규범이다. 결국 그들에게 있어서 생태계 위기의 해결은 자연의 '보호' 차원이 아니라, 자연과 인간이 하나의 생물권을 구성하는 동등한 존재라는 생태적 자기의식의 획득을 통해서만 가능하다는 것이다.(김호기, 「환경사상과 황경운동의 흐름 및 쟁점」, 『창작과비평』, 1995 겨울, 57쪽. 캐롤린 머천트, 『래디컬에콜로지』, 허남혁 역, 이후, 2001, 126~153쪽, 정대연, 『환경사회학』, 아카넷, 2002, 123~127쪽 참조)

래서부터 눈에 띄어 왔지만, 산기슭에서 이어져 내린 5백 평 남짓한 밭뙈기 둘레에 탱자나무 모종이 제법 소복하게 자라 올라 있는 곳이었다. 탱자나무 울타리 지경 안으론 산 아래 과원 숲에서 볼 수 없었던 갖가지 과수와 정원수 묘목들이 완연한 수림을 이뤄가고 있었다. 더러는 6, 7년씩 수령을 헤아릴 수 있는 것도 있었고 더러는 옮겨 심은 지 아직 일년 남짓한 유목들도 있었다.[145]

주인 사내에게 시장이 이야기를 들은 떠돌이 사내는 다음날 아침 마치 자신의 안식처를 살피러 가듯이 시장이의 집터를 보러 간다. 그런데 이 집터는 겉보기에 별로 특별한 것이 없어 보인다. 하지만 여기서 '탱자나무 울타리'에 주목하면 그 의미는 사뭇 달라진다. 「잔인한 도시」의 사내가 남쪽으로 찾아 떠난 집이 "탱자나무 울타리와 붉은색 벽돌 굴뚝이 높은 기와집"이었기 때문이다. 아마도 시장이는 이 탱자나무 울타리 안에 '붉은색 벽돌 굴뚝이 높은 기와집'을 짓고 싶어 했을 것이다. 하지만 그의 꿈은 끝내 이룰 수 없었다. 그것은 마치 「잔인한 도시」의 사내가 "생각처럼 그렇게 쉽게 찾아가기는 어려운 곳"이라고 말한 것처럼 도시인에게는 좀처럼 허락되지 않는 공간인 셈이다. 시장이가 '땅의 휴식'을 갈구했던 이 집터는 과원수림의 같은 공간에 있다는 점에서 인간과 자연 사이의 조화의 공간이다. 이것은 또한 이 곳은 빗새로 비유되는 황폐한 도시를 떠도는 떠돌이 사내들에게 자연의 가능성을 제공하는 공간이기도 하다. 하지만 이 소설은 그것이 좀처럼 이루기 어려운 일이라는 점을 암시한다.

---

145) 이청준, 앞의 글, 127~128쪽.

4. 인간과 자연의 화해

「여름의 추상」은 고향을 등지고 황폐한 도시를 떠도는 또 다른 떠돌이 사내를 사실적 차원에서 일기의 형식 속에 담아낸 소설이다. 이 소설의 주인공 '나' 는 누가 보냈는지 알 수 없는 전보를 받고 고향에 간다. 정체가 드러나지 않는 카메라와 전화질의 집요한 추적에 그는 매우 신경질 적이다. 그것은 도시의 삶이 그를 놓아주지 않고 있음을 상징적으로 보여준다. 추적하는 자의 정체가 구체적으로 드러나지 않는 것은, 독자로 하여금 쫓기는 자의 갑갑함을 보다 강하게 느끼게 하는 효과도 있지만, 실제로 도시인을 쫓는 것의 정체가 쉽게 드러나지 않음을 의미하기도 한다.

'나' 가 고향에서 겪는 많은 일들은 자연에 대한 향수와 친화의 모습을 보여준다. 거미의 생활이나 검정 개구리의 생식 장면 그리고 고양이, 오리, 닭, 염소에 대한 관찰 등이 그렇고, 말을 즐기는 남도 사람들의 정취와 그 정취를 담은 남도소리가 주는 정서 또한 그렇다. 화투장에 운수를 맡기는 사람들의 모습은 어리석다기보다는 소박하며, 유용한 것과 해로운 풀을 구별할 줄 하는 천연의 지혜는 놀랍다. '나' 는 '유년의 땅에 와서 많은 잃어버린 것을 되찾는다' 고 한다. 이 소설의 부제가 '잃어버린 일기장' 인 이유가 확연해진다. '나' 가 도시를 떠나 고향에서 겪는 일련의 과정은 도시에서 잃어버린 본연의 자신을 찾는 과정이다. 그것은 땅에 대한 자각에 도달하는 과정이기도 하다.

― 그래, 나는 오늘 비로소 그것을 깨달았네. 장흥엘 가서도 내가 그토록 떠돌기만 해야 했던 이유를 말이네. 땅은 우리가 그 땅에 바친 것만큼

한 사랑으로 되돌려 준다 함이 옳을 것이네. 그리고 그 땅에 우리가 바친 것만큼 한 사랑으로 그 땅은 우리를 받아들여 주려 함이 당연하네.(중략) 하여 나는 이제부터라도 한 조각이나마 나의 땅을 마련하고 싶네. 그리고 언젠가 내가 되돌려 받을 그 땅의 용서와 사랑을 위하여 무엇인가를 힘써 바쳐 보려네. 집을 짓고 싶어서가 아닐세. 여기선 물론 염치가 없는 일이고, 장흥엘 돌아가면 우선 마음부터 먼저 주저앉히고 나무라도 몇 그루 심어 보려네. 땅위에 살면서 자기의 소재를 잃고 그 땅을 떠도는 자에겐 우선 그렇게 무언가를 심어 보는 일이 필요할 것 같으니 말일세. 사랑이든 기쁨이든 꿈이든 소망이든. 정 심을 것이 마땅치 않으면 한 조각 설움이나 저주라도 말일세(그렇게 무엇을 심고 있다가 삽에 묻은 흙을 털고 나오며 멀리서 찾아온 친구라도 맞는다면 그 모습이 스스로 얼마나 대견스러울 것인가). 그게 바로 이 땅 위에 사신과 사신의 삶을 심고, 그리하여 자기 삶의 정처와 소재를 마련하는 첫 번 삽질이 될 것 아닌가. 그리고 거기서 기다리겠노라면 우록 선생도 수긍할 것이네.[146]

이 소설의 주인공 '나'는 고향인 장흥에 가서도 스스로 떠돌이임을 확인한다. 그 이유는 바로 '나'가 그 땅과 진정한 의미에서 조화를 이루지 못했기 때문이다. 자신이 서있는 땅과 조화를 이루지 못한다면 인간은 영원히 떠돌 수밖에 없다는 것이다. 그는 땅과 조화를 이루기 위해서는 땅에 우선 무엇인가를 심어야 한다고 생각한다. 땅은 우리가 그 땅에 바친 것만큼 한 사랑으로 되돌려 주기 때문이다. 여기서 땅이란 고향을 의미하는 것이기도 하지만 그 곳이 어디든 인간이 사는 삶의 터

---

146) 이청준, 「여름의 추상」, 『시간의 문』, 중원사, 84~85쪽.

전이기도 하다. 도시든 고향이든 그 땅과 조화를 이루지 못한다면 떠돌이가 될 수밖에 없는 것이다.

땅은 또한 자연을 의미한다. 하지만 그것은 단순한 물리적 환경도 아니며 모호한 추상적 자연도 아니다. 인간의 삶의 터전이 되고 실제적 환경이 되는 구체적 자연이다. 무엇보다 흥미로운 점은 이 소설은 여기서 그러한 자연과의 화해를 시도하고 있다는 점이다. '나' 는 "나는 이제부터라도 한 조각이나마 나의 땅을 마련하고 싶네. 그리고 언젠가 내가 되돌려 받을 그 땅의 용서와 사랑을 위하여 무엇인가를 힘써 바쳐보려네"라고 말한다. '나' 는 땅에 대해 혹은 자연에 대해 용서를 구하고 있는 것이다. 이것은 인간이 먼저 자연에 대해 화해의 손을 내미는 행위이다. 여기서 인간과 자연은 온전히 화해를 이루게 되는 것이다. 인간과 자연 사이에 화해가 이루어진다면, 그 곳은 도시건 고향이건 자유의 공간이 된다. 인간과 자연 사이의 화해란 자연의 회복을 의미하며, 그것은 궁극적으로 인간의 회복이기도 하기 때문이다.

「목수의 집」도 땅의 의미가 강조되며, 또한 생태의식이 드러나는 소설이다. 여기서 땅은 집터 혹은 집으로 변형된다. 이 소설에는 집터를 찾는 두 명의 인물과 집을 짓는 한 명의 인물이 등장한다. 북녘에 두고 온 고향 마을과 유사한 집터를 찾아 헤매는 김승조 씨와 부박한 풍조에 부응하지 못 해 몇 달 전 소설쓰기를 그만둔 소설가 허세훈 그리고 목조 여염집 짓기만을 고집하며 평생 남이 집만을 지어준 괴벽쟁이 대목 최봉수 노인이 그들이다. 의미의 차이는 있으나, 결국 이들은 모두 자신의 집을 지어 가지는데 실패하고 만다. 아래 두 인용문은 각각 김승조와 허세훈이 집을 지을 수 없게 되는 이유가 드러나는 부분이다.

어쩌다 외경이 제법 그러듯해 보인다 싶으면 물과 땅이 구석구석 오물 쓰레기로 뒤덮여 원래의 땅심과 지덕을 잃어가고 있었고, 더러는 이미 위험한 공해 시설 개발 사업 따위로 곳곳이 곪아 썩고 맥이 크게 잘려나간 상처투성이의 황무지가 되어버린 곳도 흔했다. 게다가 대처 시골을 가릴 것 없이 사람들의 인심은 어디나 그렇듯이 강파르고 매서운지.[147]

하지만 광주에서 시외버스를 갈아타고, 다시 ㅈ읍에서 군내버스로 갈아타고 해거름녘까지 간신히 발길을 들여놓게 된 고향동네의 사정은 세훈 씨의 부푼 기대를 산산이 부숴놓고 말았다. 마을 건너편 들녘 너머 산골 쪽에 군내 쓰레기 소각과 매립장 시설 공사가 한창이었다. 그 산골 입구 산자락밭 한 귀퉁이에 그의 선대 묘소가 2대째 모셔져온 인접지였다. 묘소들이 직접 파헤쳐질 처지는 아니지만, 매연이나 침출구기 충분히 미칠 만한 곳이었다. 선영의 뼈가 젖고 삭아나가게 될 형세였다. 제 노년의 집터커녕 선산부터 다른 곳을 찾아 옮겨가야 할 판이었다.[148]

김승조 씨가 북녘에 두고 온 고향과 유사한 집터를 찾기가 쉽지 않다. 하지만 그가 집터를 찾지 못하는 결정적인 이유는 다른 데 있다. 위의 첫 번째 인용문에서 보듯 그가 어쩌다 자기 고향과 유사한 집터를 찾아도 그곳은 "물과 땅이 구석구석 오물과 쓰레기로 뒤덮여 원래의 땅심과 지덕을 잃어"가거나 "위험한 공해 시설 개발 사업 따위로 곳곳이 곪아 썩고 맥이 크게 잘려나간 상처투성이의 황무지가 되어버린" 것이

147) 이청준, 「목수의 집」, 『목수의 집』, 열림원, 2000, 12쪽.
148) 위의 글, 29쪽.

149

다. 산업화로 인해 국토가 얼마나 훼손되고 있는가를 잘 드러내주는 대목이다. 그런데 문제는 이러한 국토의 훼손이 대처 시골을 가릴 것 없이 인심마저 강파르고 매섭게 만든다는 점이다. 여기서 자연의 훼손은 물리적 환경의 문제를 넘어 인간성의 훼손에까지 영향을 미치고 있음을 보여준다.

허세훈은, 김승조가 북녘에 두고 온 집터와 유사한 집터를 찾지 못하고 최봉수 노인이 남의 집만 지어준데 비해서, 자신은 자기 집을 지어 지닐 수 있다고 확신한다. 집을 짓는데 있어 자기에게는 아무런 제약이 없다고 생각하기 때문이다. 하지만 그 역시 김승조나 최봉수 노인과 똑같은 처지에 놓인다. 두 번째 인용문에서 보듯이, 허세훈이 고향에서 확인한 것은 "군내 쓰레기 소각과 매립장 시설 공사" 때문에 집터는커녕 선산마저 옮겨야할 자신의 처지이다. 자신만은 자신의 집을 지어 지닐 수 있다고 자신한 터라 그의 절망감을 보다 크게 드러난다. 이 소설은 김승조와 허세훈의 집터 찾기를 통해 우리 국토의 환경파괴 실상을 은근히 고발하고 있는 셈이다.

그런데 여기서 최봉수 노인의 경우, 김승조나 허세훈처럼 자신의 집을 지어 지니지 못하기는 했지만 그 의미는 사뭇 다르다. 그는 평생 집을 지어온 대목이지만 자신이 살 집은 짓지 못했다. 하지만 그는 "내게 왜 집이 없어! 게다가 내가 왜 남의 집만 지었어!" 하고 말한다. 그는 비록 남이 소유이지만 자기가 지은 집은 모두 자신의 집이라고 생각하는 것이다. 그는 말하자면 소유보다는 집을 짓는 일 자체에 의미를 두고 있는 것이다. 그런데 보다 중요한 것은 그가 가지고 있는 그 나름의 집에 대한 고집스런 철학이다.

그가 처음 배운 것이 목조 가옥 일이어서도 그랬지만 그는 나무엔 나무의 숨결과 혼이 있고, 그런 나무의 기운은 원래 햇빛과 땅기운과 비바람을 함께 안고 화동하던 것이라, 사람의 기운이 함께 화웅하고 충만해야할 집을 짓는 데에는 나무의 재질을 앞설 것이 없다는 생각 이었다. 그래 그는 평생 그 나무의 설질이나 쓸모에 따라 어느 한곳 소홀함이 없이 햇빛과 지기와 풍우를 잘 아우르는 편안한 목조집 만을 고집해 온 것이었다. 그것도 거의 다 주거용 여염집뿐이었다.(중략)

그에겐 집이란 사람이 먹고 자고 자식을 기르며 살아가는 일상의 보금자리요, 그 희로애락 과정과 형식의 표상이었다. 사람이 깃들어 살 수 없는 집, 그저 잠깐씩 드나들기나 하거나 이런저런 사람들 이름들만 사는 집, 그러면서 거꾸로 모셔져야 하는 집, 그런 집은 그에겐 집다운 집이 아니었다. 그렇듯 무거운 건재를 쌓아올려 규모를 크게 지은 집일수록 그에겐 그저 무겁고 속이 불편한 느낌, 가슴 설렁한 두려움이 스쳐갈 뿐이었다. 부드럽게 품어주고 함께 흐르기보다는 세상살이에 어떤 매듭을 짓고 우뚝 막아서는 것 같은, 건축 자체가 어떤 요란한 사건의 표상 같은 그런 집의 속내는 그가 깊이 알지도 못했고 지으려 하지도 않았다.[149]

위의 인용문에서 보듯 최봉수 노인이 고집하는 목조집은 환경친화적이며 생태주의적이다. 그에게 나무는 집을 짓는 최상의 재료이다. 그는 "나무엔 숨결이 있고 혼이 있고, 그런 나무의 기운은 원래 햇빛과 땅기운과 비바람을 함께 안고 화동하던 것이라, 사람의 기운이 함께 화웅하고 충만" 하다고 한다. 그가 추구하는 집이란 "사람이 먹고 자고 자식

---

149) 위의 글, 21쪽.

을 기르며 살아가는 일상의 보금자리요, 그 희로애락 과정과 형식의 표상"이다. 또한 그것은 "사람이 깃들어 살 수 있는 집"이며 "부드럽게 품어주고 함께 흐르"는 집이다. 그가 여염집만을 고집하는 이유도 여기에 있다. 그에게 집이란 사람의 구체적 삶과 조화를 이룰 때만 의미를 지니는 것이다. 여기서 집은 인간의 삶의 터전이며 동시에 환경에 대한 제유가 된다. 그것은 자연에 대한 제유이기도 하다. 집은 가장 구체적인 의미에서의 자연이다. 결국 최봉수 노인이 지향하는 목조집이란 인간과 자연이 화해로운 관계를 이루는 공간이다.[150]

---

150) 하지만 김승조와 허세훈의 경우에서처럼 이러한 집은 현실에서 좀처럼 허락되지 않는다. '혹은 수공업 시대의 추억'이라는 부제를 고려하면, 이 소설은 처음부터 현대 사회에서 이러한 목수의 집이 좀처럼 존재하기 어렵다는 점을 암시하고 있다고 생각할 수 있다. 그런데 여기서 흥미로운 점은 허세훈이 자신의 집을 지을 수 없는 처지를 깨닫고 찾아 간 인물이 다름 아닌 우록 선생이라는 점이다. 우록 선생은 「여름의 추상」에서 '나'로 하여금 땅에 대한 깨달음의 계기를 마련하는 인물이다. 이 소설에서 그는 "해남 읍 변두리 학동리 한자락에 넓은 수림을 가꾸며 고목처럼 늙어가는 노인"으로 묘사되며, 그의 과수원림은 "애써 가꾸지 않고 거두려고도 하지 않고 세월의 섭리에 맡겨진 그 폐원 같은 수림이 더 넉넉해 보이기만 하던 당신의 영지"(위의 글, 31쪽.)로 표현된다. 그는 자연과 더불어 살아가는 사람이며, 그의 과수원림은 「새와 나무」에서의 주인 사내의 과수원림과 흡사하다. 이 소설에서도 그는 허세훈을 데리고 동천의 집에 가서 계산 등을 만나 집의 의미를 깨닫는 계기를 마련한다. 결국 허세훈은 소설가답게 소설로서 집을 짓는다. 현실에서 실재의 집을 지어 지니지 못한 데 대한 예술적 보상이라고 할 수 있다. 그것은 우록선생, 동천, 계산이 서로 공유하는 집이며, 해부학 실습을 위해 사체를 기증해 얻은 영생의 집이다. 여기서 집은 고향이나 자연의 의미를 넘어 정신적 차원의 의미를 지니는 것이 되는데, 그것은 생태주의적 차원의 논의를 넘어서는 보다 복합적인 의미를 지니는 것이다. 여기에는 삶과 죽음을 포함하는 인간 존재의 문제와 이청준이 누차 제기해 온 소설쓰기의 문제가 개입된다. 사실상 이 소설은 이러한 점에서 더욱 중요한 의미를 지니는 것으로 보인다.

5. 결론

　지금까지 본고는 크게 세 가지 차원에서 「개백정」, 「생명의 추상」, 「잔인한 도시」, 「새와 나무」, 「여름의 추상」 그리고 「목수의 집」을 대상으로 이청준 소설이 지니는 생태학적 의미를 밝혀 보았다.

　「개백정」과 「생명의 추상」은 각각 생명에 대한 연민과 외경을 담고 있다. 「개백정」은 인간의 잔인한 폭력성과 그에 따라 부각되는 작고 연약한 생명에 대한 연민을 보여주는 소설이다. 「생명의 추상」은 생명의 외경심을 그린 소설이다. 한약재 때문에 고목을 쓰러뜨린 사람들을 통해 인간의 자연에 대한 폭력과 착취를 예리하게 드러내기도 한다. 이러한 작품들에서 생명은 자연을 의미하며 그래서, 인간과 자연은 대립적 양상을 띤다고 말힐 수 있다. 인간은 자연에 대해 폭력적이다. 「개백정」에서 자연에 대립되는 인간은 어른의 잔인한 세계이며, 「생명의 추상」에서 그것은 도시인의 탐욕과 허욕이다.

　「잔인한 도시」와 「새와 나무」는 모두 도시의 황폐한 삶으로부터 벗어나 자연의 회복을 꿈꾸는 도시 현대인의 모습을 그리고 있다. 「잔인한 도시」에서 새는 도시인이다. 떠돌이 사내가 새를 품고 도시를 떠나는 것은 도시의 황폐한 삶으로부터 벗어나려는 노력이라고 볼 수 있다. 또한 「새와 나무」는 여러 가지 점에서 인간과 자연 사이의 화해의 의미를 담고 있는 소설이다. 과원수림 자체가 그러하고, 과원수림 주인 사내의 생활 태도나 말과 생각들이 그러하다. 과원수림은 말하자면 인간과 자연이 조화를 이루는 공간이다.

　「여름의 추상」과 「목수의 집」은 인간과 자연의 화해를 제시하는 소설이다. 「여름의 추상」은 주인공이 고향에서 겪는 많은 일들을 통해 땅의 의미를 자각하는 과정을 그리고 있는 소설이다. 여기서 땅이란 자연을 의미하는데, 그것은 인간의 실제 생활의 환경이 되는 구체적 자연이다. 주인공은 땅에 대해 용서를 구하고 화해를 한다. 이는 결국 인간과 자연 사이의 화해와 용서를 의미한다. 「목수의 집」은 대목 최봉수 노인의 목조집은 인간과 자연의 화해의 공간으로 제시된다. 또한 김승조와 허세훈의 집터 찾기의 실패를 통해 환경 파괴의 실상을 은근히 고발하기도 한다.

이청준 소설에서 화해와 용서란 가장 중요한 주제이며 궁극적으로 도달하고자 하는 세계다. 그의 많은 소설들에서 인물들은 지극히 개인적인 한을 풀어내는 일에서 개인과 개인 사이의, 개인과 사회 사이의, 혹은 집단과 집단 사이의 화해와 용서를 꿈꾼다. 그것은 위에서 살펴본 바와 같이 자연과의 관계에서도 확인된다. 인간과 자연의 화해와 용서야말로 생태계의 위기를 극복할 수 있는 위대한 힘이 될 수 있다. 그것은 자연을 회복하는 길이며 인간과 자연 사이의 관계를 재정립하는 방법이다. 레이첼 카슨이 경고하듯이 인간이 무차별적으로 자연을 파괴하고 착취한다면 자연의 반격이 일어나는 것은 자명하다. 인간과 자연의 화해와 용서는 새가 다시 도시의 하늘을 날 수 있는 세계를 열어 보이는 것이다.

이청준 소설은 적극적으로 환경문제를 다루고 있지는 않다. 하지만 여러 편의 작품에서 생명의 문제를 다루고 있다는 점, 도시의 황폐한 삶을 지양하고 인간과 자연의 조화의 공간을 지향해 간다는 점 그리고 궁극적으로 인간과 자연 사이의 화해와 용서의 세계를 그리고 있다는 점 등에서 생태학적 의미를 지닌다.

■참고문헌

1. 작품목록

이청준. 「개백정」. 『별을 보여드립니다』. 일지사, 1971.

이청준. 「병신과 머저리」. 『별을 보여드립니다』. 일지사, 1971.

이청준. 「사랑의 목걸이」. 『따뜻한 강』. 우석, 1986.

이청준. 「사람과 개」. 『따뜻한 강』. 우석, 1986.

이청준. 「떠돌이 개 깽깽이」. 다림, 2001.

이청준. 「생명의 추상」. 『비화밀교』. 나남, 1985.

이청준. 「노거목과의 대화」, 『비화밀교』. 나남, 1985.

이청준. 「노송」. 『시간의 문』. 중원사, 1982.

이청준. 「흐르지 않는 강」. 문장, 1979.

이청준. 「잔인한 도시」. 『잔인한 도시』. 홍성사, 1978.

이청준. 「새와 나무」. 『남도사람 』. 문학과비평사, 1988.

이청준. 「여름의 추상」. 『시간의 문』. 중원사, 1982.

이청준. 「빗새 이야기」. 『따뜻한 강』. 우석, 1986.

이청순. 「새가 눈늘」. 『눈길』. 이정순분학전집, 3. 홍성사, 1984.

이청준. 『남도사람』. 문학과비평사, 1988.

이청준. 「눈길」. 『눈길』. 이청준문학전집, 3. 홍성사, 1984.

이청준. 「살아있는 늪」. 『눈길』. 이청준문학전집, 3. 홍성사, 1984.

이청준. 「축제」. 열림원, 1996.

이청준. 「목수의 집」. 『목수의 집』. 열림원, 2000.

이청준. 『새소리 흉내쟁이 효산 아저씨』. 두산동아, 2004.

2. 논문

김종성. 「한국 현대 소설의 생태의식 연구」. 고려대학교 대학원, 박사학위논문, 2003.

김호기. 「환경사상과 황경운동의 흐름 및 쟁점」. 《창작과비평》. 1995, 겨울.

구자건. 「생태계 위기를 알리는 지표들」. 『생태계의 위기와 한국의 환경문제』. 」님, 1992.

이정전. 「지속가능발전의 개념과 시장의 원리」. 『지속가능한 사회와 환경』. 박영사, 1995.

임도한. 「한국 현대 생태시 연구」. 고려대학교 대학원, 박사학위 논문, 1999.

3. 단행본

김용민. 『생태문학』. 책세상, 2003.

김욱동. 『문학 생태학을 위하여』. 민음사, 1998.

김욱동. 『생태학적 상상력』. 나무심는사람, 2003.

정대연. 『환경사회학』. 아카넷, 2002.

이남호. 『녹색을 위한 문학』. 민음사, 1998.

장정렬. 『생태주의 시학』. 한국문화사, 2000.

레이첼 카슨. 『침묵의 봄』. 김은령 역. 에코리브르, 2002.

캐롤린 머천트. 『래디컬에콜로지』. 허남혁 역. 이후, 2001.

야성 혹은 자연의 의미

— 홍성원 중단편소설의 생태학적 의미

1. 서론

19세기 말부터 부각되기 시작한 환경문제는 20세기에 들어서 전 인류의 최대 관심사가 되었다. 오늘날 환경문제는 하나의 시류적인 현상이 아니라 인류 생존을 위해 더 이상 미룰 수 없는 절체절명의 과제이다. 가령 오존층 파괴의 주범으로 알려져 있는 염화불화 가스는 몬트리올 의정서의 발효로 많은 나라들이 사용을 금지하고 있으나 지구 곳곳에서 여전히 사용되고 있다. 그런데 지금 당장 이 가스의 사용을 멈춘다하더라도, 이는 앞으로 최소 7년 동안 지속적으로 오존층을 계속 파괴한다고 한다.[151] 바로 지금 모든 환경오염의 원인을 제거한다고 해도

157

환경파괴의 가속도를 늦추는 데는 상당한 시간이 요구되는 것이다.

　우리나라에서 환경문제에 대한 문학 논의는 90년대 초에 시작되어 오늘날까지 활발히 진행되고 있다. 문학의 생태학적 연구는 입장에 따라 넓은 범위를 망라하는데, 그것은 대체로 이남호와 김종성의 주장 사이의 어느 지점에 놓인다고 생각할 수 있다. 이남호는 '자연과 인간이 하나이며, 자연의 고유한 가치와 숨은 질서를 존중하는 마음이 문학하는 마음의 바탕이기 때문에 문학은 본질적으로 녹색'[152]이라고 말한다. 이에 반해 김종성은 '자연친화적이고 생명을 이야기하고 있다 해서 모두 환경생태문학인 것은 아니다. 더군다나 산업 근대화 시기 이전에 발표된 작품들을 생태학적 상상력이란 이름으로 환경생태문학의 범주에 포함시켜 논의하게 됨에 따라, 많은 문제점을 드러내고 있'[153]다고 하며 논의의 범위가 지나치게 확대되는 것을 경계한다.

　필자는 환경문제에 대한 다양한 논의들이 그 나름대로 의미가 있다고 생각한다. 하지만 환경문제에 대한 문학 연구의 범위를 스스로 지나치게 협소하게 한정하는 것은 문제가 있다. 환경문제를 본격적으로 다룬 작품이 아니더라도, 생태학적 의미를 충분히 갖추고 있는 작품은 얼마든지 존재한다고 생각할 수 있기 때문이다. 가령 이규보의 「虱犬說(슬견설)」이나 「放鼠(방서)」는 현대인과 수백 년의 시간적 거리를 두고 있으나 중요한 생태학적 의미를 담고 있다.[154] 이런 점에서 서양 환경문학의 고전인 소로우의 『월든』이나 서구 생태주의 시인의 대명사격인

---

151) 김정욱, 「위기에 처한 생태계」, 『위기의 환경 어떻게 구할 것인가』, 푸른숲, 1992, 21쪽.

152) 이남호, 「문학은 녹색이다」, 『녹색을 위한 문학』, 민음사, 1998, 80쪽.

153) 김종성, 앞의 책, 3쪽.

게리 스나이더의 저작에 불교나 유교 그리고 노장 사상의 영향이 깊이 배어 있는 것도 고려할 만한 일이다.[155]

이렇게 볼 때 환경문제에 관한 한 문학연구는 실천적 운동의 차원에서부터 산업 근대화와 더불어 발생하는 구체적인 환경문제에 대한 비판, 자연이나 생명의 의미를 드러내는 작업, 그리고 녹색소설이라고 명명할 수 있는 소설의 발굴 작업에 이르기까지 폭넓은 범위에서 이루어져야 한다. 그리고 보다 중요한 것은 이러한 작업들이 환경의식을 자각하는 계기를 마련하는 방향으로 나가야 한다는 점이다. 궁극적으로 오늘날 생태의 위기는 지구에 사는 모든 사람들이 각각 환경에 대한 깊은 자각을 통해 해결될 수 있기 때문이다.[156]

본 논문은 이러한 전제 아래 홍성원의 중단편소설에 나타나는 생태학적 의미를 밝혀보고자 한다.

---

154) 이에 대해서는 박희병의 「이규보에게서 배우는 생태적 정신」(『한국의 생태사상』, 돌베개, 1999, 120쪽.)에 잘 나타나 있으며, 박희병의 다음과 같은 논문도 이러한 좋은 예가 된다.

박희병, 「한국 고전문학의 전통과 생태적 관심」, 『초록 생명의 길』, 신덕룡 편, 시와사람들, 1997.

박희병, 「이규보의 생태주의 사상」, 『녹색평론』, 32, 녹색평론사, 1997.

155) 헨리 소로우의 『월든』(강승영 역, 이레, 1993.)이나 게리 스나이더의 저작 『야성의 삶』(이상화 역, 동쪽나라, 2000), 『지구, 우주의 한 마을』(이상화 역, 창비, 2005.)에는 동양 사상의 영향이 곳곳에 스며 있다.

156) 이남호는 "환경 문제에 대한 가장 중요한 해결책은, 개개인이 환경의 중요성에 대해 깊은 자각을 하는 것이며 특히 자아를 넘어서는 넓은 세계의 존재를 깨닫는데 있다"(이남호, 「녹색문학을 위하여」, 『녹색을 위한 문학』, 민음사, 1998, 24쪽.)고 하며, 김우창도 "중요한 것은 환경의식이다. 목표는 이 의식을 통해서 새로운 인간의 삶의 방식을—자연과의 일체감 속에서 새로운 삶의 방식을 만들어 내는 것"(김우창, 「깊은 마음의 생태학: 환경, 도시 마음」, 『정치와 삶의 세계』, 삼인, 2000, 376쪽.)이라고 한다.

2. 홍성원 소설의 생태학적 의미

1) 도시로부터의 탈출과 야성에의 갈망

　홍성원은 지금까지 다섯 권의 작품집을 출판했다.[157] 그는 「戰爭」이나 「氷點地帶」 혹은 「機動訓練」과 같은 병영을 배경으로 하는 소설로 시작했지만, 그의 중단편소설의 상당수는 서울이라는 공간에서 이루어지는 현대 도시인의 삶을 그리고 있다. 이러한 소설들은 60년대 이후 산업화와 더불어 노출되는 우리 사회의 다양한 문제들을 적나라하게 보여준다. 여기서 서울은 실제 서울이기도 하지만 우리 사회의 축도이기도 하다.

　「늪」이나 「無錢旅行」, 「즐거운 地獄」 등에서는 금전이 모든 가치에 우선하는 현실을 젊은이들의 냉소적 의식을 통해 비판하고 있으며, 「兄弟」, 「炎天」, 「잘 가꾼 정글」 등에서는 사회 하층민의 힘겨운 삶과 끈질긴 생존력을 동시에 보여준다. 또한 「흔들리는 땅」에서는 리얼리즘적 차원에서 자본주의를 비판하기도 하고, 「도깨비 웃음」에서는 실험적 기법을 통해 서울 시민이 겪는 이중적 삶을 비꼬기도 한다. 특히 「종합병원」이나 「토요일 오후」는 산업화 이후 우리 사회의 문제를 집약적이면서도 총체적으로 보여준다. 「종합병원」은 '종합병원'이라는 현대적 공간을 통해 조직에 의한 개인의 소외 혹은 개성의 말살을 상징적으로 보여주며, 「토요일 오후」는 국토개발을 통해 상실되는 인간의 가치를 예리하게 비판하고 있다. 「종합병원」에서 우리 사회를 하나의 거대한 '종합병원'에 비유한다면, 「토요일 오후」에서는 우리 국토를 하나의 거대한 '공장'에 비유하는 것이다.

여기서 도시인들은 절망한다. 그들은 인간으로서 가질 수 있는 자유나 행복을 더 이상 가질 수 없기 때문이다. 홍성원의 중단편소설의 생태학적 의미는 이러한 도시인의 절망과 도시로부터 탈출하고자 하는 열망에서 시작된다. 「주말여행」은 이러한 서울 혹은 도시로부터의 탈출의 의미가 잘 드러나는 소설이다. 고등학교와 대학교 동창들로 구성된 토요회 맴버들은 토요일 오후 G군으로 1박2일 여행을 떠난다. 이들은 모두 경제적으로나 문화적으로 안정된 삶을 누리는 인물들이다. 그러나 서울에서의 그들의 삶은 공허하다. 그들은 "스릴 혹은 자극과 긴장"이 필요하다고 말한다. 그들은 G군에서 술을 마시고 외도를 하며 일탈적 자유를 만끽한다. 여기서 여행의 진짜 목적이, 보신탕을 해 먹는데 있으며, 특히 "직접 개를 잡아" 먹는데 있다는 점이 중요한 의미를 지닌다.

나는 문득 허공에 매달렸던 개의 몸뚱이가 생각났다. 사실 그 개는 조금 전까지도 건강하게 살아 있었다. 아마 우리가 올가미만 걸지 않았다면 적어도 앞으로 십년은 더 살 수 있었을 것이었다. 그러나 우리는 그 개를 먹기 위해 그 개의 목에 올가미를 걸었다. 말하자면 그 개의 십 년간의 미래를 한 순간에 빼앗으려 한 것이다. 그러나 그것까지도 좋다고 하자, 우리는 왜 그 개를 잡았을까? 왜 직업적인 개백정이 잡아놓은 고기가 얼마든지 있는데 우리는 꼭 우리들의 손으로 그 개를 잡아야 했단 말인가?

157) 『週末旅行』(문학과지성사, 1976), 『무서운 아이』(瑞音出版社, 1976), 『武士와 樂士』(悅話堂, 1977), 『흔들리는 땅』(문학과지성사, 1978), 『투명한 얼굴들』(문학과지성사, 1994)이 그것이다.

나는 로우프를 바위에 묶던 박가의 얼굴이 언뜻 생각났다. 그는 개가 공중에 매달려 튕겨 놓은 철사처럼 격렬하게 몸을 떨자, 마치 자기 몸이 튕겨지는 듯 더할 수 없이 흥겨운 표정이었다. 그러나 그런 박가의 표정을 나와 이가는 어떻게 보았던가? 같이 흥겹기는 고사하고 박가 자신까지 역겹지 않았던가? 우리는 사실 이번 여행에 너무 큰 기대를 걸고 있었다. 개고기와, 개를 잡는 스릴과 그것에 대한 지나친 기대……그것은 결국 우리 오 명 중에 두 명만이 만족할 수 있는 기대에 불과했다.[158]

'나' 역시 다른 친구들과 마찬가지로 "직접 개를 잡아" 먹는데 대해 큰 기대를 가지고 있었으나, 죽어가는 개를 보고는 회의를 느끼게 된다. 만약 개고기를 먹는 것에 목적이라면 직업적인 개백정이 잡아놓은 고기를 먹으면 되니, 굳이 자기들 손으로 개를 잡아야 하는 이유가 없기 때문이다. 더욱이 올가미에 개의 목을 거는 친구 '박가'의 모습을 보며, '나'는 역겨움을 느낀다. 결국 여기서 '나'의 개잡는 행위가 지나친 기대였음이 드러난다. 그리고 개를 잡던 박가가 개에게 물리고 개는 도망치는 결말에 이르면, 박가조차도 기대에 만족할 수 없다는 것이 판명된다.

이들이 개를 잡는 실제적 목적은 개를 잡는 스릴에 있다. 그것은 개를 직접 잡아먹는 데서 오는 일탈의 쾌감이다. 이들의 개잡는 행위는 도시 혹은 현대 산업사회에서 허락되지 않는 진정한 자유에 대한 갈망의 표현이다. 이는 도시의 규칙이나 조직성으로부터 탈피해서 인간의 내부에 도사리고 있는, 문명에 순치(馴致)되기 이전의 원시적 생명성을

---

158) 홍성원, 「週末旅行」, 『週末旅行』, 313쪽.

회복하고자 하는 시도이다. 그것은 궁극적으로 야성에 대한 갈망이라고 할 수 있다.[159] 하지만 그들의 개 잡는 행위의 실패로 말미암아, 이러한 갈망은 허위 욕망임이 판명된다. 그들의 행위는 아주 가볍고 하찮은 장난에 불과한 것이지 자유를 찾고자하는 진지한 노력은 아니다. 그들은 야성을 갈망하지만 실제로 그들은 야성적이지 못하고 야성의 흉내만 낼 뿐이다. 이를 통하여 이 소설은 현대의 도시적 삶에서 한 치도 벗어날 수 없는 도시인의 비애를 보다 강하게 제기한다.[160]

이런 점에서 「사공과 뱀」은 주목되는 소설이다. 이 소설의 주인공 '나' 역시 도시의 구속에서 벗어나기 위해 "조용한 장소"를 찾아 바다로 간다. 거기서 '나'는 나룻배를 젓는 사공에 매료된다. 그의 매력은

---

159) 야성(野性)은 자연의 특수한 표현이라고 생각할 수 있다. 그것은 분녕의 반내적 의미를 지니지만 야만(野蠻)과는 다르다. 야만이라는 말에 문명의 가치를 긍정하는 전제에서 반문명을 폄하하는 의미가 담겨있다면, 야성에는 문명 이전의 것으로 원시적 생명성의 의미를 내포한다. 생태학적 위기의 도래와 더불어 제기되는 문명적 삶에 대한 반성은 야성의 의미를 새롭게 생각하게 만든다. 게리 스나이더는 이러한 점을 특히 강조한다. 그는 '자연'이라는 말은 위협적이지 않지만 '야성'은 위협적일 수 있다고 한다. 그것은 문명사회에서 제멋대로임, 무질서, 폭력과 연결되기도 하고, 고통스럽고, 덧없고, 열려 있고, 불완전한 조건위에 있으나, 자유와 깊이 연결되어 있다고 말한다. 그에 의하면 인간이 궁극적으로 돌아가야 곳은 그냥 자연이 아니라 야성적 자연이다.(게리 스나이더, 『야성의 삶』, 25~58쪽.)

160) 이런 점에서 「逆流」에서 소백정이 소를 잡는 장면이, 「週末旅行」에서 개를 잡는 장면과 대조적으로 그려진다는 점은 흥미롭다. 「週末旅行」에서 개를 잡는 장면이 역겨움으로 표현된다면 「逆流」에서 소를 도살하는 장면은 아름답게 그려진다. '나'는 "소를 도살하는 장면은 나를 분명히 다른 각도로 감동시켰다. 나는 그것을 아름다운 야만성의 극치라고 생각했다."(홍성원, 「逆流」, 『무서운 아이』, 서음출판사, 1976, 31쪽.)고 말한다. 잔인하게 보일 수 있는 장면에서 느끼는 이러한 아름다움은 야성에 대한 갈망의 표현이라고 할 수 있다.('나'가 야만성이라고 표현한 말은 사실상 야성에 보다 가깝다.)

다름 아닌 그가 지닌 야성에 있다. 닭고기를 우적우적 씹고 서 있는 모습이나 전신이 청동빛으로 그을러 있는 몸은 그야말로 야성이 넘친다. 먹이를 덮치는 표범처럼 날렵하다거나, 아카시아 가시가 많이 달린 나뭇가지 위를 맨발로 걷는다는 묘사는 그의 야성을 잘 보여준다. '나'는 "아직 영화나 사진 이외에 이렇게 육중하고 아름다운 사나이의 근육을 본 일이 없다"[161]고 생각한다.

'나'의 남편은 이러한 사공의 야성적 이미지와 대조적이다. '나'의 남편은 이성적인 학자지만 전형적인 도시인은 아니다. 그는 본래 시골 출신으로 언젠가 다시 시골로 내려가겠다고 생각하고 있으며, 동료들과의 등산이나 하이킹에서는 리더 격이다. 이런 점에서, 그는 어느 정도 자연친화적이다. 하지만 그는 다만 자연친화적일 뿐 진정한 의미에서의 자연성 즉 야성을 상실했으며 그에 대한 갈망도 없다. '나'가 남편을 "속악(俗惡)하고 미련한 한 마리의 유인원"이나 "태평무사한 오랑우탄"에 비유하는 이유가 여기에 있다. 해풍을 쐬며 '나'는 "살아 있는 것은 자연과 나 뿐"이라고 생각하며, 스스로 "소리개나 올빼미 같은 야행성 동물이 되고 싶다"고 한다. 하지만 남편은 그렇게 "힘차고 아름다운 시간에 잠을 자"고 있는 것이다. "태평무사한 오랑우탄"란 야성이 거세된 동물을 의미한다.

이 소설에서 야성의 의미가 가장 부각되는 부분은 '나'와 사공이 등대에서 뱀이 두꺼비를 잡아먹는 것을 목격하는 장면이다.

「잠깐 저걸 보이소」

---

161) 홍성원, 「사공과 뱀」, 『週末旅行』, 105쪽.

나는 후딱 발을 세운 채 사공이 가리키는 삼 미터 전방을 바라보았다. 뱀이다. 입에 두툼한 걸레 같은 것을 물고 있는 뱀은 우리가 발을 멈춰 세우자 고개를 꼿꼿이 우리 쪽으로 향해 쳐든다.

「두꺼비를 잡아 묵고 있입니더. 입을 보이소, 두꺼비 발이 나와 있질 않십니꺼.」

나는 숨이 막혔다. 무서워서가 아니다. 뱀은 과연 두꺼비를 다 삼킨 목을 탱탱히 팽창시키고 발끝만 약간 입 밖으로 베어물고 있다. 처절하도록 아름답다. 이런 경험은 처음이다. 뱀이 두꺼비를 잡아먹는 것도 처음이거니와, 뱀을 보고 아름답다고 느낀 것도 내겐 이것이 처음이다. 어째서 뱀이 아름답게 보였는지는 나도 모른다. 내겐 다만 눈부신 햇볕 속에 비늘을 번뜩이며 두꺼비를 물고 있는 뱀이 귀청이 멍할 정도로 숨막히게 아름답고 처절할 뿐이다.(중략)

나는 까닭을 알 수 없었지만 사공을 갑자기 말려야 한다고 생각했다. 그는 지금 뱀과 자신이 한 몸인 것을 모르고 있다. 나는 뱀을 처음 본 순간, 내 몸이 무언가에 삼켜지는 듯한 통쾌함을 느끼고 있었다. 말하자면 나는 두꺼비가 된 채 등대의 컴컴한 동굴 속으로 한없이 한없이 삼켜지고 있었던 것이다.[162]

뱀이 두꺼비를 잡아먹고 있는 것을 보고 사공이 뱀을 잡으려 하자 '나'는 뱀을 잡지 못하게 하고 대신 뱀 값을 자신이 물기로 한다. 평소 같으면 징그럽거나 무서워했을 장면을 목격하면서 '나'는 "처절하도록 아름답다"고 생각한다. '나'는 사공과 자신을 각각 뱀과 두꺼비에

---

162) 위의 글, 114~115쪽.

대치시킨다. 그리고 뱀이 두꺼비를 잡아먹는 모습에서 자신이 사공과 동화되는 환상에 빠진다. "내 몸이 무언가에 삼켜지는 듯 통쾌함을 느끼고 있었다. 말하자면 나는 두꺼비가 된 채 등대의 컴컴한 동굴 속으로 한없이 한없이 삼켜지고 있었던 것"이라는 생각은 이러한 의미를 함축한다. 이러한 의미는 실제로 이 소설의 결말에서 사공과의 성적 결합으로 실현된다. 여기서 사공─뱀에게서 느끼는 아름다움이나 사공과의 성적 결합은 '나'의 야성에 대한 갈망의 표현이라고 생각할 수 있다. 하지만 사공과의 성적 결합 후, '나'는 사공 역시 남편과 다를 바가 없다고 느끼고 스스로 "아무리 채워도 메울 수 없는 거대한 빈 자루"라고 생각한다. 이는 결국 '나'의 야성에 대한 갈망이 궁극적으로 문명사회에서 실제로는 좀처럼 이루기 어렵다는 점을 잘 보여준다.

2) 환경문제의 제기와 자연에 대한 감수성

홍성원의 중단편소설 중에는 환경문제를 본격적으로 제기하는 소설이 있다. 「짠맛으로 남은 사람들」과 「남도기행」이 그것이다.[163]

「짠맛으로 남은 사람들」의 주인공인 '중년'은 퇴임 후 살기 위한 터전을 마련하기 위해 농장을 사려고 고향에 내려간다. 거기서 그는 현저히 변한 고향의 모습을 발견한다. 한산하던 반농반어의 포구에 개발과 더불어 사람공해와 자연훼손이 시작된 것이다. 흥미로운 점은 이러한 변화의 원인 제공자가 다름 아닌 '중년' 자신이라는 점이다. 고위 공직

---

163) 「공룡을 본 사람」에서도 공장폐수가 문제가 되지만, 이 소설에서 환경문제가 정면으로 다루어지는 것은 아니다.

자이던 그가 지방 예비비를 끌어들여 이 마을의 농로를 이차선 포장도로로 확장해서 이러한 결과가 발생했다. 어린 시절부터 천재 소리를 듣던 중년이 자랑스러운 인물이 되어 마을을 위해 벌인 사업이 근본적으로 마을을 훼손한 결과를 가져온 것이다.

이 소설은, 이러한 문제에 대한 중년의 자각 과정을 그리고 있는데, 그 과정은 환경문제를 구체적으로 제시하는 과정이기도 하다. 이러한 문제는 중년의 고향 후배 김인호를 매개로 드러난다. 김인호는 대학교 때 학생운동을 하고, 졸업을 하고서는 교사가 되어 교육개혁운동을 하던 인물이다. 현재 부동산 소개업을 하는 그가 선배인 중년에게 농장을 소개한다는 명분아래 변모한 고향의 이모저모를 보여준다. 이를 통해 중년은 서해안 개발의 바람을 타고 쓸만한 땅이 전부 서울 사람들의 소유로 된 고향 사정을 알게 되며, 개발사업단이 제방을 쌓을 잡식과 흙을 채취하느라 흉측하게 망가뜨린 솔산을 목격하기도 한다. 하지만 이 과정에서 드러나는 가장 중요한 문제는 이 마을에서 벌어지고 있는 갯벌의 간척 사업이다.

고향에서는 마을 주민들의 반대에도 불구하고 간척사업이 한창 진행 중이다. 마을 주민들이 처음에 적극적으로 벌였던 간척사업 반대운동은 정부의 조직적 와해 작전 때문에 유야무야의 지경에 이르렀다. 김인호에 의하면, 간척은 조수의 흐름을 막음으로써 무수한 갯벌 자원들을 영구적으로 잃게 될 뿐 아니라 자기 자정능력을 잃어 심각한 오염의 원인이 되기 때문에, 거시적인 안목으로 볼 때 국가 이익에 도움이 되기보다는 해가 된다. 결과적으로 갯벌 간척에 의한 바다의 재앙은 수치로 계산할 수 없을 만큼 엄청난 것이 된다. 근본적으로 갯벌이 버려진 땅이라는 생각을 고쳐야 한다는 것이다. 결국 김인호와의 만남은 중년에게 국토개발과 자연훼손에 대한 반성의 계기가 된다.

> "땅이나 바다 모양을 바꾸는 일은 객사나 당집 없애는 일보다 더 어렵
> 구 조심스런 일일세. 간척사업을 반대하는 쪽에 내 이름을 팔어두 좋네.
> 내 이름이 고향 땅에서 아직 쓸모가 있다면 말일세." [164]

위의 짧은 인용문은 중년이 고향을 떠나면서 김인호에게 건네는 말
이다. 여기에는 여러 가지 의미가 담겨 있다. 여기서 객사나 당집은 비
효율적이고 비합리적이며 효용성이 없다는 이유로 폐기처분된 우리 고
유의 전통 문화를 의미한다. "저 악독한 일제 때두 헐리지 않구 살아남
은" [165] 객사와 당집이 새마을 운동 당시 미신 타파와 마을길 확장이라
는 구실로 헐렸다는 점에서, 이는 국토개발 사업이 얼마나 무지막지하
게 이루어졌는가를 잘 보여준다.

그런데 이러한 문제보다 더욱 중요한 것이 "땅이나 바다 모양을 바
꾸는 일"이라고 말하는 점이다. 문화적 훼손이나 정치적 억압의 문제
도 중요하지만, 그것은 재건이나 회복이 가능하다고 보는 것이다. 하지
만 국토 혹은 자연의 훼손은 돌이키기 힘들다는 자각이다. 이러한 자각
이 결국은 중년으로 하여금 소극적이나마 행동으로까지 나가게 만든
다. 그는 자신의 이름을 팔아서라도 간척사업을 막으라고 말하고 고향
을 떠난다. 결국 이 소설에서 간척사업의 문제는 근본적으로 국토개발
혹은 자연훼손 자체에 대한 총체적 비판이 된다. 개발 자체를 부정하는
것은 아니지만 국토의 모양을 바꿀 정도의 마구잡이 개발이 근본적으

---

164) 위의 글, 229쪽.
165) 위의 글, 226쪽.

로 옳은가를 질문하고 있는 것이다.

이와 같이 이 소설은 중년과 김인호 사이에 의식의 차이를 좁히는 과정을 통해 환경문제를 구체적으로 제기한다. 그런데 여기서 보다 흥미로운 것은 이러한 문제제기의 과정에서 땅의 의미가 부각된다는 점이다.

> 그들이 주장하는 우리 농촌의 체질 개선책도 사람들의 본성 속에 숨겨진 땀흘림의 상쾌함이나 땅만이 인간에게 전하는 특이한 정서를 무시한 주장이다. 농부가 땅을 가꾸고 싶어하는 것은 경제적인 동인에 의해서만 촉발되는 것은 아니다. 사람은 때로 아주 지쳐 있을 때도 김매기나 씨뿌리기 따위로 땅에 땀을 뿌리고 싶어 한다. 이런 경우 땅에 쏟는 땀은 노동이 아니고 기쁨이거나 즐거움일 때가 많다. 도시에서의 악다구니 삶에 넌더리가 나 있는 사람들에게, 엄청난 침묵으로 누워 있는 대지는 그 곁에 머무는 것만으로도 더할 수 없는 위로가 되는 것이다.[166]

위의 인용문은 재래식 영농방법을 반대하는 전문 관료들의 생각에 대한 중년의 비판이다. 그들은 고학력과 최신 기술을 갖추었으며 열성적이고 논리정연하다. 하지만 그들은 결정적인 약점을 가지고 있다. 그것은 땅이 가지는 근본적인 의미를 모른다는 점이다. 중년은, 땅이 인간의 본성과 정서와 함께한다고 생각한다. 인간에게 땅이란 경제적인 의미만을 지니는 것이 아니라는 자각이다. 그는 땅을 일구는 노동 자체의 즐거움을 역설한다. 그리고 도시의 삶에 지친 사람들에게 "엄청난 침묵으로 누워 있는 대지는 그 곁에 머무는 것만으로도 더할 수 없는

---

166) 홍성원, 「짠맛으로 남은 사람들」, 『투명한 얼굴들』, 217쪽.

위로가 되는 것"이라고 말한다. 여기서 "엄청난 침묵으로 누워 있는 대지"는 자연에 대한 은유로 이해할 수 있다. 그것은 단순한 자연이 아니라 자신의 존재보다 더 높은 어떤 초월적 존재에 대한 자각이다. 여기에는 근원적인 의미에서 자연과의 일체감이 담겨있다. 중년의 땅에 대한 인식은 결국 자연에 대한 깊은 감수성이라고 할 수 있는 것이다.[167]

「남도기행」에서도 환경문제가 구체적으로 제기된다. 이 소설에서, 주인공 '서울 낚시꾼'은 김선두와 함께 배를 타고 남녘바다 여기저기를 떠돈다. 이 기행(紀行)을 통해 드러나는 것은 무엇보다 심각한 바다의 오염이다. 여기서 바다 오염의 실태는 김선두를 통해서 조목조목 드러난다. 김선두는 연근해에 빈틈없이 설치된 여러 종류의 양식장 시설물들과 바다 어디서나 흔히 볼 수 있는 정체불명의 폐유가 얼마나 심각하게 바다를 오염시키는지를 역설한다. 이때 그의 남도 사투리나 투박한 태도는 그의 논지에 보다 깊은 신뢰감을 준다. 비록 그가 높은 학식을 갖추지는 않았지만 바다와 함께 살아온 그의 내력이 거기에 묻어나기 때문이다.

---

167) 이남호는 심층생태학(deep ecoiogy)에서 제기하는 '생태의식의 계발'을 논의하면서 "심층생태학은 인간이 자연과의 일체 의식을 가지고 그에 따르는 감수성과 감각을 가질 것을 기대한다"(이남호, 「녹색문학을 위하여」, 앞의 책, 25쪽.)고 말한다. 이는 앞서 제기한 생태의식의 감성적 바탕이 되는 것이라고 말할 수 있다. 이는 김종철이 말하는 '종교적 감수성'과 흡사하다. 그것은 어떤 특정한 종교의 가르침을 말하는 것이 아니다. 자기의 한계를 인식하고, 그럼으로써 무한한 우주와 자연 앞에서 늘 외경을 느끼면서 자기의 이기심보다 더 큰 척도에 스스로를 적용하는 경험을 통하여 세계와의 일치나 조화를 유지하는 생활에 도달하려면 일종의 종교적 감수성이 필요하다는 것이다.(김종철, 「개발이데올로기의 극복을 위하여」, 『간디의 물레』, 녹색평론사, 1999, 74~75쪽 참조.)

하지만 이 소설의 생태학적 의미는 이러한 환경문제의 고발에 국한되는 것이 아니다. 보다 중요한 점은 바다를 통한 자연의 경이로움에 대한 서울 낚시꾼의 자각에 있다.

태어난 고향도 특별한 연고가 있는 것도 아니건만 이 고장 남녘 바다가 서울 낚시꾼에게는 그지없이 평화롭고 임의롭다. 삼십대에 낚시를 시작하여 수십 년이 지난 지금까지 그는 이 일대 남녘 바다를 일 년이면 대여섯 차례씩 열병 앓듯 떠돌아다녔다. 처음에 그는 감성돔이라는 잘생긴 바다 고기를 낚기 위해 이 열병이 시작된 것으로 생각했다. 그러나 낚시는 한갓 핑계일 뿐 그가 정작 이 갯가에서 찾은 것은 모든 것을 삼키고 끌어안는 품 넉넉한 바다였다. 인간의 손에 가공되지 않은 유일한 자연이 아마 바다가 될 것이다. 그가 즐겨 바다를 찾는 것도 사람의 접근을 거부하는 듯한 바다의 생래의 오만한 몸짓 때문이다. 도시의 난해하고 힘겹던 삶이 특히 이곳 난바다 위에서는 놀라우리만큼 명료하게 추상화된다. 자신의 삶이 잘 짜여진 화면 위에 남들과 비슷한 작은 기호로 간명하게 추상화될 때, 그는 비로소 삶이 행사하는 온갖 종료의 구속으로부터 잠시나마 놓여나는 방면의 기쁨을 맛볼 수 있었다. 설혹 일상이 다시 그를 대도시의 진구렁 속으로 끌어들인다 하더라도 오늘의 이 행복한 방면은 얼마나 소중하고 산뜻한 축복이다. 이 신성한 방면의 매력에 이끌리어 그는 걸핏하면 낚시 도구들을 챙겨들고 이 외진 남녘 바다로 도망쳐 내려오곤 했던 것이다.[168]

---

168) 홍성원, 「남도 기행」, 『투명한 얼굴들』, 1994, 302쪽.

서울 낚시꾼은 삼십대부터 수십 년 동안 남녘 바다를 일 년이면 대여섯 차례씩 열병 앓듯 떠돌아다니며 낚시를 했다. 물론 낚시도 자연과 동화되는 하나의 수단이라고 생각할 수 있지만, 그가 말하듯 낚시는 하나의 핑계일 뿐 실제로 그가 원하는 것은 바다 그 자체이다. 「짠맛으로 남은 사람들」에서 중년의 땅에 대한 자각과 같이, 바다에 대한 서울 낚시꾼의 생각에는 자연에 대한 깊은 감수성이 담겨 있다. 하지만 전자가 인식의 차원에서의 자각이라면, 후자는 감성에서 출발해서 몸 전체로 받아들이는 것이라 할 수 있다. 그에게 바다는 "인간의 손에 가공되지 않은 유일한 자연"이며, "소중하고 산뜻한 축복"이기도 하고, "신성한 방면의 기쁨"을 지닌 존재이기도 하다. 그래서 이 바다는 무엇보다 고단한 도시의 삶에 위로를 주는 존재로서 귀의의 대상이 된다.[169]

한 가지 더 지적할 것은, 이 소설이 그 결말을 충무공 사당에서 느끼는 감회를 통해 환경문제를 윤리의식의 문제 전회하고 있다는 점이다. '나'는 "삶을 방기할 만큼 순신의 정신을 피폐하게 만든 것은 대체 무

---

[169] 흥미로운 점은 홍성원의 중단편소설에는 바다가 많이 등장한다는 점이다. 앞서 살펴본 「사공과 뱀」에서 '나'가 도시의 구속에서 벗어나기 위해 '조용한 장소'를 찾아간 곳이 바다이며, 「짠맛으로 남은 사람들」에서 땅이 중요한 의미를 지니지만 그 배경은 바다이다. 「無錢旅行」, 「7월의 바다」, 「逆流」, 「脫身」, 「三人行」, 「일부와 전부」, 「해를 기다리는 갈매기」 등의 배경이 모두 바다이다. 이들 소설에서 바다는, 정도의 차이는 있으나, 대체로 자연에 대한 감수성의 의미를 내포하며 일종의 귀의의 대상이 된다고 말할 수 있다.

그는 바다에 대해서 다음과 같이 말하기도 한다.

"바다를 보면 나는 우선 그 단조로운 크기에 감동하고 그 숨겨진 에너지에 반하고, 그 비릿한 갯내음에 끌려 어떤 때는 내 자신이 물 속을 헤엄치는 고기가 되어 바위틈을 이리저리 돌아다니는 상상을 할 때도 있어요." (홍성원·홍정선, 「대담―자신과 세상을 향해 던지는 '그러나'라는 질문」, 『홍성원 깊이 읽기』, 문학과지성사, 1997, 29쪽.)

엇일까?' 하고 스스로에게 질문을 던진다. 그리고 광주에서 자행된 군부의 만행과 납득할 수 없는 이유로 이순신을 죽이려한 선조의 포악과 묵혀둔 공장 독극물을 비오는 날 상수도용 강물에 몰래 쏟아버리는 행위를 동궤에 놓고 생각한다. 이 소설은 이기주의와 폭력성을 악으로 규정함으로써, 환경문제를 보편 윤리의 판단 위에 놓고자 하는 것이다. 이런 점에서 이 소설은 환경문제를 소재적 측면이나 고립된 인식적 차원에서 다루지 않고 총체적인 의미로 파악하고 있다고 할 수 있다.

3) 인간과 자연의 관계

「暴君」은 홍성원 소설의 대표작 중 하나로 꼽히는 소설이다. 이 소설은 여러 점에서 문학적 가치를 지닌 소설이지만, 생태학적 측면에서서도 매우 빼어난 소설로 평가될 수 있다. 그것은 이 소설이 인간과 자연의 관계를 다각적으로 보여주는데 있다. 그 관계란, 이 소설의 인물들과 범과의 관계를 말한다. 그것은 세 가지 층위에서 뚜렷이 부각되는데, 첫째 사냥꾼 사나이와 범의 관계이며, 둘째 마을 사람들과 범의 관계이고, 셋째 노인과 범의 관계이다.

사나이는 사십 삼 세 이성장군으로 예편한 국가기업체의 사장으로, 육척 가까운 훤칠한 키에, 뼈대가 지렛대처럼 억센 장한이다. 그는 경력으로 보나 외모로 보나 어느 것 하나 부족한 것이 없는 사람이다. 하지만 그러한 면이 이 사나이의 문제점이다. 부족함이 없는 그의 조건은 인간의 오만을 대변하는 것이다. 그의 오만은 사냥을 통해 잘 나타난다. 그에게 사냥은 오직 놀이일 뿐이다. 그는 사냥의 의미를 동물을 추적하고 사살하는 데 두고 있으며, 동물과의 불꽃 튀는 치열한 대결을 항상 인간적인 우월감으로 이끌어 가야 한다. 그의 생각에 모든 동물은 잡히기 위한 존재일 뿐이며, 일단 잡기로 결심한 짐승은 어떠한 수단을 강구해서라도 반드시 잡아야만 직성이 풀린다.

이러한 측면에서 사나이/범의 관계는 철저한 대립의 관계에 있으며, 전자는 후자를 자신의 의지 안에 복종시켜야 마땅하다고 생각한다. 사나이/범의 대립은 인간/자연의 대립으로 이해할 수 있는데, 사나이의 오만은 자연을 변형 가능한 존재로 생각하고 또한 정복의 대상으로 삼는 인간중심주의의 근간이 되는 근대 서구적 자연관의 일단을 보여준다고 할 수 있다. 따라서 이들의 관계는 근대 서구의 인간중심적 세계관/자연의 의미를 지닌다. 사나이의 이러한 면은, 특히 그가 사냥할 때 이상할 정도로 과학적 기구를 많이 사용하는 점을 통해서 잘 드러난다. 그는 사냥꾼 특유의 직감이나 육감을 믿지 않고 사냥에 수반되는 과도하게 많은 장비와 기계류에 의존한다.

범과의 관계에 있어 사나이와 정반대의 입장에 놓이는 인물은 바로 마을사람들이다. 노인과 사나이가 마을에 도착하자 마을사람들은 그들을 반기지 않는다. 그들에게 범은 사냥을 하거나 힘으로 물리칠 수 있는 존재가 아니다. 그들에게 범은 한갓 성미 고약한 단순한 맹수가 아니다. 그들에게 범은 두려움의 대상이다. 범에 대한 그들의 두려움은 그 잔인함이나 힘보다 훨씬 압도적이다. 그들에게 범은 영물이며 인간의 한계를 넘어서는 신령스런 존재이다. 그들은 말하자면 종교적 차원에서 범을 두려워하고 있는 것이다. 그들은 범이 산신(山神)의 전신(轉身)이라고 믿는다. 그러니 범을 잡겠다고 마을에 들어선 노인과 사나이는 그들에게는 불경스런 존대일 뿐이다.

이러한 면은 산제(山祭)를 통해 잘 드러난다. 그들은 산제를 통해서 호랑이를 떠나보낼 수 있다고 믿는다. 산제를 지내고 이틀간 범이 나타나지 않자 그 효과가 나타났다고 생각한다. 그리고 산제 후에 범이 다시 나타난 것은 노인과 사나이 때문에 산신령이 노했기 때문이라고 생각한다. 이러한 믿음은 비합리적이다. 그것은 전근대적인 주술적 차원의 믿음이다. 마을사람들의 범과의 관계는, 사나이와의 관계를 역전한다. 여기서도 범은 자연에 대한 은유로 생각할 수 있다. 마을 사람들의 자연에 대한 사고는 전근대적 미개 상태에 있다. 자연은 분석이나 측량의 대상이 아니라 불가사의한 미지의 것이다. 그들에게 자연은 두려운 존재로 맹목적인 복종이나 숭배의 대상이다.

노인은 이 소설의 가장 중요한 의미를 지니는 인물이다. 노인은 손꼽히는 원로 사냥꾼이지만 몹시 가난해서 부자들의 사냥을 돕는 것으로 생계를 유지한다. 예순이 훨씬 지난 나이에, 아내는 죽고 자식도 없고 몸을 담을 만한 집 한 칸도 없다. 사냥꾼에게는 시력이 생명인데 그는 시력조차 형편없이 나쁘다. 그는 자기 이름도 못 쓸 정도로 못 배웠다. 그는 사회적 지위로 보나 학식으로 보나 지극히 왜소하기 그지없다. 하지만 이러한 모습은 단지 외적인 조건일 뿐이다. 그는 비록 과학적 지식은 없지만 경험을 통해 진실을 꿰뚫어 볼 수 있는 혜안을 지녔다. 사나이의 성품을 정확히 이해하고 있으며, 마을 사람들의 생각도 잘 안다. 또한 그는 범이 사람을 해치는 이유가 마을 사람들이 놓은 덫에 친 상처 때문이라는 사실을 미리 알고 있다.

마을 사람들과 같이 노인도 사나이와 상반된 태도를 지닌다. 노인은 사나이와 처음 동행하면서부터 그를 좋지 않게 생각하고 있다. 노인에게는 왠지 이 사나이가 '쇠붙이' 처럼 정이 통 느껴지지 않는다. '쇠붙이' 란 사나이의 자기중심적 오만에 대한 은유이다. 이렇게 노인은 사나이와 반대 입장에 놓이지만 마을사람들과도 다르다. 물론 범을 사또 혹은 꽃이라고 지칭한다든지, 사나이가 서낭당을 흉하다고 말할 때 사나이를 나무라는 것처럼 노인은 마을사람들과 유사한 점이 많다. 하지만 노인이 범을 꽃이나 사또라고 부르거나 서낭당을 함부로 말하지 않는 것은 그것을 존중하기 때문이지 맹목적인 두려움 때문만은 아니다. 특히 산제를 통해 노인과 마을사람들 입장 차이는 극명하게 드러난다. 그는 산제를 통해 범을 몰아낼 수 있다고 믿지 않는다. 결국 노인은, 사나이가 대변하는 서구의 인간중심주의적 자연관이나 마을 사람들에 의해 드러나는 자연에 대한 맹목적 숭배를 지양하며, 자연과 바람직한 관계를 맺고 있는 존재이다.

이러한 점은 노인의 동물을 대하는 태도에서 잘 드러난다.

노인은 그런 사나이의 태도가 퍽 어리석고 못마땅하게 느껴졌다. 사실 사나이는 그런 짐승에게 화를 내서는 안 되는 일이었다. 범이 사람을 공격하는 것은 범에게 주어진 일종의 특권이었다. 그들은 애초에 강하고 힘센 육식동물로 태어났다. 그들이 지닌 강한 무기들은 멋을 위해 마련된 것이 아니었다. 모두 그들의 생존에 관계되는 용도에 의해 주어진 물건이었다.

만일 누군가 범이나 사자에게 온순한 짐승이 되어 줄 것을 바란다면 그것은 바로 범이나 사자에게 굶어 죽으라는 말과 같았다. 노인은 기실 산중으로 다니며 짐승들의 삶에 얽힌 여러 종류의 생존 질서를 목격했다. 그들은 스스로를 모르고 있었지만 그들의 운명에 의심 없이 복종하고 있었다. 담비는 들쥐를 잡아먹었지만, 자기는 늑대에게 쫓길 것을 알고 있었다. 승냥이는 토끼를 잡아먹었지만, 자기는 범에게 죽을 것을 알고 있었다. 그것은 법칙이 매우 까다로운 복잡한 놀이와 같은 것이었다. 짐승들은 그 놀이에 퍽 익숙해서 아무 불만이나 불평들은 품지 않았다. 자기가 잡아먹고 잡아먹힐 짐승을 그들은 첫눈에 가려내어 그들만의 엄정한 법칙에 순종하는 것이었다.[170)

노인은 한편으로 자신이 쫓는 짐승을 지극히 사랑하지만, 동시에 사냥 중에 자기와 자기의 상대가 정정당당히 싸울 것을 바란다. 노인은 상대가 강하기를 바라지만, 특히 그는 상대가 강할 때 두 가지 엇갈린 감정을 경험한다. 하나는 상대에 대한 강한 투지이고, 또 하나는 적에 대한 경탄이다. 노인은 강한 상대를 자기 상대에게 투지와 경탄이라는 이중의 상반되는 감정을 품는데, 이러한 노인의 태도는 이율배반적(二律背反的)인 것은 아니다. 이깃은 모두 짐승에 대한 지극한 사랑을 바탕으로 하기 때문이다. 그에게 짐승은 인간과 똑같은 생명으로서 존중받아 마땅한 존재이다. 이것은 '생물학적 평등주의'[171)와 일치하는 생각이다. 따라서 노인/범의 관계 팽팽한 대립의 관계이며 동시에 상호 존중의 관계이기도 하다. 하지만 궁극적으로 대립의 경계는 지워지며, 노인—범은 자연이라는 이름 아래 동화된다. 노인과 범이 서로 얼싸안은 듯한 형상으로 죽어 있는 이 소설의 결말은 이러한 점을 잘 보여준다.

---

170) 홍성원, 「暴君」, 『무서운 아이』, 131~—132쪽.
171) 생물학적 평등주의는 아느 네스가 심층생태학(deep ecology)를 주장함 내세운 일곱 가지 이념 중 하나이다. 이는 모든 생물이 동등한 가치를 지녔다는 점을 인간이 인정하자는 것이다. 그는 "원칙상 생물학적 평등주의를 지향한다"고 말한다. 여기서 '원칙상'이란 단어가 들어가 있는 것은 현실적으로 죽이고, 약탈하고, 억압하는 것이 어느 정도 필요하기 때문이라고 한다.(아느 네스, 「외피론자대 근본론자」, 『생태학의 담론』, 문순홍 편, 솔, 1999, 69쪽.)

결국 노인과 범은 인간과 자연 사이의 조화로운 관계를 의미한다고 할수 있다.

3. 결론

지금까지 크게 세 치원에서 홍성원의 중단편소설에 나타나는 생태학적 의미를 살펴보았다.

「週末旅行」이나 「사공과 뱀」은 야성에의 갈망이 잘 드러난다. 이는 서울 혹은 도시의 삶으로부터 탈출하여 근원적 자유를 얻고자하는 갈망이라 할 수 있다. 하지만 이러한 갈망은 이루어지지 못한다. 「짠맛으로 남은 사람들」과 「남도 기행」은 환경문제를 구체적으로 제기하는 소설이다. 「짠맛으로 남은 사람들」에서는 국토개발에 대한 비판적 시각이, 「남도 기행」에서는 바다의 오염의 심각성이 적나라하게 드러난다. 이러한 비판적 사고는 자연에 대한 깊은 감수성을 자각하는 계기가 된다. 여기서 자연은 돌아가야 할 귀의의 대상으로 드러난다. 「暴君」은 인간과 자연 사이의 관계를 다각적으로 보여주는데, 특히 여기서 노인과 범 사이의 관계는 인간과 자연의 조화로운 관계로 드러난다.

이러한 소설들은 전체적으로 볼 때, 서울(혹은 도시)/시골(혹은 고향)의 대립이나 문명/야성의 대립 혹은 인간/자연의 대립의 구조를 공통의 토대로 가진다. 문명사회에서 우리 내부의 야성을 일깨우는 것은 좀처럼 이루어지기 어려운 것으로 드러나는 반면, 그것이 포괄적 의미로서의 자연이 될 때 귀의의 대상으로서의 의미를 지닌다는 점은 흥미롭다. 땅과 바다로 대표되는 자연은 삶의 균형을 가져다주는 공간이다.

문제는 현실 속에서 어떻게 자연과 어울려 살 수 있는가 하는 점이다. 그것은 인간중심의 고립된 정신에서 벗어나 전체로서의 자연을 느끼고 더 높고 큰 존재를 자각하는데서 온다. 결국 이는 자연에 대한 감수성을 바탕으로 하는 환경의식을 가지는 일이다.

이러한 점에서 「짠맛으로 남은 사람들」이나 「남도 기행」 녹색소설의 범주에 포함해도 좋은 소설이다. 앞의 두 소설은 모두 환경문제를 구체적으로 제기한다는 점에서도 중요한 의미를 지니지만, 보다 근본적으로는 여기에 땅과 바다로 대표되는 자연에 대한 깊은 감수성이 내재해 있다는데 더욱 중요한 의미를 지닌다. 특히 「남도 기행」은 환경문제를 보편 윤리의 차원에서 바라본다는 점에서, 환경문제를 소재적 측면이나 고립된 인식적 차원에서 벗어나 총체적인 의미로 파악하고 있다고 할 수 있다. 인간과 자연의 관계를 다각적으로 다루고 있는 「暴君」의 경우는, 환경문제를 구체적으로 다루고 있지 않지만, 도리어 본질적인 의미에서 녹색소설의 한 전범이 된다. 환경의식의 자각이란 궁극적으로 인간과 자연의 관계의 재정립을 요구하는 것이기 때문이다.

이상에서 살펴본 홍성원의 중단편소설에는 환경문제가 다각적으로 제기된다는 점에서 생태학적으로 중요한 의미를 지닌다. 하지만 그것들이 생태의식을 일깨우고, 인간과 자연 사이의 관계를 재정립하고자 하는 노력의 소산이라는 점에서 더욱 중요한 의미를 지닌다.

■참고문헌

홍성원. 「週末旅行」. 문학과지성사, 1976.

. 「무서운 아이」. 瑞音出版社, 1976.

. 「武士와 樂士」. 悅話堂, 1977.

. 「흔들리는 땅」. 문학과지성사, 1978.

. 「투명한 얼굴들」. 문학과지성사, 1994.

홍성원·홍정선, 「대담—자신과 세상을 향해 던지는 '그러나'라는 질문」, 「홍성원 깊이 읽기」, 문학과지성사, 1997.

김정욱. 「위기에 처한 생태계」. 「위기의 환경 어떻게 구할 것인가」. 푸른숲, 1992.

임도한. 「한국 현대 생태시 연구」. 고려대학교 대학원, 박사학위 논문, 1999.

장정렬. 「생태주의 문학 논의」. 「생태주의 문학」. 한국문화사, 2000.

김용민. 「문학과 생태학」. 「생태문학」. 책세상, 2003.

김종성. 「한국 현대 소설의 생태의식 연구」. 고려대학교 대학원. 박사학위논문, 2003.

이남호. 「녹색을 위한 문학」. 민음사, 1998.

박희병. 「이규보에게서 배우는 생태적 정신」. 「한국의 생태사상」. 돌베개, 1999.

박희병. 「한국 고전문학의 전통과 생태적 관심」. 「초록 생명의 길」. 신덕룡 편. 시와사람들, 1997.

박희병. 「이규보의 생태주의 사상」. 「녹색평론」, 32. 녹색평론사, 1997.

김우창. 「깊은 마음의 생태학: 환경, 도시 마음」. 「정치와 삶의 세계」. 삼인, 2000.

김종철. 「개발이데올로기의 극복을 위하여」. 「간디의 물레」. 녹색평론사, 1999.

헨리 데이비드 소로우. 「월든」. 강승영 역. 이레, 1993.

게리 스나이더. 「야성의 삶」. 이상화 역. 동쪽나라, 2000.

. 「지구, 우주의 한 마을」. 이상화 역. 창비, 2005.

아느 네스. 「외피론자대 근본론자」. 「생태학의 담론」. 문순홍 편. 솔, 1999.

IV부

한국 현대소설에 나타나는 '나무' 연구

— 황순원, 이청준, 이문구, 이윤기의 소설을 중심으로

1. 서론

이양하는 나무를 일러 '훌륭한 견인주의자요, 고독의 철인이요, 안분지족의 현인'[172]이라고 말한 바 있다. 오랜 동안 나무는 인간이 배워야할 여러 덕목을 지닌 존재로 인식되어 왔다. 푸르고 무성한 나뭇잎, 여러 갈래로 뻗은 가지, 곧고 굵은 기둥, 깊은 뿌리, 풍부한 열매와 그그늘 등이 지니는 나무의 속성은, 젊음, 건강, 변함없음, 강직, 지혜, 신뢰, 너그러움, 자비, 희생, 사랑 등 인간이 갖추어야할 가장 훌륭한 덕목

---

172) 이양하, 「나무」, 『이양하 수필집』, 을유문화사, 1994, 154쪽.

들에 부합되는 것으로 여겨져 왔다. 이런 점에서 나무는 인간의 윤리적 인식의 원천이 된다.

나무는 윤리적 인식의 차원을 넘어서 인간이 지향하는 정신세계의 한 표상으로 드러나기도 한다. 나무는 불교적 깨달음의 표상인 보리수처럼 초월적 정신세계의 상징이 되기도 하고, 단군신화에 등장하는 신단수와 같이 세계의 혹은 우주의 기둥이라는 신화적인 의미를 지니기도 한다. 나무는 인간의 정신 속에 깊이 뿌리박고 의미의 폭과 깊이를 더해 왔다. 하지만 오늘날 우리에게 나무의 의미는 이러한 윤리적 인식이나 정신적 지향의 차원과는 또 다른 의미를 지니기도 한다.

오늘날 나무는 생태적 관점에서도 중요한 위치를 차지한다. 나무는 토양과 기후, 토양의 수리, 토양과 식생간의 영양물질 순환효율 등을 안정시키고 보호한다. 또한 사람과 동식물에게 안식처를 제공하기도 하며, 특히 열대 지방의 처녀림은 세계 동식물 종족 보존의 더할 나위 없는 장소가 된다. 그리고 무엇보다 나무는 대기 중의 이산화탄소를 감소시켜 지구온난화를 막아주고, 인간을 포함한 모든 생물 생존의 기본 조건이 되는 산소를 공급한다.[173] 나무는 오늘날 우리가 직면하고 있는 생태계의 위기를 극복할 수 있는 열쇠를 제공하는 것이다. 여기서 나무는 생명에 대한 표상으로 혹은 자연에 대한 제유로 인식되기도 한다.

필자가 조사한 바에 의하면, 우리 현대 소설에서 나무는 그리 빈번히 다루어지지는 않았다. 나무는, 심훈의 『상록수』나 강신재의 「젊은 느티나무」 그리고 박완서의 『나목』 등에서처럼 소설의 의미를 암시하는 제

---

173) UNEP(유엔환경계획), 「삼림의 벌채와 황폐화」, 『지구환경총람―1972~1992 UNEP 환경보고서』, 코스모스피어, 유해경 외4인 역, 1992, 83쪽 참조.

목으로 쓰이는 경우가 있었다. 하지만 이외에 중요한 제재로 쓰이는 경우는 생각보다 많지 않다. 우리의 문학 전통에서 나무가 적지 않은 의미의 두께를 지니고 있으며 근현대시에서도 다양한 의미망을 구축하고 있다는 점을 고려하면, 이는 매우 특이한 현상이라고 할 수 있다. 하지만 그렇다고 하더라도 나무의 의미가 강조되는 소설이 전혀 없는 것은 아니다. 여기서는 황순원. 이청준, 이문구, 이윤기 등의 소설을 통해, 생태학에 관심을 기울이면서 나무가 우리 현대소설에서 어떤 의미를 지니는지를 탐구하기로 한다.

2. 자연의 순환에 대한 자각

황순원의 소설에서 나무는 우선 『인간접목』이나 『나무들 비탈에 서다』에서처럼 역사적 질곡을 겪는 소년 혹은 젊은이에 대한 비유로 나타난다. 여기서 나무가 중요한 제재로 쓰이는 것은 아니지만 그 의미가 미약하다고 말할 수는 없다. 나무는 소설 전체의 의미를 암시적으로 드러내는 역할을 담당하고 있기 때문이다.

『인간접목』에서 나무는 한국전쟁 당시 고아가 된 불행한 아이들에 대한 은유이다. 여기서 접목이란 이 전쟁고아들이 비뚤어지지 않고 올바로 자라게 하는 것을 말한다. 그것은 종호의 사랑에 의해 가능한 것이 된다. 말하자면 종호는, 불행에 처한 아이들이라는 '묘목' 을 보다 훌륭한 터전이라고 할 수 있는 튼실한 환경의 '나무' 에 접목하는 역할을 담당하고 있는 것이다. 『나무들 비탈에 서다』에서 나무는 전쟁에서 정신적 상처를 입은 젊은이들을 의미한다. 현태, 동호, 윤구, 숙이 등 이 소설에 등장하는 모든 젊은이들이 여기에 속한다. 비탈에 선 나무란 이러한 정신적 위기를 의미한다. 하지만 그것은, 그러한 위기 속에서도 희망을 찾아보려고 안간힘을 쓰는 정신적 의지를 동시에 의미한다. 마치 비탈에선 나무가 뿌리의 힘으로 온 몸을 지탱하듯이, 이들 젊은이들도 뭔가 조그마한 희망이라도 잡아보려고 가까스로 몸을 지탱하고 있는 것이다.174) 이렇게 볼 때 이 나무는 전후 젊은이의 정신적 위기와 삶에 대한 의지라는 이중적 의미를 지니는 것으로 이해할 수 있다.

하지만 황순원 소설에서 나무는 무엇보다 자연의 순환의 의미를 지닌다. 다음은 『카인의 후예』에서 박훈이 사촌동생 혁을 대신해서 도섭 영감을 죽일 결심을 하고 과수원에 올라간 대목이다.

오늘은 뒷산 옛무덤가에는 올라가기가 싫었다. 어쩐지 거기 올라가면 이따 오후에 그 부근에서 있을 장면이 머리에 떠올라와 견딜 수 없을 것 같았다. 과수원으로 갔다. 거기서 시간을 보낼 참이었다. 아직 과수원을 거닐기에는 철이 일렀다. 폐목이 되다시피 한 과목 가장이에 눈이 부풀기 시작할 무렵에야 훈은 뒷산 옛무덤가에서 이리로 자리를 옮기곤 한 것이었다. 그러다가 과목들이 다시 우수수 낙엽을 지우고 무서리가 땅에 깔리게 돼야 다시금 뒷산 무덤가에로 자리를 옮겼다.

훈은 시골 나와 이 과수원에서 비로소 나무의 잎눈이나 꽃눈이 언제 생겨나 어떻게 큰다는 걸 알았다. 그때까지 그는 나무의 눈이란 봄에 생겨나 잎과 꽃이 되는 것으로만 알고 있었다. 그러나 그렇지가 않았다. 가

---

174) 이 소설은 동호와 현태의 자살을 통해 현실의 비극을 극단적으로 보여주면서도, 현태의 아이를 낳을 결심을 하는 숙이를 통해 희망은 암시한다.

을에 단풍이 들어 낙엽이 지기 전에 벌써 눈들을 장만해 놓은 것이었다. 이 작고 연약한 눈이 그대로 추운 겨울을 겪고 나서 봄에 싹이 트고 잎과 꽃을 피우는 것이었다. 처음 이것을 발견했을 때 훈은 무슨 신기한 것이나 발견한 것처럼 혼자 가슴까지 두근거렸던 것이다.[175]

혼란스러운 마음을 가다듬고자 올라간 곳이라는 점에서 이 과수원은 성찰의 공간이라 할 수 있다. 과거에 그는 이곳에서 생명의 의미를 발견하고 혼자 가슴이 두근거렸던 적이 있다. 이런 점에서 그에게 이 과수원은 성찰의 공간이기도 하지만 생명감이 충만한 공간이기도 하다. 살육의 복마전이 되어버린 현실과 대조가 되는 이 과수원에서, 그는 생명감을 느끼며 마음의 위안을 찾고 있는 것이다. 여기서 훈이 발견한 생명이 개체로서의 생명이 아니라는 점은 주목을 요한다. 그것은 겨울에 준비된 나무의 눈이 봄에 잎과 꽃이 되고, 가을에 낙엽을 떨구고 눈을 만드는 순환의 과정을 의미한다. 여기서 생명이란 자연현상을 넘어 우주 전체를 움직이는 원리 즉 자연의 순환을 의미한다.

이 소설에서 이러한 자연의 이치는 역사적 진리로 전회한다. 그것은 절망과 희망, 흥망성쇠, 분열과 화합, 살육과 재생 등의 인간사의 변화를 포함한다. 과수원을 내려가면 어쩔 수 없이 도섭영감을 죽임으로써 자신도 살육의 복마전에 참여해야 하지만, 박훈은 이러한 자연의 순환을 생각하며 궁극적으로 인간에 대한 신뢰와 미래에 대한 희망을 놓지 않고 있는 것이다. 그는 그러한 희망을 나무의 생명성 즉 순환하는 자

---

175) 황순원, 「카인의 후예」, 『카인의 후예, 별과같이 살다』, 전집, 6, 문학과지성사, 1981, 451~452쪽.

연에서 찾고 있다. 겨울에 준비된 나무의 눈이 봄이 되어 잎과 꽃이 되듯이, 겨울과 같이 극한에 이른 현실에도 희망의 눈(나무의 눈과 같은)은 만들어지고 있으리라는 믿음이다.

「나무와 돌, 그리고」에서 이러한 나무의 의미는 삶의 의미에 대한 깊은 사색으로 드러난다. 이 소설에서 영문학과 교수인 주인공은 정년퇴임을 앞두고 삶에 대한 공허감과 뉘우침에 휩싸여 있다. 그는 "평생 영문학을 붙들고 몇 권의 연구 논문까지 세상에 내놓기는 했으나 따지고보면 한갓 공허한 작업에 지나지 않았다는 것"을 절감하고 있다. 그의정신적 괴로움은 결국 삶에 대한 무상감이라고 할 수 있는 것인데, 그것은 자연의 무한성/인간의 유한성 사이의 대비에서 오는 것이다. 그의이러한 정신적 갈등은 용문산 은행나무를 보면서 해소된다.

학생들이 캠프화이어 가머리를 준비하는 동안, 그는 절 앞에 서 있는 은행나무께로 내려갔다. 오전에 산으로 올라오면서도 보았지만 예닐곱 아름이 실히 될 밑둥이요, 수십 길이 넘을 높이의 거대한 나무였다.

석양 그늘 속에 은행나무는 한창 황금빛으로 물들어 있었다. 가을이 온통 한데 응결된 듯만 싶었다. 얼마든지 풍성하고 고요했다.

그 둘레를 서성이고 있는데 난데없는 회오리바람이 일어 은행나무를 휘몰아쳤다. 순식간에 높다란 나무 꼭대기 위에 새로운 장대하고도 찬란한 황금빛 기둥을 세웠는가 하자, 무수한 잎을 산산이 흩뿌려 놓았다. 아무런 미련도 없는 장엄한 흩어짐이었다. 뭔가 그는 속깊은 즐거움에 젖어 한동안 나뭇가를 떠날 수가 없었다.[176]

---

176) 황순원, 「나무와 돌, 그리고」, 『탈』, 문학과 지성사, 1976, 301~302쪽.

188 한국 현대소설과 생태학

여전히 강박적 상념에서 벗어나지 못하던 주인공이 학생들과 함께 용문산으로 캠핑을 가서 은행나무를 보게 된다. 은행나무는 그야말로 거대하고 찬란한 자태로 서 있다. 그것은 "예닐곱 아름이 실히 될 밑둥이요, 수십 길이 넘을 높이의 거대한 나무"이며 "한창 황금빛으로 물들어", "온통 가을이 한데 응결된 듯"이 보이는 장엄한 것이다. 이 나무의 거대한 규모나 찬란한 자태는 생명의 외경 혹은 위대한 자연의 의미를 함축한다. 하지만 이 소설에서 이 은행나무의 진정한 의미는 이러한 거대하고 찬란한 자태 뒤에 숨어 있다.

그는 나무를 보며 "높다란 나무 꼭대기 위에 새로운 장대하고도 찬란한 황금빛 기둥을 세웠는가"하고 감탄한다. 바로 그 순간 '회오리바람'이 불어 나무의 무수한 잎을 산산히 흩어 놓는다. 하지만 나무는 아무런 미련도 없다. 자신의 상대한 잎들을 '미련 없이' 흩뿌리기 때문에, 그것은 '장엄한 흩어짐'이 된다. 그는 여기서 '속깊은 즐거움'을 느낀다. 그것은 '찬란한 황금빛 기둥'에서가 아니라 바로 그 '장엄한 흩어짐'에서 오는 것이다. 여기서 바로 '회오리바람'이 부는 순간은 깨달음의 순간이다. 그것은 자연의 순환에 대한 깨달음이다. 그 순환 속에서 늙음도 죽음도 그저 자연스러운 것이 된다. 그는 은행나무의 '장엄한 흩어짐'을 보고 무상감을 자연스럽게 받아들이는 것이다.[177)]

3. 고향, 어머니 혹은 자연

이청준의 소설에는 고향을 떠나 도시를 떠도는 사내가 많이 등장한다. 이들은 도시 생활에서의 고단한 삶에 대한 평안을 얻기 위해 고향으로 돌아가고자 한다. 하지만 그것은 좀처럼 쉬운 일이 아니다. 현실에 묶인 생활이 있어 차일 피일 미루게 되고, 나이가 들어 돌아가 보면 이미 고향은 변해 있어 정신적 평안을 얻기 어려운 곳이 되어 있기 때문이다. 혹 정신적 평안을 얻을 하더라도 다시 도시로 떠나야할 운명에 처해 있다. 이른 바 귀향 모티프 소설이라 할 수 있는 것들이다. 우화적 장편 소설(掌篇小說)「빗새 이야기」는 이러한 의미를 압축적으로 드러낸다.

어머니는 언제부턴가 집 앞 텃밭 한쪽 가에 어린 동백나무 한그루를 옮겨다가 심어놓고 말없는 정성을 다해 오고 있었는데, 어머니는 추운 겨울에도 그 동백에 쏟는 당신의 정성으로 누구보다 간절히 봄을 기다렸고 누구보다 일찍 그 동백나무의 봄을 맞아 반겼다. 추운 겨울에도 용케 잘 차아 넘긴 나무에 해마다 고운 꽃망울이 다시 맺혀 나오는 것을 보고서야 어머니의 그 기나긴 겨울은 비로소 끝이 나는 것이었다.

하지만 어머니가 그토록 텃밭 동백에 마음이 쏠리는 것은 나무에 오는 봄을 기다리고 꽃을 보기 위한 것만이 아니었다. 어머니가 거기 나무를 가꾸는 것은 빗새의 의지를 마음에 두고서 였던 게 분명했다. 여름이나 가을 빗새 소리가 극성을 떨고 난 다음 날 아침이면, 어머니는 유달리 그 동백나무 쪽으로만 마음이 자주 쓰이고 있었다. 아침 일찍부터 나무를 나가 살피면서, 씨좁쌀 말린 것을 새 모이로 주위에다 뿌려 주는 일까지

---

177) 여기에는 심층생태학에서 내세우는 '생태의식의 자기계발' 이나 김종철이 주장하는 '종교적 감수성' 의 의미가 담겨있다. (김종철, 「개발이데올로기의 극복을 위하여」, 『간디의 물레』, 녹색평론사, 1999, 74~75쪽 참조. 이남호, 「녹색문학을 위하여」, 『녹색을 위한 문학』, 민음사, 1998, 24~25쪽 참조.)

종종 있었다. 사람들이 집 가까이 두기를 꺼리는 동백을 고른 것도 빗새가 의지 삼기 좋은 그 넓은 나뭇잎과 가지들을 염두에 두고서였음의 분명했다.[178]

위의 인용문은 이 소설에서 아들을 도시로 떠나보낸 어머니의 심정을 잘 드러내는 부분이다. 빗새는 집이 없어서 비가 와도 비를 피할 곳이 없다. 그래서 어머니는, 빗새가 비를 피하라고 동백나무를 심는다. 어머니에게 빗새란 다름 아니라 도시로 떠나 돌아오지 않는 아들을 의미한다. 물론 거꾸로 동백나무는 떠돌이 아들에게 고향 혹은 어머니를 의미한다. 새/나무의 관계는 아들/어머니의 관계이며, 고단한 도시 생활/평안을 얻을 수 있는 고향의 관계를 의미한다. 따라서 나무—어머니—고향은 고단한 도시의 삶에 대한 근원적인 휴식처가 된다.

이청준의 많은 소설들은 이러한 귀향 모티프의 구조를 지닌다. 「새가 운들」, 「눈길」, 「귀향연습」, 「살아있는 늪」, 「잔인한 도시」, 『남도사람』 연작, 「여름의 추상」, 「노송」, 「생명의 추상」, 「축제」, 「목수의 집」 등 매우 많은 소설들이 이러한 모티프를 이면에 깔고 있다. 이들 소설에는 모두 도시의 고단한 삶과 이에 지친 떠돌이 사내가 등장한다. 그들은 모두 정신적 평안을 찾기 위해 고향을 찾는다. 말하자면 이들은 비가 와도 비를 피할 곳을 찾지 못하는 또 다른 빗새인 셈이다. 이 가운데 나무의 의미에 특히 주의를 기울일 때, 가장 주목할 작품은 『남도 사람』의 네 번째 소설 「새와 나무」이다.

---

178) 이청준, 「빗새 이야기—새를 위한 세 변주2」, 『샘터』, 샘터사, 1977, 4.
  (여기서는 1986년 우석에서 출판된 『따뜻한 강』 17쪽에서 인용.)

「새와 나무」에서 떠돌이 사내는 우연히 한 과원수림에 찾아든다. 주인 사내는 그를 친절히 맞아주고 먹이고 재워주기까지 한다. 주인 사내의 어머니는 도시를 떠도는 큰 아들에 대한 안타까움 때문에 동백나무를 심고 정성껏 키웠다. 비만 오면 비를 피할 둥지가 없어 운다는 빗새가 마치 도시를 떠도는 자신의 큰아들처럼 여겨졌기 때문이다.[179] 어머니는 돌아가셨지만 둘째 아들인 주인 사내는 어머니의 마음을 헤아려 나무를 심고 과원을 만들어 피곤한 길손들을 맞이하고 있었던 것이다. 결국 사내는 한 마리 빗새이고 주인 사내는 어머니를 대신한 한 그루 동백나무인 셈이다.

그런데 흥미로운 것은 이러한 동백나무가 「새와 나무」에 등장하는 탱자나무와 유사한 의미를 지니고 있으며, 또한 이 나무가 「잔인한 도시」에도 등장한다는 점이다.

시장이의 집터를 가보려는 것이었다. 그것은 이미 간밤서부터 손에겐 예정이 되어 있던 일이었다. 시장이의 피곤한 영혼이 그토록 간절한 소망으로 머물다 떠나간 그 땅의 휴식을 보아야 했기 때문이었다.(중략) 아래서부터 눈에 띄어 왔지만, 산기슭에서 이어져 내린 5백 평 남짓한 밭뙈기 둘레에 탱자나무 모종이 제법 소복하게 자라 올라 있는 곳이었다. 탱자나무 울타리 지경 안으론 산 아래 과원 숲에서 볼 수 없었던 갖가지 과수와 정원수 묘목들이 완연한 수림을 이뤄가고 있었다. 더러는 6, 7년씩 수령을 헤아릴 수 있는 것도 있었고 더러는 옮겨 심은 지 아직 일년 남짓

---

179) 이 소설에는 「빗새 이야기」의 내용이 거의 그대로 삽입되어 있다.(이청준, 「새와 나무」, 『남도 사람』, 문학과 비평사, 1988, 103~106쪽.)

한 유목들도 있었다.[180]

　「하지만 네놈도 조금은 명념해 봐야 한다. 탱자나무 울타리와 붉은색 벽돌 굴뚝이 높은 기와집, 게다가 뒷밭이 넓고 뒤쪽 언덕에 푸른 대숲이 우거져 내린 집…… 그런 집에 있는 동네가 나서는 걸 말이다. 그야 언젠간 너도 알겠지만, 그게 바로 우리가 찾는 남쪽 동네란다. 생각처럼 그렇게 쉽게 찾아가기는 어려운 곳이지. 하지만 …… 글쎄, 그 남쪽 동네가 얼마나 따뜻한 곳인지 네가 어떻게 알기나 할는지」[181]

　「새와 나무」에는 우연히 과원수림을 찾은 사내 말고도 또 다른 떠돌이 사내가 등장한다. 그는 주인 사내가 이야기 하는 시장이이다. 시장이는 이 과원수림 근처에 자신이 살 집터를 사서 자신의 집을 짓고자 한다. 시장이가 집터를 계약하고 그 땅을 손수 가꾸지만, 돈을 지불하지 못하고 죽어서 끝내 그곳에서 살지 못한다. 주인 사내에게 이러한 시장이의 이야기를 들은 떠돌이 사내는 다음날 아침 마치 자신의 안식처를 살피러 가듯이 시장이의 집터를 보러 간다. 위의 두 번째 인용문에서 보듯이 시장이는 '탱자나무 울타리' 안에 자신의 집을 꾸미려고 했음을 알 수 있다. 그곳은 과수와 정원수 묘목 그리고 6, 7년씩 수령을 헤아릴 나무들이 조화를 이루고 있는 것이다. 그곳은 인간이 자연과 함께 조화를 이루며 공존할 수 있는 곳이다.
　「잔인한 도시」에서도 유사한 탱자나무가 등장한다. 위의 두 번째 인

---

180) 위의 글, 127~128쪽.
181) 이청준, 「잔인한 도시」, 『잔인한 도시』, 홍성사, 1978, 59~60쪽.

용문은 「잔인한 도시」의 결말 부분이다. 여기서 방생의 집 주인이 새의 날개를 자른다는 사실을 알고서 사내는 새를 야전잠바 속에 품고 도시를 떠난다. 그가 도달하고자 하는 곳은 따뜻한 남쪽 마을이다. 거기는 '탱자나무 울타리와 붉은색 벽돌 굴뚝이 높은 기와집, 게다가 뒷밭이 넓고 뒤쪽 언덕에 푸른 대숲이 우거져 내린 집'이 있는 곳이다. 이곳은 평범한 남쪽 마을의 분위기를 그대로 지니고 있으면서도, 생활의 간난신고가 배제되어 있다는 점에서 동양적 유토피아를 연상케 한다. 위의 시장이의 집터처럼 이곳 역시 인간과 자연이 조화를 이루고 있는 공간이다. 하지만 유토피아라는 말의 뜻이 그런 것처럼, 그런 곳은 현실에는 없는 지도 모른다. "생각처럼 그렇게 쉽게 찾아가기는 어려운 곳이지"라는 사내의 말은 바로 이러한 점을 암시한다. 결국 이들도 모두 또 다른 빗새인 셈이다. 결국 이청준의 귀향 모티브의 소설들에서 나무는 고향—어머니—자연을 의미한다고 할 수 있다. 여기에서 떠돌이 사내는 정신적 평안을 얻고자 하지만 이는 쉽게 이루어지지 않는 것이다.[182]

4. 농심 혹은 전근대적 세계의 표상

이문구의 소설집 『내 몸은 너무 오래 서 있거나 걸어왔다』에 실린 소설들의 제목에는 「더더대를 찾아서」를 제외하고 모두 나무이름이 붙어 있다. 흥미로운 점은 여기에 등장하는 찔레나무, 화살나무, 소태나무, 개암나무, 싸리나무, 으름나무, 고욤나무 등은 모두 일반적으로 좋은 나무로 평가되지 못하는 것들이라는 점이다. 이것들은 은행나무나 단풍나무처럼 완상할 만한 아름다움을 지닌 것도 아니고, 밤나무나 사과

나무처럼 과실수로서의 유용성을 지닌 것도 아니며, 그렇다고 전나무나 소나무처럼 각별한 품위나 위의를 지닌 것도 아니라는 점이다.

이 나무들은 작가가 말하듯이 "나무는 나무이되 나무 같지 않고 그런가 하면 덩굴이냐 하면 덩굴도 아니다. 그러나 숲을 이루는 데에는 제 나름대로 역할을 하는 나무들"이다. 이 나무들은 이 소설의 주인공이나 그가 처한 처지를 드러내는 은유가 된다. 이들은 말하자면 도드라지지 않고 평범하게 살면서 소박하나마 자신의 몫을 다하는 장삼이사(張三李四)들이다.[183] 이들은 『관촌수필』 이후 『우리 동네』, 『유자소전』 등으로 이어지는 이문구 소설에 등장하는 농촌 사람들과 다르지 않다.

---

182) 「노송」과 「생명의 추상」의 근저에도 이러한 귀향 모티프가 깔려있으며, 여기에서도 나무는 중요한 의미를 지닌다. 「노송」에서 주인공은 30년 만에 고향을 찾는다. 동백나무, 벚나무, 아카시아, 플라타너스와 같이 30년 동안 변해 온 학교 언덕의 나무는, 세태에 따라 인간에 의해 꾸며진 인공조림이라는 점에서, 나무 자체의 속성이 아니라 세태에 따라 변하는 인간의 속성을 드러낸다. 반면 유자섬에 울립한 어마어마하게 큰 소나무는 한결같은 자연의 항상성을 의미한다. (「노송」, 『시간의 문』, 중원사, 1972.) 「생명의 추상」에서 사진작가 한남수는 우물터의 고깔나무를 찍기 위해 40년 만에 고향을 찾는다. 그러나 이 나무가 고향사람들에 의해 무참히 잘려나간 것을 발견하고 허탈해 한다. 이는 자연에 대한 파괴의 현실을 인상적으로 그리고 있다.(이청준, 「생명의 추상」, 『비화밀교』, 중원사, 1985.)

183) 여기서 나무이름 앞에 붙은 마을이름, 장평리, 장석리, 장천리, 장이리, 장동리, 장척리, 장곡리 등이 한결같이 장 자(字)로 시작된다는 점도 흥미롭다. 마치 사람이름에 성(姓)이 붙듯이 마을이름에 앞에 모두 장 자를 붙인 것이다. 이는 이 마을들이 모두 이 나무들처럼 소박하고 평범한 마을이라는 점을 암시한다. 말하자면 마을이 장삼(張三)이라면, 나무는 이사(李四)가 되는 셈이다. 그런데 주의를 기울여야할 것은 여기에 등장하는 나무들이 대체로 위와같은 공통적인 의미를 지니지만, 개별적인 의미가 전혀 없는 것은 아니다. 가령 「장척리 으름나무」의 노인은 '나무두 아니구 풀두 아니구 나무랑 풀 사이에서 어중간허게 걸치구 양쪽 눈치나 보구 사는 덩굴'인 으름나무에 비유된다. 그리고 「장곡리 고욤나무」의 고욤나무는 '주인을 잡는 교수목(絞首木)이 되었으며 그래서 결국 잘려나간다는 점에서, 바로 그 자살한 주인 이기출과 운명을 같이 하는 것이다.

이전에 이문구가 그렸던 인물들이 이 소설집에서는 그 특성대로 나무에 빗대어 이름을 달고 등장했다는 점이 특징적이라고 할 수 있는 것이다.

　"꾸지뽕낭구는 조경업자덜이 오며가며 쳐다나 본다구 허지, 저까짓 깨금낭구는 둬서 뭘 헌다구 쓸데없이 둬두는지 물러. 밭에 그늘만 지게 비여버리라구. 내가 톱질만 쪼끔 할 줄 알었어두 벌써 자빠뜨리구 말았을껴."

　그녀는 트집거리가 마땅찮으면 꾸지뽕나무 옆의 개암나무를 걸고 넘어졌다.(중략) 동네사람들도 마찬가지였다.

　"이게 깨금나무라메유? 깨금나무가 워치게 생겼나 했더니 이냥 생겼구먼유. 보니께 나무가 미끈허질 않구 다다분허니 영 개갈 안 나게 생겼네유. 그런데 안 없애구 왜 그냥 내버려 두신댜. 밭둑에 있는 나무를 살리니께 올 적 갈 적에 걸리적거려쌓서 일허기만 망허구 들 좋더만."

　"평생 여기 살면서두 보기는 시방이 츰이라메유. 그런 귀헌 나무를 중허게 여길 섰에 없애는 왜 없앤대유. 냅둬유. 일허기가 망해두 내가 망헐 테니께."

　전은 개암나무를 가을에 한 쭉씩 씀씀이를 보태주는 은행나무나 호두나무나 감나무보다도 한결 깊이가 있는 눈으로 쳐다본 지가 오래였다.[184]

---

184) 이문구, 「장이리 개암나무」, 『내 몸은 너무 오래 서 있거나 걸어왔다』, 문학동네, 2000, 100~101쪽.

개암나무는 왜소하고 볼품이 없으며 열매도 과일 축에 들지 않아 아무짝에 쓸모가 없는 나무이다. 더욱이 이 소설에서 그것은 밭둑에서 자라고 있어 농사짓는데 불편을 주기도 한다. 그래서 그의 아내는 그것을 베어버리지 못해 안달을 하고, 마을 사람들도 이 나무를 베어버리지 않는데 의문을 제기한다. 그럼에도 불구하고 이 소설의 주인공 전풍식은 이 개암나무를 은행나무나 호두나무나 감나무보다도 한결 깊이가 있는 눈으로 쳐다본 지가 오래다. 그는, 이 나무를 심게 된 내력이 탐탁하여, 이 나무에 은근한 애정을 갖고 있었던 것이다.[185] 그는 이 개암나무에 자기가 붙일 수 있는 온갖 미덕을 가져다 붙인다. 그것은 전혀 터무니없는 것은 아니다. 예전에는 개암나무가 나름대로 땔감으로도 충실히 사용되었으며, 개암 열매도 과일로서 어느 정도 제 역할을 할 수 있었던 것이다.

이러한 개암나무에 대한 전풍식의 애정은 거기에 평범하지만 소박한 희망을 가지고 성실하게 살아가는 농민인 자기 자신의 모습이 담겨 있기 때문일 것이다. 전풍식의 이러한 면모는, 마을 사람들이 꾸미는 기우제에 적극 반대하는 그의 행동에서 잘 드러난다. 마을 사람들은 비가 오지 않는다고 서울 사람의 무덤을 몰래 파헤쳐 기우제를 지내겠다는 것이다. 그리고 특히 이 소설의 말미에 등장하는 전풍식의 조카의 말은 전풍식의 이러한 행동보다 중요한 의미를 지닌다. 그는 전풍식의

---

185) 어느 해 그는 종산(宗山)의 시향(時享)에서, 유독 잘난 체하는 이가 마뜩치 않아 뒷걸음질 치다가 우연히 개암나무 가지에 걸린다. 그는 어렸을 때 누군가에게 한두 개 얻어먹어본 기억밖에 없는 추억 속의 개암이 생각지 않게 생기자 상했던 비유까지 고쳐먹게 되었다. 그는 개암 열세 톨 중 여섯 톨은 아이들에게 주고 일곱 톨을 밭둑에 묻었는데 그 중 하나만이 나무로 자랐던 것이다.

생각에 적극 동조하며, 기우제라는 것이 자기가 자기를 속이는 허레허식이며, 그것은 농심하고는 거리가 멀다고 지적한다. 그리고 그는 "농심이란 콩심은데 콩나고 팥심은데 팥나는게 농심"이라고 말한다. 이 고등학생의 말에서, 이 소설은 소박하지만 진실한 농촌의 마음이 살아 있음을 보여 준다. 그의 말은 지극히 소박한 진실과 평범한 진리를 담고 있는 것이다. 그것은 자연의 순리에 거스르지 않는 것이다.[186]

그런데 이문구 소설에서 주목할 점은 이러한 잡목들의 군락이 바로 그 서장(序章)격인 『관촌수필』의 첫 소설 「일락서산」의 왕소나무가 쓰러진 자리에서 자라난다는 점이다.

> 그 중에서도 가장 먼저 가슴을 후려 친 것은 왕소나무가 사라져 버린 사실이었다. 분명 왕소나무가 서 있던 자리엔 외양간만한 슬레이트 지붕의 구멍가게 굴뚝만이 꼴불견으로 뻗질러 서 있었던 것이다.
>
> 그 왕소나무 잎새에 누렁물이 들고 가지에 삭정이가 끼는 걸 보며 고향을 뜨고 13년 만이니 그럴 만도 하겠다 싶긴 했지만, 언제 베어다 켜 썼는지, 흔적조차 남아 있지 않은 현장을 목격하니 오장에서 부레가 끓어오르지 않을 수 없던 것이다. 4백여 년에 걸친 그 허구헌 풍상을 다 부대끼고도 어느 솔보다 푸르던, 십장생(十長生)의 으뜸다운 풍모로 마을을 지

---

186) 여기에는 개암나무 이외에 또 하나의 중요한 나무가 등장하는데, 그것은 꾸지뽕나무다. 그것은 수령 백년이 넘은 고목으로 뽕나무로서는 드물게 커서 조경업자들도 탐을 내는 나무이다. 하지만 무엇보다 이 나무에 까치가 집을 짓고 아홉 마리의 새끼를 깐다는 것은 중요한 의미를 지닌다. 전풍식에게 까치는 행운의 상징이며, 이 나무는 자식의 성공을 의미하기 때문이다. 그래서 이는 전풍식에게 자식의 대학입시에 대한 길조를 보게 한다. 개암나무가 소박한 농심의 표현이라면, 꾸지뽕나무는 농심의 희망이라고 말할 수 있는 것이다.

켜온 왕소나무가 아니었던가. 내가 일곱 살 나 천자문을 떼고 책씻기도 마친 어느 여름날 해 설핀 석양으로 잊지 않고 있지만, 나는 갯가 제방 둑까지 할아버지를 모시고 나와 온 마을을 쓸어 삼킬 듯이 쳐들어오던 바다 밀물을 구경한 적이 있었다. 댕기물떼새와 갈매기들의 울음소리가 석양놀에 가득 떠 있던 눈부신 바다를 구경했던 것이다. 방파제 곁으로 장항선 철로가 끝간 데 없고, 철로와 나란히 자갈마다 뽀얀 신작로는 모퉁이를 돌았는데, 그 왕소나무는 철로와 신작로가 가장 가까이로 다가선, 잡목 한 그루 없이 잔디만 펼쳐진 펑퍼짐한 버덩 위에서 4백여 년이나 버티어 왔던 것이다.[187]

위의 인용문은 「일락서산」 서두의 일부분이다. 13년 만에 찾은 고향에 들어섰을 때, 처음 주인공 '나'가 발견한 것은 마을의 왕소나무가 없어진 사실이다. 이러한 사실은 그에게 충격이 아닐 수 없는 것이다. 어려서 그가 고향에서 겪었던 많은 추억들을 담고 있다는 점에서 뿐 아니라 400년을 버티고 서서 마을을 지켜냈다는 점에서, 그리고 이 나무가 잘려나간 것을 보자 스스로 실향민이라는 의식에 사로잡힌다는 점에서, 그에게 이 왕소나무는 고향의 상징이기 때문이다. 하지만 보다 중요한 것은 왕소나무가 그의 정신적 뿌리가 되는 토정 이지함의 지팡이가 자라서 컸다는 거부할 수 없는 위엄을 지녔다는 점이다. 이 왕소나무는 바로 그에게 자아 이상이 되었던 할아버지의 표상이다.

할아버지는 전근대적 세계관을 고스란히 지니고 살아간 조선시대의 마지막 사대부이다. 그는 구십 평생 망건과 탕건을 벗은 적이 없었고,

---

187) 이문구, 「일락서산」, 『관촌수필』, 문학과지성사, 1977, 8~9쪽.

오뉴월 삼복에도 버선 한번 벗지 않은 사람이다. 벼슬길에 오르지는 못했으나 이는 시국의 탓으로 돌리고 화암서원의 직원으로 평생을 늙는다. 시대가 변화해도 조금도 타협하지 않고 끝가지 거부하고 조상으로부터 물려받은 정신세계를 고수한다. 그의 전용어 '폐에—엥'과 '숭헌'은 바로 이러한 변화하는 세태에 대한 경멸의 표현이며 그가 지킬 수 있는 최후의 자존심의 표현이기도 하다.[188] 하지만 현실은 외면할 수 없는 것이다. 할아버지의 죽음과 함께 집안은 몰락하는데 이는 곧 구세대가 온전히 막을 내렸음을 의미하는 것이다.

결국 왕소나무는 고향, 할아버지 혹은 전근대적 세계의 표상이 된다. 그런데 흥미로운 것은 이러한 왕소나무—고향—할아버지—전근대적인 세계의 맥락이 깨어진 자리, 즉 왕소나무가 베어진 자리에 예의 그 장삼이사들의 잡목들이 확고히 자리를 잡고 숲을 이루게 된다는 점이다. 위의 인용문에서 보듯이 이 왕소나무는 '잡목 한 그루 없이' 잔디만 펼쳐진 언덕에 4백여 년이나 버티어 왔던 것이다. 사실상 이들은 장삼이사라기보다는 여전히 고향을 지키는 소박하지만 건강한 나무들이라는 점에서 소리 없이 역사를 이끌어가는 민중이라고 할 수 있다. 이문구의 농촌소설은 바로 왕소나무가 쓰러진 자리에서 시작된다. 그의 작업은 이러한 생명력 있는 잡목들의 삶을 관찰하고 그리는 것이 된다.

---

188) 여기서 흥미로운 점은 '나'의 아버지의 행적이다. 흔히 우리 근대사의 삼대의 모습의 전형처럼, 이 소설에서도 아버지는 근대의 변화를 끌어안으려다 좌절하는 인물로 등장한다. 아버지는 사회주의 운동을 하다 잡혀 죽는데, 그것은 곧 집안의 몰락을 의미하는 것이다.

189) 이런 점에서 이청준의 동백나무와 이문구의 왕소나무는 모두 고향의 표상이 되지만 전자가 상대적으로 보편적 의미를 지니는 반면 후자는 역사적 의미가 강하다고 할 수 있다.

이것은 70년대 우리 농촌의 모습이 가감 없이 드러나는 과정이다.[189)]

사실상 이문구의 소설에 등장하는 나무들은 생태학적 의미와 직접적인 관계가 있는 것은 아니다. 하지만 전혀 관계가 없다고 할 수도 없다. 「장이리 개암나무」의 말미에 등장하는 농심이란 궁극적으로 자연의 이치에 순응하는 마음이라는 점에서 매우 중요한 의미를 지닌다. 이러한 마음은 이문구 소설 전반에 배어 있는 정신이라고 할 수 있다. 또한 왕소나무가 잘려나간 것도 다르게 이해할 수 있다. 그것은 주인공에게 고향상실과 할아버지의 전근대적 세계의 온전한 해체를 의미한다. 하지만 동시에 그것은 개발이데올로기에 의한 자연파괴의 실상을 단적으로 보여주며, 우리의 전통적 농촌 공동체의 붕괴의 조짐이며 그로 인한 토착문화의 위협을 암시하는 것이기도 하기 때문이다.[190)191)] 이문구 소설에서 이러한 문제는 거의 모든 소설에 선제되어 있다. 이 또한 마로 이 왕소나무가 잘려 나간 자리에서 시작된다고 할 수 있다.

5. 신앙의 나무 혹은 사랑의 나무

90년대 이후 환경문제가 본격적으로 문학계에 제기되면서, 환경문제를 직간접적으로 다룬 소설들이 여러 편 등장하게 된다. 여기서 나무는 중요한 역할을 한다. 김영래의 『숲의 왕』, 『씨앗』은 본격적으로 환경문

---

190) 생태적로 건강한 사회를 유지하는데 있어 농촌은 매우 중요한 의미를 지니며, 토착
  문화란 그것 자체로 환경친화적이다.(김종철, 「녹색운동과 농업문화」, 앞의 책 참조.)
191) 이청준의 「생명의 추상」도 같은 맥락에서 이해할 수 있다. 이청준의 경우 다소 추상
  적이라면 이문구의 경우 매우 현실적이라는 점에서 다르다.

제를 제기하고 있는 소설이다. 또한 이승우의 『식물들의 사생활』, 김형경의 「푸른 나무의 기억」, 기영하의 「당신의 나무」 등의 소설은 환경문제를 직접적으로 다루고 있지 않지만, 나무가 중요한 역할을 한다. 여기에서 나무는 인간과 인간 사이의 관계, 특히 사랑에 대한 은유가 된다. 이 중 특히 주목되는 소설이 이윤기의 『나무가 기도하는 집』이다.

이윤기의 『나무가 기도하는 집』은 자야아가씨(김송자)가 우야아저씨(이민우)를 만나 정신적 상처를 치유하는 과정을 그린 소설이다. 자야아가씨는 이른바 경상서체장애(鏡像書體障碍)라는 언어장애를 앓는 환자이다. 그가 이러한 정신장애을 앓게 된 이유는 형부의 성폭력 때문이었다. 남편과 동생 사이에서 괴로워하던 그녀의 언니는 자식 때문에 가정을 포기할 수 없어, 할 수 없이 동생 자야아가씨를 기도원에 보내게 되는데, 거기서도 그녀는 인간 이하의 학대를 당한다. 그녀가 정신적 상처를 씻고 정신을 회복하는데, 중요한 역할을 하는 것이 바로 나무이다.

이 소설에서 작가 이윤기는, 이발소 그림에 새겨진 조이스 킬머의 '나무'라는 시, 북아메리카 인디언의 나무에 대한 전설, 구본향의 나무에 관한 글, 이양하의 수필 '나무'의 일부분, 담쟁이덩굴, 개암나무, 찔래, 오디 등 각종 나무에 대한 전설, 로마의 하두리아누스 황제와 유태인 노인의 사과나무 심는 이야기, 러시아의 떠돌이 고려족 노인의 시, 파푸아뉴기니의 나무장(葬) 풍속, 중국 산서성 노인의 노송나무 장례식 등 나무에 관한 많은 이야기들을 서술자의 목소리를 통해 직접 독자에게 들려준다. 이것은 나무의 의미를 통해 독자에게 환경문제를 자각시키려는 작가의 의도적 전략이다. 이런 점에서 이 소설은 계몽적이다. 하지만 이 소설에서 나무는 서술자의 목소리보다 우야아저씨의 나무를 대하는 태도를 통해 더 잘 드러난다.

우야아저씨는 자신의 귀룽집 감자밭 뒤에 천여 평의 수목원 가꾸고 있다. 그가 거기에 심은 나무들은 대구 팔공산 고속국도 공사 중에 뿌리 뽑혀 버려진 나무들이다. 그래서 그는 이 수목원을 '나무 고아원' 이라고 부른다. 버려진 나무를 심은 이유는, 그가 나무를 단순한 식물로 보지 않기 때문이다. 그에게 나무는 동물이나 식물이 아니라 그냥 살아 있는 생명일 뿐이다. 그는 나무에 대한 지식이 없어도 나무를 지극히 사랑할 줄 아는 사람이다. 그에게 나무는 일종의 신앙과 같다. 그래서 이 수목원은 '나무 고아원' 이며, 동시에 '나무 기도원' 이다.

우야 아저씨는 기독교에 대해서도 불교에 대해서도 잘 알지 못한다. 그가 〈기도원〉이라는 기독교 사투리를 써본 것은 기독교를 알아서가 아니다. 사흘이 멀다 하고 국도변 삼거리를 지나면서 〈막달라 기도원 4길로〉의 간판을 본 보람으로, 이따금씩 산길을 오르내리는 승합차 옆구리에 쓰인 〈막달라 기도원〉을 본 보람으로 기도원이라는 말이 눈에 익었고 입에 익었기 때문이다. 우야 아저씨는 불교에 대해 잘 알지 못한다. 그가 불교를 조금이라도 알고 있었더라면 ,나무 관세음보살(관세음보살님께 돌아가서 의지하겠습니다)) 이라는 말로 기도하는 대신 〈나무 나무(나무로 돌아가 의지하겠습니다)〉라고 기도했을 것이다.[192]

위 인용문에서 보듯이 서술자는 우야아저씨가 종교를 잘 모르지만 종교를 알았더라면 "나무 나무' 즉 '나무에 돌아가 의지하겠습니다" 하고 기도했을 것이라고 한다. 하지만 이것은 일반적인 의미에서의 신앙

---

192) 이윤기, 『나무가 기도하는 집』, 세계사, 1999, 67쪽.

은 아니다. 그는 나무를 믿거나 그에 의지하기보다는 그야말로 귀의 즉 그리로 돌아가 그와 하나가 되고자 하기 때문이다. 그는 서슴없이 "사람이 죽으면, 돌아가서 의지하는 데가 나무 아닌가 싶어요"[193]라고 말한다. 그는 그의 어머니를 화장해서 이 수목원에 뿌리고 이 나무들에서 어머니의 영혼을 느끼며, 젊은 친구들과 술을 마시면 "자네가 나보다 젊으니까, 나 홀애비로 죽거든 땅에다 묻고 그 위에다 나무 한 그루 심어주면 그걸로 오늘 술값 갚음을 실하게 되겠어. 그러고 나서 세월이 한 십년쯤 지나면 내가 몽땅 나무로 빨아올라가 나무로 되어있을 거라……"[194]하고 말한다.[195] 그는 죽어서 진짜 나무가 되기를 바라는 사람이다. 여기서 나무는 자연에 대한 제유라고 생각할 수 있을 것이고, 따라서 우야아저씨의 이러한 태도는 자연에 대한 온전한 귀의를 의미한다고 말할 수 있다.

그런데 이 소설에서 나무는 이보다 더욱 중요한 의미를 지니는 데, 이는 우야아저씨가 자야아가씨를 대하는 태도를 나무에서 배운다는 데 있다.

「어르신, 새 한 마리가 기도원 올라가다가 나뭇가지에 앉았습니다. 그

---

193) 위의 글, 80쪽.

194) 위의 글, 101쪽.

195) 이러한 생각은 작가 자신의 신념의 표현이기도 하다. 이윤기는 이 소설의 후기에서 다음와 같은 글을 남기고 있다.
내 아들 딸에게/ 아비가 온 데로 돌아가면 평장(平葬)하고 그 위에다. 다만 나무 한 그루만 심으라고 할 생각. 옳거니, 니코스 카잔차키스는 그래서 이렇게 노래했을 터이거니.// 우리는 하나의 심연에서 와서 또 하나의 심연으로 간다./ 이 심연과 심연 사이를 우리는 인생이라고 부른다.(이윤기, 「후기」, 위의 책, 155쪽.)

나무가 바로 귀룽집 이민우입니다. 걱정해 주시는 것은 고맙습니다만, 나무된 처지에 무슨 수로 새를 골라서 앉히겠습니까? 더구나 나무밖에 모르는 제가……」[196]

그는 나무를 통해 사람을 알게 된 사람이다. 그는, 옮겨 심은 나무는 뿌리가 튼실하게 내릴 때까지, 흔들어서는 안 된다는 것을 잘 아는 사람이다. 그는, 부러진 팔에다. 부목(副木)을 대듯이, 큰 나무를 옮겨 심을 경우에는 주위에다. 여러 개의 말뚝을 박아 이 나무를 버티게 함으로써 땅에 뿌리를 제대로 박을 때까지 나무가 바람에 흔들리지 않게 해야 한다는 것을 잘 아는 사람이다. 그는 갓 돋아난 식물에게 필요한 것은 하늘에서 떨어지는 시원한 빗방울이지 한낮의 뜨거운 햇빛이 아니라는 것을 잘 알고 있다. 그는 나무를 통해, 식물을 통해, 상처받은 영혼에게 필요한 것은 삶의 중심을 회복하기까지의 평화이지 이웃의 열정적인 충고가 아니라는 것을 그런 방식으로 이해한다. 그는 자야 아가씨의 영혼이 타인과의 관계에서 상처를 입었다는 것으로 어렴풋이 짐작한다.

그가 대문 없는 귀룽집에 대문을 단 까닭은 여기에 있다.[197]

처음에 자야아가씨가 단지 '귀룽나무가 좋아서' 이 우야아저씨의 귀룽집을 찾았을 때, 마을 사람들은 "오죽하면 기도원에 들어갈까"라고 하며 우야아저씨에게 자야아가씨를 내쫓으라고 충고한다. 위의 첫 번째 인용문은 이때 우야아저씨가 하는 답변이다. 그는 스스로 하나의 나무가 되어 고단한 새, 즉 자야아가씨의 안식처가 되고자 하는 것이다.

---

196) 앞의 글, 61~62쪽.
197) 위의 글, 81~82쪽.

이 나무는 사랑의 나무이다.[198] 이러한 사랑이 결국은 자야아가씨의 상처를 치유하고 그녀로 하여금 정상적인 생활의 장으로 돌아오게 하는 계기를 마련한다.

두 번째 인용문은 이러한 우야아저씨의 사랑의 방법이 구체적으로 드러나는 대목이다. 바로 나무의 사랑이란 상대방에 대한 지극한 배려라고 할 수 있는 것이다. 사랑이란 주는 사람의 입장이 아니라 받는 사람의 입장에서 행해져야 하는 것이다. 이러한 우야아저씨의 사랑이 단적으로 드러나는 것이, 그가 원래 자기 집에 없던 대문을 단 행위이다. 이는 그의 마음이 폐쇄적으로 변한 것을 의미하는 것이 아니라 자야아가씨가 외부인을 받아들일 수 있을 때까지 보호하기 위한 것이다. 그는 "상처받은 영혼에게 필요한 것은 삶의 중심을 회복하기까지의 평화이지 이웃의 열정적인 충고가 아니라는 것"을 알고 있는 것이다. 따라서 그가 대문을 만들어 단 행위는 이전에 대문을 달지 않은 것과 같은 의미를 지닌다. 그것은 무한히 열려 있는 나무의 사랑이다. 그가 대문을 달지 않았기 때문에 자야아가씨가 그에게로 올 수 있었고, 대문을 해 달았기 때문에 자야아가씨가 정신적 상처를 치유할 수 있었다. 바로 이러한 나무의 사랑에 의한 것이다.

6. 결론

이윤기의 『나무가 기도하는 집』에는 에뤼시크톤의 이야기가 소개된

---

198) 이는 이청준 소설에 나타나는 동백나무와 유사하다. 이청준의 동백나무가 모성의 사랑이라면 우야아저씨의 귀룽나무는 보편적 사랑의 나무다.

다. 그것은 다음과 같다.

옛날 그리스의 엘레우시스에 심술궂은 에리쉬크톤은 여신 데메테르의 사당 뒤에 있는 신령한 참나무를 도끼로 찍어넘긴다. 이로 인해 에뤼시크톤은 땅의 여신의 저주로 아귀(餓鬼)병에 걸린다. 에뤼시크톤의 식탁 앞에서 적지 않은 그의 재산도 오래지 않아 거덜이 났다. 땅을 팔고, 집을 팔고, 가재도구를 팔았지만, 다 합해도 한끼 분의 음식값도 채 되지 못했다. 에뤼시크톤은 허기를 견디다 못해 제 팔을 잘라먹고 다리를 잘라먹고 엉덩잇살을 베어 먹고 하다가, 입술까지 다 베어 먹은 다음에야 여신의 복수에서 놓여났다. 에뤼시크톤이 있던 자리에는 이빨 한 짝만 덩그러니 남아 있었다는 이야기다.

너무나 잔인해서 엽기적이기까지 한 에리쉬크톤의 이야기에서, 필자는 인간의 숙일 줄 모르는 오만함과 제한 없는 욕망을 본다. 물론 여기서 넘어진 참나무는 인간에게 무한히 착취당하는 자연에 대한 제유로 읽힌다. 오늘날 인류가 안고 있는 생태계의 위기가 이러한 인간의 오만과 욕망에서 비롯되었음은 두루 알려진 사실이다. 인간의 오만과 욕망은 진정으로 에뤼시크톤과 같이 자신을 소진시키고서야 멈출 만큼 완강해서, 언젠가 인간은 자신의 이빨만 덩그러니 남겨 놓고 사라질 지도 모른다. 반성의 목소리는 메아리처럼 들려도 소진의 속도는 빨라져만 가기 때문이다.

김우창은 "자연에 대한 깊은 외경심이 없는 곳에서 많은 환경대책은 곧 작동하지 않는 기계가 될 것"[199]이라고 한다. 문제는 대책이 아니라 자연에 대한 사고의 전환이다. 자연과 인간 사이의 관계를 재정립하지

---

199) 김우창, 「깊은 마음의 생태학」, 『정치와 삶의 세계』, 삼인, 2000, 373쪽.

않고서는 생태계의 위기는 해결될 수 없다. 이런 점에서 앞서 살펴본 소설들에서 나무는 매우 중요한 의미를 지닌다. 황순원, 이청준, 이문구, 이윤기의 소설에서 나무는 자연에 대한 제유로서 다양한 의미로 드러나지만, 궁극적으로 인간과 인간의 관계를 넘어 자연과 인간 사이의 관계를 문제 삼고 있기 때문이다.

■ 참고문헌

황순원. 「인간접목 · 나무들 비탈에 서다」, 전집, 7. 문학과지성사, 1981.
황순원. 「카인의 후예」. 「카인의 후예 · 별과같이 살다」, 전집, 6. 문학과지성사, 1981.
황순원. 「나무와 돌, 그리고」. 「탈」. 문학과 지성사, 1976.
이청준. 「빗새 이야기―새를 위한 세 변주2」. 「따뜻한 강」. 우석, 1986.
이청준. 「새와 나무」. 「남도 사람」. 문학과 비평사, 1988.
이청준. 「잔인한 도시」. 「잔인한 도시」. 홍성사, 1978.
이청준. 「노송」, 「시간의 문」, 중원사, 1972.
이청준. 「생명의 추상」. 「비화밀교」. 나남, 1985.
이문구. 「내 몸은 너무 오래 서 있거나 걸어왔다」. 문학동네, 2000.
이문구. 「관촌수필」. 문학과지성사, 1977.
이윤기. 「나무가 기도하는 집」. 세계사, 1999.
이양하. 「나무」. 「이양하 수필집」. 을유문화사, 1994.
김종철. 「개발이데올로기의 극복을 위하여」. 「간디의 물레」. 녹색평론사, 1999.
김종철. 「녹색운동과 농업문화」. 「간디의 물레」. 녹색평론사, 1999.
김종철. 「不敢爲天下先」. 「간디의 물레」. 녹색평론사, 1999.
이남호. 「녹색문학을 위하여」. 「녹색을 위한 문학」. 민음사, 1998.
김우창. 「깊은 마음의 생태학」. 「정치와 삶의 세계」. 삼인, 2000.
UNEP(유엔환경계획). 「삼림의 벌채와 황폐화」. 「지구환경총람―1972―1992 UNEP 환경보고서」. 유해경 외4인 역. 코스모스피어, 1992.

부록

【생태학 관련 주요 서적 목록】

1. 우리나라의 생태학 관련 서적

고영섭, 『불교생태학』, 불교춘추사, 2008.

구도완, 『한국 환경운동의 사회학』, 문학과지성사, 1996.

구승회, 『에코필로소피』, 새길, 1995.

구승회, 『생태철학과 환경윤리』, 동국대학교출판부, 2001.

구자건, 『생태계 위기와 한국의 환경문제』, 따님, 1992.

김수종, 『0.6°』, 현암사, 2003.

김수종 · 문국현 · 최열, 『지구 온난화의 부메랑—황사에 갇힌 중국과 한국』, 도
　　　요새, 2007.

김종철, 『간디의 물레』, 녹색평론사, 1999.

김종철, 『시적 인간과 생태적 인간』, 삼인, 2002.

김지하, 『생명』, 솔, 1992.

김지하, 『생명과 평화의 길』, 문학과지성사, 2005.

김　진, 『칸트와 생태사상』, 철학과현실사, 2003.

도정일 · 최재천, 『대담—인문학과 자연과학이 만나다』, 휴머니스트, 2005.

문훈홍 편, 『생태학의 담론』, 솔, 1999.

문순홍, 『생태학의 담론—문순홍 유고선집-1』, 아르케, 2006.

문순홍, 『정치생태학과 녹색 국가—문순홍 유고선집-2』, 아르케, 2006.

문순홍 편, 『녹색국가의 탐색』, 아르케, 2006.

문순홍 편, 『개발국가의 녹색성찰』, 아르케, 2006.

박병상, 『파우스트의 선택—생명공학의 위험과 비윤리성』, 녹색평론사, 2000.

박병상, 『녹색의 상상력』, 달팽이, 2006.

박용남, 『꿈의 도시 꾸리찌바—재미와 장난이 만든 생태도시』, 이후, 2002.

박이문, 『문명의 미래와 생태학적 세계관』, 당대, 1997.

박이문, 『문명의 위기와 문화의 전환』, 민음사, 1999.

박이문, 『환경철학』, 미다스북스, 2002.

박태순, 『둥지 밖으로 나온 동물 건축가』, 잉걸, 2003.

박희병, 『한국의 생태사상』, 돌베개, 1999.

송명규, 『현대 생태사상의 이해』, 따님, 2004.

이도원 편, 『한국의 전통생태학-생태학은 옛 사람의 삶 안에 있었다』, 사이언
        스북스, 2004.

이정전 편, 『지속가능한 사회와 환경』, 박영사, 1995.

장일순, 『나락 한알 속의 우주』, 녹색평론사, 1997.

장회익, 『삶과 온생명』, 솔, 2001.

정수복, 『녹색대안을 찾는 생태학적 상상력』, 문학과지성사, 1996.

조명래, 『개발정치와 녹색진보』, 환경과생명사, 2006.

진교훈, 『환경윤리-동서양의 자연보전과 생명존중』, 민음사, 1998.

최재천, 『개미제국의 발견』, 사이언스북스, 1999.

최재천, 『생명이 있는 것은 다 아름답다』, 효형출판, 2001.

한면희, 『환경윤리-자연의 가치와 인간의 의무』, 철학과현실사, 1997.

한면희, 『초록문명론 동녘』, 동녘, 2004.

황대권, 『야생초 편지』, 도솔, 2002.

아주대학교 사회과학연구고 편, 『생태사회과학』, 아주대학교 출판부, 1994.

2. 외국의 생태학 관련 서적

간디, 『간디 자서전-나의 진리실험 이야기』, 함석헌 역, 한길사, 2002.

게리 스나이더, 『야성의 삶』, 이상화 역, 동쪽나라, 2000.

게리 스나이더, 『지구 우주의 한 마을』, 이상화 역, 창비, 2005.

게리 폴 나브한 · 스티븐 트림블, 『아이들은 왜 자연에서 자라야 하는가』, 김선
        영 역, 그물코, 2003.

니클라스 루만, 『현대사회는 생태학적 위협에 대처할 수 있는가?-니클라스 루
        만의 생태학적 커뮤니케이션』, 이남복 역, 백의출판사, 2002.

다니엘 퀸, 『고릴라 이스마엘』, 배미자 역, 평사리, 2004.

더글러스 러미스, 『경제성장이 안되면 우리는 풍요롭지 못할 것인가』, 김종

철 · 이반 역, 녹색평론사, 2002.

데릭 젠슨 · 조지 드래펀, 『약탈자들』, 김시현 역, 실천문학사, 2007.

데브라 데이비스, 『대기오염 그 죽음의 그림자』, 김승욱 역, 에코리브르, 2004.

데이비드 에드워즈, 『자유와 진보, 그 교활함을 논하다-세계 생태주의자 선정』, 송재우 역, 모색, 2005.

데이비드 페퍼, 『현대 환경론-환경문제에 대한 환경철학적 민중론적 이해』, 이명우 외 역, 한길사, 1996.

도날드 위스터, 『지속가능한 사회를 향한 생태전략』, 나라사랑, 1995.

도널드 워스터, 『생태학, 그 열림과 닫힘의 역사』, 강헌 · 문순홍 공역, 아카넷, 2002.

디르크 막사이너 · 미하엘 미에르쉬, 『오해와 오류의 환경 신화』, 박계수 외 역, 랜덤하우스코리아, 2006.

레스터 브라운, 『생명신호 2000』, 서형원 역, 도요새, 2000.

레스터 브라운, 『에코 이코너미-지구를 살리는 새로운 경제학』, 한국생태경제연구회 역, 도요새, 2003.

레스터 브라운, 『지구의 딜레마』, 고은주 역, 도요새, 2005.

레스터 브라운 외 글, 얀 아르튀스-베르트랑 사진, 『하늘에서 본 지구』, 조형준 · 문혜영 역, 새물결, 2004.

레이첼 카슨, 『자연, 그 경이로움에 대하여』, 표정훈 역, 에코리브르, 2002.

레이첼 카슨, 『침묵의 봄』, 김은령 역, 에코리브르, 2002.

레이첼 카슨, 『잃어버린 숲-레이첼 카슨 유고집』, 린다 리어 편, 김선영 역, 그물코, 2004.

로버트 융크, 『원자력 제국』, 이필렬 역, 따님, 1991.

로빈 애트필드, 『환경윤리학의 제문제』, 구승회 역, 따님, 1997.

루이스 세풀베다, 『연애소설 읽는 노인』, 정창 역, 열린책들, 2001.

루이스 세풀베다, 『지구 끝의 사람들』, 정창 역, 열린책들, 2003.

리처드 브라우티건, 『미국의 송어낚시』, 김성곤 역, 효형출판, 2002.

마리아 미스 · 반다나 시바, 『에코페미니즘』, 한덕수 · 이난아 역, 창작과비평사, 2000.

마크 롤랜즈, 「동물의 역습」, 윤병삼 역, 달팽이, 2004.

마크 제롬 월터스, 「에코데믹, 새로운 전염병이 몰려온다」, 이한음 역, 북갤럽, 2004.

마틴 코르 · 반다나 시바 · 에드워드 골드스미스 · 헬레나 노르베리-호지, 「진보의 미래」, 홍수원 역, 두레, 2006.

말로 모건, 「무탄트 메시지-그 곳에선 나 혼자만 이상한 사람이었다」, 류시화 역, 정신세계사, 2003.

머레이 북친, 「사회생태주의란 무엇인가」, 박홍규 역, 민음사, 1998.

머레이 북친, 「사회생태론의 철학」, 문순홍 역, 솔, 1997.

머레이 북친, 「휴머니즘의 옹호」, 구승회 역, 민음사, 2002.

모집 라티프, 「기후의 역습」, 이혜경 역, 현암사, 2005.

반다나 시바, 「자연과 지식의 약탈자들」, 한재각 외 역, 당대, 2000.

반다나 시바, 「물전쟁」, 이상훈 역, 생각의 나무, 2003.

브리노 파다 · 프레데릭 메다이, 「생물 다양성 보전할 수 있을까? -생태학으로 살펴보는 지구 환경 이야기」, 김성희 역, 민음사, 2007.

비르기트 브로이엘 편, 「아젠다 21」, 윤선구 역, 생각의나무, 2000.

비외른 롬보르, 「회의적 환경주의자-이 세상의 실제 상황을 직시하다」, 홍욱희 · 김승욱 역, 에코리브르, 2003.

사이 몽고메리, 「유인원과의 산책」, 김홍옥 역, 르네상스, 2003.

사티쉬 쿠마르, 「사티쉬 쿠마르」, 한민사, 1997.

스콧 니어링, 「저스콧 니어링 자서전」, 김라합 역, 실천문학사, 2000.

스콧 니어링, 「그대로 갈 것인가 되돌아갈 것인가」, 이수영 역, 보리, 2004.

쓰노 유킨도, 「소농-누가 지구를 지켜왔는가」, 성삼경 역, 녹색평론사, 2003.

아이작 아시모프, 「성난 지구」, 이동진 역, 삼신각, 1992.

아지트 다스굽타, 「무소유의 경제학」, 강종원 역, 솔, 2000.

알도 레오폴드, 「모래군의 열두 달」, 송명규 역, 따님, 2000.

알도 레오폴드, 「야생의 푸른 불꽃」, 작은우주 역, 달팽이, 2004.

알랭 리피에츠, 「녹색 희망아직도 생태주의자가 되길 주저하는 좌파 친구들에게-」, 박지현 · 허남혁 역, 이후, 2002.

앨 고어, 「불편한 진실-앨 고어의 긴급 환경 리포트」, 김명남 역, 좋은생각,

2006.

에른스트 슈마허, 『작은 것이 아름답다-인간 중심의 경제를 위하여』, 이상호
　　　역, 문예출판사, 2002.

에른스트 슈마허 외, 『자발적 가난-덜 풍요로운 삶이 주는 더 큰 행복 』, 골디
　　　언 밴던브뤼크 편, 이덕임 역, 그물코, 2003.

앤드루 돕슨, 『녹색정치사상』, 민음사, 1993.

앨런 와이즈먼, 『가비오따쓰』, 황대권 역, 월간말, 2002.

앨런 와이즈먼, 『인간 없는 세상』, 이한중 역, 랜덤하우스코리아, 2007.

요시다 타로, 『생태도시 아바나의 탄생』, 안철환 역, 들녘, 2004.

장 지오노, 『나무를 심는 사람』, 김경온 역, 두레, 1995.

제레미 리프킨, 『엔트로피』, 이창희 역, 세종연구원, 2000.

제레미 리프킨, 『육식의 종말』, 신현승 역, 시공사, 2002.

제인 구달, 『희망의 이유』, 박순영 역, 궁리, 2003.

제인 구달·마크 베코프, 『제인 구달의 생명 사랑 십계명』, 이상임·최재천
　　　역, 바다출판사, 2003.

제인 구달·게리 매커보이·게일 허드슨, 『희망의 밥상』, 김은영 역, 사이언스
　　　북스, 2006.

제임스 러브록, 『가이아』, 홍욱희 역, 범양사, 1990.

조너던 와이너, 『핀치의 부리-갈라파고스에서 보내온 '생명과 진화에 대한 보
　　　고서'』, 이한음 역, 이끌리오, 2002.

조셉 젠킨스, 『똥 살리기 땅 살리기』, 이재성 역, 녹색평론사, 2004.

존더 그라프·데이비드 왠·토머스 네일리, 『어플루엔자-풍요의 시대, 소비중
　　　독 바이러스』, 박웅희 역, 한숲, 2002.

존 S. 드라이제크, 『지구환경정치학 담론』, 정승진 역, 에코리브르, 2005.

존 라이언, 『지구를 살리는 7가지 불가사의한 물건들』, 이상훈 역, 그물코,
　　　2002.

존 라이언·앨런 테인 더닝, 『녹색 시민 구보의 하루-일상용품의 비밀스러운
　　　삶』, 고문영 역, 그물코, 2002.

존 뮤어, 『존 뮤어 자서전-나의 위대한 학교, 자연』, 노지연 역, 현실과미래,
　　　2002.

존 뮤어, 『존 뮤어의 마운틴 에세이』, 리처드 F 플렉 편, 연진희 역, 눌와, 2004.

존 뮤어, 『자연과 함께한 인생-국립공원의 아버지 존 뮤어 단편집』, 장상원 역, 느낌표, 2007.

존 뮤어, 『녹색의 신비-존 뮤어가 들려주는』, 김용호 역, 현대문화센타, 2005.

존 뮤어, 『나의 첫 여름』, 김원중·이연형 역, 사이언스북스, 2008.

존 배리, 『녹색사상사』, 추선영·허남혁 역, 이매진, 2004.

존 벨라미 포스터, 『환경과 경제의 작은 역사』, 김현구 역, 현실문화연구(현문서가), 2001.

존 벨라미 포스터, 『생태계의 파괴자 자본주의』, 추선영 역, 책갈피, 2007.

캐롤린 머천트, 『자연의 죽음-여성과 생태학, 그리고 과학 혁명』, 전규찬·전우경·이윤숙 역, 미토, 1980.

클라이브 폰팅, 『녹색세계사』, 이진아 역, 그물코, 2003.

클라우스 미하엘 마이어-아비히, 『자연을 위한 항거』, 박명선 역, 도요새, 2001.

프란츠 알트, 『프란츠 알트의 생태적 경제기적』, 박진희 역, 양문, 2004.

프란츠 알트, 『생태주의자 예수』, 손성현 역, 나무심는사람, 2003.

프랭클린 히람 킹, 『4천 년의 농부-유기농업의 원류, 중국·한국·일본』, 곽민영 역, 들녘, 2006.

프리초프 카프라, 『현대물리학과 동양사상』, 이성범·김용성 역, 범양사, 1979.

프리초프 카프라, 『새로운 과학과 문명의 전환』, 이성범·구윤서 역, 범양사, 1985.

프리초프 카프라, 『신과학과 영성의 시대』, 김재희 역, 범양사, 1997.

프리초프 카프라, 『탁월한 지혜』, 홍동선, 범양사, 1999.

프리초프 카프라, 『생명의 그물』, 김용정·김동광 역, 범양사, 1999.

피터 싱어, 『동물 해방』, 김성한 역, 인간사랑, 1999.

피터 싱어·짐 메이슨, 『죽음의 밥상-농장에서 식탁까지, 그 길고 잔인한 여정에 대한 논쟁적 탐험』, 함규진 역, 산책자, 2008.

한나 홈스, 『먼지』, 이경아 역, 지호, 2007.

한나 홈스, 『풀 위의 생명들-도시 근교 자연의 사계』, 안소연 역, 지호, 2008.

한스 요나스, 『책임의 원칙-기술시대의 생태학적 윤리』, 서광사, 1994.

헬레나 노르베리 호지, 『오래된 미래-라다크로부터 배운다』, 김종철 역, 1998.

헬레나 노르베리 호지 · 피터 고어링 · 존 페이지, 『모든 것은 땅으로부터-산업적 농업을 다시 생각한다』, 정영목 역, 시공사, 2003.

헬린 니어링, 『아름다운 삶, 사랑 그리고 마무리』, 이석태 역, 보리, 1997.

헬렌 니어링, 『헬렌 니어링의 소박한 밥상 접시 위에 놓인 이야기』, 디자인하우스, 2001.

헬렌 니어링 · 스코트 니어링, 『조화로운 삶』, 보리, 2000.

헨리 데이비드 소로우, 『월든』, 강승영 역, 이레, 2004.

헨리 데이비드 소로우, 『지평선을 향해 걷다-소로우의 자연일기』, 박윤정 역, 양문, 2001.

헨리 데이비드 소로우, 『흐르는 강물처럼-소로우의 자연일기』, 박윤정 역, 양문, 2002.

헨리 데이비드 소로우, 『산책』, 박윤정 역, 양문, 2005.

헨리 데이비드 소로우, 『소로우의 일기』, 개정판, 윤규상 역, 도솔, 2003.

헤로세 다카시, 『누가 존 웨인을 죽였는가』, 김원식 역, 푸른산, 1991.

후쿠오카 켄세이, 『즐거운 불편-소비사회를 넘어서기 위한 한 인간의 자발적 실천기록』, 김경인 역, 달팽이, 2004.

후쿠오카 마사노부, 『짚 한 오라기의 혁명-자연농, 자연인, 자연식』, 회성현 역, 한살림, 1996.

후쿠오카 마사노부, 『생명의 농법-자연 농법을 통한 대자연으로의 회귀』, 최성현 외 역, 정신세계사, 1998.

힐러리 프렌치, 『세계화는 어떻게 지구환경을 파괴하는가』, 주요섭 역, 도요새, 2001.

J. R. 데자르뎅, 『환경윤리』, 김명식 역, 자작나무, 1999.

W. C. 밴더워스 편, 『인디언 추장 연설문』, 김문호 역, 그물코, 2004.

세계환경발전위원회 편, 『우리 공동의 미래』, 조형준,홍성태 공, 새물결, 2005.

하버드대학세계종교연구센터 편, 『불교와 생태학』, 동국대학교 불교문화연구원 역, 동국대학교출판부, 2005.

【색인】

한국 현대소설과 생태학

2008년 4월 15일 초판 1쇄 인쇄
2008년 4월 25일 초판 1쇄 발행

지은이 | 이승준
펴낸이 | 孫貞順
펴낸곳 | 도서출판 작가
　　　　서울 서대문구 북아현3동 1-1278 (우-120-866)
　　　　전화 | 365-8111~2　팩스 | 365-8110
　　　　이메일 | morebook@morebook.co.kr
　　　　홈페이지 | www.morebook.co.kr
　　　　등록번호 | 제13-630호(2000.2.9.)

편집 | 김이하 손순희
디자인 | 박은정
영업 | 손원대 설동근
관리 | 이용승

ISBN 978-89-89251-78-1

값 13,000원